U0533265

儒林外史 书生现形记

杨昌年 编著

江苏凤凰文艺出版社

图书在版编目（CIP）数据

儒林外史：书生现形记 / 杨昌年编著. -- 南京：江苏凤凰文艺出版社, 2024.6. -- ISBN 978-7-5594-8799-5

Ⅰ．Ｉ242.4

中国国家版本馆 CIP 数据核字第 2024HY4933 号

著作权合同登记号：10-2024-109

版权所有 © 时报文化出版公司
本书版权经由时报文化出版公司授权北京时代华语国际传媒股份有限公司简体中文版，委托英商安德鲁纳伯格联合国际有限公司代理授权。非经书面同意，不得以任何形式任意重制、转载。

儒林外史：书生现形记

杨昌年 编著

责任编辑	项雷达
图书策划	宁炳辉　薛纪雨
特约策划	唐鲁利
特约编辑	吕新月
装帧设计	时代华语设计组
出版发行	江苏凤凰文艺出版社
	南京市中央路 165 号，邮编：210009
网　　址	http://www.jswenyi.com
印　　刷	唐山富达印务有限公司
开　　本	880 毫米 ×1230 毫米　1/32
印　　张	8.875
字　　数	190 千字
版　　次	2024 年 6 月第 1 版
印　　次	2024 年 6 月第 1 次印刷
书　　号	ISBN 978-7-5594-8799-5
定　　价	58.00 元

江苏凤凰文艺版图书凡印刷、装订错误，可向出版社调换，联系电话025-83280257

总序
用经典滋养灵魂

龚鹏程

每个民族都有它自己的经典。经,指其所载之内容足以作为后世的纲维;典,谓其可为典范。因此它常被视为一切知识、价值观、世界观的依据或来源。早期只典守在神巫和大僚手上,后来则成为该民族累世传习、讽诵不辍的基本典籍,或称核心典籍,甚至是"圣书"。

中国文化总体上的经典是六经:《诗》《书》《礼》《乐》《易》《春秋》。依此而发展出来的各个学门或学派,另有其专业上的经典,如墨家有其《墨经》。老子后学也将其书视为经,战国时便开始有人替它作传、作解。兵家则有其《武经七书》。算家亦有《周髀算经》等所谓《算经十书》。流衍所及,竟至喝酒有《酒经》,饮茶有《茶经》,下棋有《弈经》,相鹤相马相牛亦皆有经。此类支流稗末,固然不能与六经相比肩,但它们代表了在各自那一个领域中的核心知识地位,是很显然的。

我国历代教育和社会文化,就是以六经为基础来发展的。直到清末废科举、立学堂以后才产生剧变。但当时新设的学堂虽仿洋制,却仍保留了读经课程,以示根本未隳。辛亥革命后,蔡元培担任教育总长才开始废除读经。接着,他主持北京大学时出现的新文化运动更进一步发起对传统文化的攻击。趋势竟由废弃文言，提倡白话文学，一直走到深入的反传统中去。

台湾的教育发展和社会文化意识，其实也一直以延续五四精神自居，故其反传统气氛及其体现于教育结构中者，与大陆不过程度略异而已，仅是社会中还遗存着若干传统社会的礼俗及观念罢了。后来，台湾才惕然警醒，开始提倡"文化复兴运动"，在学校课程中增加了经典的内容。但不叫读经，乃是摘选"四书"为《中国文化基本教材》，以为补充。另成立"文化复兴委员会"，开始做经典的白话注释，向社会推广。

文化复兴运动之功过，诚乎难言，此处也不必细说，总之是虽调整了西化的方向及反传统的势能，但对社会民众的文化意识，还没能起到普遍警醒的作用；了解传统、阅读经典，也还没成为风气或行动。

20世纪70年代后期，高信疆、柯元馨夫妇接掌了当时台湾第一大报《中国时报》的副刊与出版社编务，针对这个现象，遂策划了《中国历代经典宝库》这一大套书。精选影响人们最为深远的典籍，包括了六经及诸子、文艺各领域的经典，遍邀名家为之疏解，并附录原文以供参照，一时社会震动，风气丕变。

其所以震动社会，原因一是典籍选得精切。不蔓不枝，能体现传统文化的基本匡廓。二是体例确实。经典篇幅广狭不一、深浅悬隔，如《资治通鉴》那么庞大，《尚书》那么深奥，它们跟小说戏曲是截然不同的。如何在一套书里，用类似的体例来处理，很可以看出编辑人的功力。三是作者群涵盖了几乎全台湾的学术精英，群策群力，全面动员。这也是过去所没有的。四是编审严格。大部丛书，作者庞杂，集稿统稿就十分重要，否则便会出现良莠不齐之现象。这套书虽广征名家撰作，但在审定正讹、统一文字风格方面，确乎花了极大气力。再加上撰稿人都把这套书当成是写给自己子弟看的传家宝，写得特别矜慎，成绩当然非其他的书所能比。五是当时高信疆夫妇利用报社传播之便，将出版与报纸媒体做了最好、最彻底的结合，使得这套书成了家喻户晓、众所翘盼的文化甘霖，人人都想一沾法雨。六是当时出版采用豪华的小牛皮烫金装帧，精美大方，辅以雕花木柜。虽所费不赀，却是经济刚刚腾飞时一个中产家庭最好的文化陈设，书香家庭的想象，由此开始落实。许多家庭乃因买进这套书，仿佛种下了诗礼传家的根。

　　高先生综理编务，辅佐实际的是周安托兄。两君都是诗人，且侠情肝胆照人。中华文化复起、国魂再振、民气方舒，则是他们的理想，因此编这套书，似乎就是一场织梦之旅，号称传承经典，实则意拟宏开未来。

　　我很幸运，也曾参与到这一场歌唱青春的行列中，去贡献微末。先是与林明峪共同参与黄庆萱老师改写《西游记》的工作，继而再协助安托统稿，推敲是非，斟酌文辞。对整套书说不上有什么助益，自己倒是收获良多。

　　书成之后，好评如潮，数十年来一再改版翻印，直到现在。经典常读常新，当时对经典的现代解读目前也仍未过时，依旧在散光发热，滋养民族新一代的灵魂。只不过光阴毕竟可畏，安托与信疆俱已逝去，来不及看到他们播下的种子继续发芽生长了。

　　当年参与这套书的人很多，我仅是其中一员小将。聊述战场，回思天宝，所见不过如此，其实说不清楚它的实况。但这个小侧写，或许有助于今日阅读这套书的读者理解该书的价值与出版经纬，是为序。

致读者书

杨昌年

亲爱的朋友：

吴敬梓（1701—1754）以温和含蓄的笔调写下的《儒林外史》，不仅是明清小说中的杰作之一，更是讽刺小说中最好的一部。在中国风行了两百多年，在英国、日本都有译本，可见它拥有读者之众与受到推崇喜爱的程度。

在改写《儒林外史》的卷首，笔者愿将这本书的重点做一简介，提供给读者们参考：

一、艺术手法。《儒林外史》创作手法的佳妙，在于作者能够确切把握客观的原则，写尽当时社会人性人生的各种缺失丑态，反讽的笔触始终冷静，绝不主观。就因为没有作者的批评引导，使读者们常要自去寻索，因此就有了"参与感"，这一点最能符合要求主动、不愿被动的人性。同时重视自我努力之后的获得，是人类另一种共性。当我们在作者提供广大的想象天地里去品味寻索，所得的感性和理念，都是自我努力的收获，珍惜之余，感受特别深刻，而作者创作的效应也就自然地发挥具备。

二、社会写实。《儒林外史》假托明代，事实上写的是作者身处的清代。在篇中我们可以看到当时的政治腐败、官吏贪污、赏罚不公、贫富悬殊、文字狱钳制思想不得自由、社会风气卑劣败坏……写实的深刻，使得生活在当代的我们触目惊心，了解到除旧布新历程的艰难不易。前人向往而不可得的，在我们却都拥有了。我们不但应当珍惜，更应以惕厉之心继续改进，以避免重蹈覆辙。

三、礼教腐恶与八股害人。这是作者最为痛恨的地方。传统的习俗不是不好，而是并非完全都好。由篇中王三姑娘之死的一段，可以看出当时礼教的曲解，腐恶的影响甚至人性人情的泯灭。我们现代人，虽然再也不会受到被迫缠足、婚姻不得自主、夫死守节挣一座贞节牌坊、君要臣死臣不得不死等的迫害，但在人群社会中，除旧布新的观念是永远没有止境的，对于现存的风气习俗，我们还该检讨，要求继续改进才是。另一重点：旧时代的八股文科场取士，士人只有一条路可走。由于所学的狭隘，使得士人不学无术，中了进士还不知苏轼是谁，只知道做官求名求利。士风的恶劣败坏，名士们虚伪造作、清客们招摇撞骗，科举不利，失意的士人精神漂浮……士人们失去了理想志向，甚至失去了人格。所谓"士大夫无耻，是为国耻"。读书人是民众的中坚，鄙陋既是如此，国家又怎能进步兴盛？世上原无绝对完善的制度，任何制度都要因应时空不同的环境而改变。我们现行的考试制度是否合理？人才是否都能获得适当的运用、智能的充分发挥来为社会、国家服务？旧时代的不幸已经过去了，新时代里未臻理想之处还有待我们去努力改进。

四、启示理想人生。作者眷恋儒家至善社会，以礼乐治世，确是积极地消弭罪恶于事先，它的自然和理想，更胜于法治的消极制裁于事后。我们殷切希望，现代的法治能与古代的礼乐精神相糅合，以期相辅相成，达到完美理想。此外，作者启示士人要讲究文行出处，特别推崇平民高洁人物，强调做人比做官重要，学问可贵，适性的生活尤其可贵，人格比富贵更重要。作者启示我们必要自觉、自重，树立人格，强化自我，实在是语重心长，为切合时弊症结的根本解救之方。

《儒林外史》对人生的切剖与人性的透视，真实鲜活，那些人物的缺失，常就是现代人的缺失，在书中发现亲切熟悉的人物，很可能就在我们身边，甚至就是我们自己。《儒林外史》是在提醒我们现代人，快就人性的缺失谋求适当调整，那实在是人人都该警惕，都要起而力行的了。

《儒林外史》的不朽价值，就是在它具备着现代感：它所显示的社会形象，部分就如同现代的社会；它所启示的人生理想，正是我们现代人迫切需要的指南针。它——就是这样一本宣告人性尊严、促使人性向善、实现人生理想的好书。

在这套"中国历代经典宝库"中，笔者应邀改写《儒林外史》。感到自己从事教育工作，多年来所努力的就是协助学生们认知自我，强化自我。改写《儒林外史》的意义作用，正与我的素志理想吻合。相信在"经典宝库"问世之后，必能对广大读者们提供启发和帮助。

目录

说明 /01

一、苦尽甘来的周进
（一）薛家集的新学堂 /001
（二）梅相公讥笑老塾师 /003
（三）王举人的怪梦 /004
（四）山穷水尽，峰回路转 /006

二、范进的故事
（一）周学道怜悯贫老 /010
（二）范进中举 /012
（三）名与利一"举"齐来 /017
（四）乡绅新贵合作打秋风 /019
（五）清官禁屠闹出人命 /024
（六）苏轼不查荀玫 /025

目录

三、兄弟两人大不同

（一）严贡生横行乡里 / 030

（二）二娘扶正大娘死 / 032

（三）严监生省油用一茎 / 034

（四）二相公迎亲 / 035

（五）船上演出的闹剧 / 037

（六）狠心大伯谋产兴讼 / 039

四、郭孝子万里寻亲

（一）王老爷的预兆应验 / 043

（二）衙门里的三种声音 / 045

（三）一盏醇醪心痛 / 047

（四）为寻亲跋涉走天涯 / 049

（五）孤行万里多奇遇 / 051

五、父是英雄儿好汉

（一）辛家驿响马劫银 / 056

（二）老和尚身陷险境 / 057

目录

　（三）自古英雄出少年 / 059
　（四）青枫城一战成功 / 063
　（五）英雄心里的抑郁寒凉 / 066

六、娄家的两位公子
　（一）公子爷枫林访贤 / 071
　（二）蘧公孙入赘鲁府 / 074
　（三）新娘出题考尔夫 / 076
　（四）杨执中的铜炉 / 078
　（五）名士侠客一齐来 / 081
　（六）莺脰盛会和人头会 / 083

七、遇仙记
　（一）马二先生的文章事业 / 089
　（二）急友难倾囊相助 / 092
　（三）书呆子游西湖 / 096
　（四）仙人的魔术 / 100

目录

八、匡超人前恭后倨
（一）马二先生收盟弟 / 105
（二）谦逊的孝子人缘好 / 107
（三）回禄之灾贵人扶助 / 111
（四）流浪客结交假斯文 / 114
（五）潘三爷见不得人的事 / 120
（六）得意的先儒匡子 / 123

九、真假牛布衣
（一）小牛郎求名冒姓氏 / 129
（二）借用官势奚落舅丈人 / 132
（三）认了一个叔祖公 / 135
（四）发人阴私遭逐打 / 138
（五）还我的丈夫来 / 141

十、鲍家梨园行的沧桑
（一）倪老爹贫穷卖子 / 145
（二）义不受贿的老戏子 / 148

（三）道台老友题铭旌 / 151

（四）王太太的结婚闹剧 / 152

（五）大哥哥找到了小弟弟 / 157

十一、莫愁湖名士盛会

（一）饿得死人的南京城 / 162

（二）为出名选文刻书 / 164

（三）江南数一数二的才子 166

（四）杜慎卿看到的妙人 / 169

（五）逞风流盛会莫愁湖 / 171

十二、不应征辟的真处士

（一）寻银子远去天长县 / 174

（二）大少爷的豪举 / 178

（三）杜少卿破产移家 / 181

（四）为适性豪杰辞征辟 / 184

目录

十三、泰伯祠祭祀大典
　　（一）不可学天长杜仪 / 189
　　（二）僵尸动起来了 / 193
　　（三）标准的真儒虞博士 / 198
　　（四）盛世礼乐今朝重见 / 203

十四、奇女子和大将军
　　（一）不屈不挠的沈琼枝 / 207
　　（二）汤家的三个汤包 / 210
　　（三）立功将军连降三级 / 213
　　（四）余大先生和余二先生 / 216
　　（五）王三姑娘之死 / 218

十五、侠客行
　　（一）凤四老爹 / 223
　　（二）假中书变成真中书 / 225
　　（三）侠客痛惩仙人跳 / 227
　　（四）大堂上的表演 / 229

（五）抱不平英雄代讨债 / 231
　　（六）青楼名妓笑书呆 / 236

十六、平民中的高洁人物
　　（一）嵚崎磊落的王冕 / 240
　　（二）写字的季遐年 / 243
　　（三）卖火纸筒的王太 / 245
　　（四）开茶馆的盖宽 / 246
　　（五）裁缝师傅荆元 / 248

附录：吴敬梓与《儒林外史》
　　一、作者研究 / 252
　　二、作品研究 / 257

说　明

一、本书根据《儒林外史》改写。

二、将全书三十六万字篇幅中不重要的情节及叙述、描写、对话繁冗处，予以删略，精简浓缩成十八万字左右。

三、取材以不违作者原意，不遗漏重要情节为准。

四、将原本情节跳脱处重新安排连接，使能贯连，系统明晰。

五、对话及词语，如系当时习用，现代较难了解者，改以现代语法、词语。

六、回目另行设计，以章节方式处理。

七、有关特殊语辞（名词、地名、官职等），均在各章篇后加注或就今古不同处说明。

八、各章之后，并加笔者的批评分析，揭示改写之意识重点，俾供读者阅读时参考。

一、苦尽甘来的周进

（一）薛家集的新学堂

山东省兖州府汶上县的一处乡村，叫作薛家集，百十来户人家，都是务农的，村口的一座观音庵，是集上公众集会议事的所在。这一年是明朝宪宗成化末年[①]的正月初八，集上的人齐来庵里商议闹龙灯的事儿，为首的申祥甫一进来就向和尚打起官腔：

"和尚！你新年新岁，也该把菩萨面前香烛点勤些！阿弥陀佛！受了十方的钱钞，也要享受。"又叫："诸位都来看看：这琉璃灯里，只有一半的油。"指着一个穿得整齐点的老翁说："不论别人，只这一位荀老爹，年三十晚上还送了五十斤油给你，白白都被你炒菜吃了，全不敬佛！"

和尚陪着小心，等他发过威风，过来伺候茶水。大家商议龙灯上庙的事儿，申祥甫道："且住，等我亲家来一同商议。"

正说着，外边走进一个人来，两只红眼圈，一副铁锅脸，几根黄胡子，歪戴着一顶瓦楞帽，身上青布衣服，就如油篓子一般，手里拿着一根赶驴的鞭子。进门来跟众人拱拱手，一屁股就坐在上席，这人姓夏，是薛家集的总甲[②]。夏总甲吩咐和尚喂驴，说是

[①] 明宪宗成化末年：约1478年至1487年期间。
[②] 总甲：相当于现在的乡、镇长。

议完了事还要去县门口黄老爹家吃年酒。跷起一条腿来，自己用拳头捶腰，一面捶一面说道："俺如今做了这总甲，倒反不如你们务农的快活！想这新年大节，县太爷衙门里，三班六房，哪一位不送帖子来？我怎好不去贺节？每天骑着这个驴，上县下乡，跑得个昏头晕脑，赶得紧又被这瞎眼的畜牲在路上打个前失，把我跌了下来，跌得我腰胯肿疼。"申祥甫道："新年初三，我备了个豆腐饭邀请亲家，想必是有事没来？"夏总甲道："你还说哩！从新年这七八天来何曾得一个闲？恨不得长出两张嘴来还吃不完。就像今天请我的黄老爹，就是县太爷面前的大红人，他抬举我，我要是不到，岂不惹他见怪？"申祥甫道："是西班的黄老爹，我听说他从年里头就被老爷派出去办事了，他家又没兄弟、儿子，敢问那是谁做主人？"夏总甲道："这你又不知道了，今天的酒，是快班李老爹请的，李家的房子小，所以把筵席摆在黄老爹的大厅上。"

谈到龙灯，夏总甲作主叫大家出份子，硬派荀老爹出了一半，其余各户也都认了捐，事情算是说定了。申祥甫又说："孩子大了，今年要请一个先生，就在这观音庵里做个学堂。"商议着要去城里请先生，夏总甲道："先生倒是现成的有着一个，就是城里顾老相公家里请的一位，姓周，官名叫做周进，年纪六十多岁，前任老爷取过他的头名，却还不曾中秀才[①]。顾家请了他三年，去年顾家的小舍人就中了，和咱镇上梅玖一齐中的。那天高中回来，小舍人头戴方巾，身上披着大红绸，骑着县太爷棚子里的马，

[①] 科举时代，读书人没考上府县学校的叫童生。童生考上了府县学校的叫进学，称为生员或称秀才。

大吹大打来到家门口,俺衙门的人都拦着敬酒。后来请出周先生来,顾老相公亲自敬酒三杯,把他尊坐首席,点了一本戏,是梁灏八十岁中状元的故事。顾老相公为这戏心里不太喜欢,落后戏文唱到梁灏的学生却是十七八岁就中了状元,知道是替他儿子发兆,这才高兴了。你们若要请先生,俺去替你们把周先生请来。"众人听了说好。

(二) 梅相公讥笑老塾师

周先生到薛家集来,谈妥每年馆金十二贯钱,家长们凑份子请他,就请集上新中的秀才梅玖作陪。周先生来时,头戴一顶旧毡帽,身穿元色绸旧长袍,那右边的袖子和后边坐处都破了,脚上一双旧大红鞋,黑瘦面皮,花白胡子,看起来样子真是寒酸得很。介绍之后,知道梅玖是一位秀才,周进谦逊着不肯上坐。梅玖对众人道:"你们各位是不知道我们学校规矩的,老友是从来不同小友论年龄长幼入座的,只是今天情形不同,还是周长兄请上。"

原来明朝士大夫,称儒学生员秀才为"老友",称没中秀才的童生是"小友"。童生进了学,哪怕只十几岁,也称为"老友";若是不进学,就是七老八十,也还只称"小友"。

因为是请老师,大家尊周先生首席,梅相公二席,敬酒之后吃菜,周进居然不动,一问才知道他是吃素斋的。梅玖道:"我因先生吃斋,倒想起了一个笑话,是一首一字到七的诗。"众人停下筷子听他念诗,他念道:

"呆!秀才!吃长斋!胡须满腮。经书不揭开,纸笔自己安排,明年不请我自来!"

念完又说："像我们周长兄，如此大才，呆是不呆的了。"又掩着口说："秀才嘛，指日就是。只是那'吃长斋，胡须满腮'倒是一点儿也不错！"说罢，哈哈大笑，众人一齐笑将起来。

周进不好意思，申祥甫打圆场，要罚梅玖的酒。梅玖道："该罚该罚！但这个诗说明了这个秀才，不是说周长兄。而且这吃斋也是好事。先年俺有一个母舅，一口长斋；后来进了学，老师送丁祭①的胙肉来。我外祖母就说：'丁祭肉若是不吃，圣人就要见怪了，大则降灾，小则生病。'我母舅只得就此开了斋。像俺这位周长兄，只到今年秋祭，少不得有胙肉送来，不怕你不开斋哩！"众人说他发的利市好，同斟一杯，向周先生预贺，把周先生脸上羞得红一块、白一块的。

（三）王举人的怪梦

开馆的那天，申祥甫同着众人领了学生来，七长八短的几个孩子，拜见先生，周进上位教书。晚间学生回家去，周进把各家送的见面礼拆开来看，只有荀家是一钱银子，另有八分银子的茶钱；其余也有三分的，也有四分的，也有十来个钱的，加起来还不够付庵里一个月的伙食费，一总包了，交给和尚收着再算。那些孩子，就像蠢牛一般，一时照顾不到，就溜去外边打瓦踢球，每天淘气，周进也只好忍耐着教导。

这一天下着雨，河岸下来了一条船，有个人带着从人走上岸

---

① 丁祭：每年于仲春及仲秋的上旬丁日（二、四、六等偶数日）祭奠先圣先师。

一、苦尽甘来的周进

来。周进看那人时,头戴方巾,身穿宝蓝缎袍,脚下粉底皂靴[①],三绺髭须,约莫三十来岁。走来学堂门口,和尚迎将出来,向周进介绍道:"这位王大爷,就是前科新中的王惠老爷,先生陪着,我去端茶。"周进知道他是个举人,记得看过他中举的文章,奉承着道:"老先生的朱卷,是晚生熟读过的,后面两大股文章,尤其精妙。"王举人道:"那两股文章不是俺作的。"周进道:"老先生又过谦了,却是谁作的呢?"王举人道:"虽不是我作的,却也不是他人作的。那时第一场,初九日,天色将晚,第一篇文章还不曾作完,我自己心里疑惑,平日笔下最快,今天如何迟了?正想不出来,不觉瞌睡,伏在号房[②]打一个盹儿;只见五个青脸人跳进来,中间一人,手里拿一支大笔,把俺头上点了一点,就跳出去了。随即一个戴纱帽红袍金带的人,揭开帘子进来,把俺拍了一下,说道:'王公请起!'那时俺吓了一跳,通身冷汗,醒转来,拿笔在手,不知不觉就写了出来。可见考场里鬼神是有的,小弟也曾把这话回禀过大主考座师,座师就说弟应该高中第一名。"

正话之间,一个小学生送作业上来,周进叫他放着。王举人道:"没关系,你只管批改,俺还有别的事。"周进只得上位批改。王举人吩咐家人把船上食盒拿上来,叫和尚做饭,准备在此住夜。一回头,一眼看见那小学生作业上的名字是"荀玫",不觉就吃了一惊,咂嘴弄唇的,脸上做出许多怪相来。等周进批完之后,他就问道:"刚才这小学生几岁了?"周进道:"他才七岁。"

---

① 粉底皂靴:白边底的黑靴。
② 号房:明代时称应试诸生的席舍叫号房。试场有数千间小房,按千字文编列数,如天、地、玄、黄之类。

王举人笑道:"说起来竟是一场笑话,弟今年正月初一日,梦见看会试榜,弟中在上面是不消说了;那第三名也是汶上人,叫作荀玫。弟正疑惑我县里没有这么一个姓荀的孝廉,谁知竟同着这个小学生的名字,难道我以后会和他同榜中进士不成?"说罢哈哈大笑,又道:"可见梦做不得准,况且功名大事,总以文章为主,哪里有什么鬼神?"周进道:"老先生,梦也竟有准的,前日晚生初来,会着集上的梅朋友,他说也是正月初一日,梦见一个大红日头落在他头上,他也就是这年飞黄腾达的。"王举人道:"这话更作不得准了,比如他进个学,就有日头落在他头上,像我这中过举的,不就该连天掉下来是俺顶着的了。"

到了晚上吃饭,王举人的管家捧上酒饭,鸡鱼鸭肉堆满一桌,王举人也不让周进,自己坐着吃了,收下碗去。其后和尚送出周进的饭来——一碟老菜叶,一壶热水——周进也吃了。次日天晴,王举人乘船启行,撒满了一地的鸡骨头、鸭翅膀、鱼刺、瓜子壳,倒教周进昏头昏脑地扫了一早晨。

(四) 山穷水尽,峰回路转

此后,薛家集的人都晓得荀家的孩子是县里王举人的进士同年,传为笑话,同学的孩子都把荀玫叫作"荀进士"。各家父兄吃醋,故意向荀老爹恭喜,称他为封翁老爷,把个荀老爹气得有口难言。申祥甫背地里说小话,向众人道:"哪里是王举人亲口说的这番话!这就是周先生看到我们这一集上只有荀家有几个钱,捏造出这话来奉承,逢时过节,图他家多送两个盒子。俺前日听说,荀家炒了些面筋豆干送去庵里,又送过几回馒头、火烧,

一、苦尽甘来的周进

就是这缘故了。"众人因此都不喜欢周进,将就混了一年,连夏总甲也嫌周进呆头呆脑不知道常来送礼道谢,由着众人就把周进给辞退了。

周进失业,在家里生活艰难,他的姐丈金有余是做生意买卖的,约他去做个记账的,混口饭吃。周进心想,瘫子掉在井里,捞起来也只是坐着。没奈何也只好答应了。跟着一伙客人到省城,看到工匠们在修理考试的贡院,他想挨进去看看,被看门的用大鞭子打了出来。晚间向姐夫说,金有余只好用了几个小钱,约着一伙客人一同去看。到了大门之下,人家指给他看道:"周客人,这就是秀才相公们进来的门了。"进去两边号房门,指着说:"这就是'天'字号了,你自己进去看看吧!"周进一进了号,看到两块号板摆得整整齐齐,不觉眼里一阵酸楚,长叹一声,一头撞在号板之上,直僵僵地不省人事,慌得金有余等同来的人连忙取水来灌救,三四个客人一齐扶着,灌了下去,喉咙里咯咯地响了一声,吐出一口浓痰来。众人道:"好了!"扶着站了起来,谁知周进看着号板,又是一头撞将过去,放声大哭,众人拉劝不住,眼见他伏着号板,哭个不停。一号哭过,又哭到二号、三号,满地打滚,直哭得口里吐出鲜血来,看得众人心里凄惨。问这是为什么,金有余道:"列位老客有所不知,我这位舍舅原本不是生意人,因他苦读了几十年的书,连秀才也不曾中得一个,今天看见贡院,就不觉伤心起来!"一句话说中了周进的真心事,又是放声大哭起来。有一个客人道:"论这事,只该怪我们金老客,周相公既是斯文人,为什么带他出来做生意事?"金有余道:"也是为了贫穷,没奈何才上了这条路的。"又一个客人道:"看令舅这个光景,毕竟胸中才学是好的,只因没有人识得他,所以才受屈到此地步！"金有余道："他才学是有的，无奈的是时运不济！"那客人道："监生①也可以进场，周相公既有才学，何不捐他一个监生？说不定进场就中了！"金有余道："我也是这么想，只是哪里有这一笔银子？"此时周进停止了号哭，那客人道："这也不难，现放着我们几个兄弟在此，每人拿出几十两银子，借给周相公纳监进场，若是高中了做官，他哪会在乎我们这几两银子？就算是周相公不还，我们跑江湖的，又哪里不破费几两银子？何况这是好事，各位意下如何？"众人一齐道："君子成人之美。"又道："见义不为是无勇，俺们有什么不肯？"周进道："若得如此，各位就是我的重生父母，我周进变驴变马，也一定要报答各位！"爬到地下，连连向各人磕头道谢。

　　第二天，四位客人果然准备了二百两银交与金有余，一切其他的使费，都是金有余包办，替周进办妥了一个贡监首卷。到了进场考试之时，周进看到自己痛哭的所在，不觉喜出望外。自古道："人逢喜事精神爽。"那七篇文字就作得像花团锦簇的一般，出场之后，仍旧和一众客人同住在杂货行里，等到发榜那日，果然高高中了举人。

　　这一下真是山穷水尽，峰回路转，一齐回到汶上县，拜本县父母官，拜学师。那典史拿晚生帖子上门来贺，汶上县的人，不是亲的，也来认亲，不相与的②，也来认相与，足足地忙了个把月。

　　申祥甫得知消息，在薛家集凑了份子，买了四只鸡、五十个蛋和一些炒米饭团之类的，亲自到县城里来贺喜，周进留他吃了酒

---

① 监生：科举的程序是先中秀才，再参加举人考试。自明景宗景泰年开始，设立纳粟入监之例，没中秀才的，也可以捐钱取得监生资格，参加举人考试。

② 相与：相识结交。

一、苦尽甘来的周进

饭去。荀老爹的贺礼是不消说的了。等到上京会试，所有的旅费服装，都是金有余替他筹办。到京会试，一帆风顺，又中了进士。

【解析】

"（ ）"号中数表示是该节，以下各章相同。

（一）申祥甫作威作福的小人嘴脸。夏总甲吹牛漏底，老着脸遮盖。

（二）以梅玖的刻薄、狂妄，衬托周进的穷苦无奈。

（三）以王惠的得意自大与周进的穷酸失意对比。

（四）申祥甫的势利中伤；乡人的浅陋妒嫉；夏总甲的贪图小利（嫌周进不知常来送礼道谢）。金有余与众客的义助，是可贵的雪中送炭。峰回路转之后，小人们全都改变，争着来认相与，表现讥讽的、鲜活的世态炎凉。

二、范进的故事

(一) 周学道怜悯贫老

上文介绍的周进,中了进士做官;这一年担任广东学道①,他想自己正是这里面苦出头的,这番当权,一定要把卷子都细细看过,不可委屈了真才实学的人。去到广州上任,第三场考的是南海、番禺两县的童生。周学道坐在堂上,看那些童生纷纷进来,也有少的,也有老的,仪表端正的,獐头鼠目的,衣冠齐整的,褴褛破烂的。后来点进一个童生来,面黄肌瘦,花白胡须,头上戴着一顶破毡帽。这时已是十二月上旬,那童生还穿着件麻衣袍,直冻得瑟缩发抖,接了卷子,下去归号。周学道看在眼里,想起自己以前的坎坷,特别怜悯注意。等到交卷的时候,那穿麻布的童生上来交卷,衣服朽烂,在号子里又扯破了几块,周学道看看自己身上,绯袍金带,何等辉煌?翻翻名册,问那童生道:"你就是范进?"范进跪下道:"童生就是。"学道问:"你今年多大年纪了?"范进道:"童生册上写的是三十岁,童生实年五十四岁。"学道又问:"你考过多少次了?"范进道:"童生二十岁应考,到今考过二十多次。"学道问:"为何总不进学?"范进道:"总因童生文字荒谬,所以各位大老爷不曾赏

---

① 学道:各省主持教育、考试的官。

二、范进的故事

取。"周学道道:"这也未必尽然,你且出去,卷子待本道细看。"范进磕头下去了。

那时天色还早,还没有童生来交卷,周学道把范进的卷子用心用意看了一遍。心里不喜,暗道:"这样的文字,都说的是些什么话!怪不得不进学。"丢过一边不看了。又坐了一会儿,还不见有人来交卷,心想:"何不把范进的卷子再看一遍?如果有一线之明,也好可怜他的苦读之志。"从头又看了一遍,觉得有点意思;正想要再看看,却有一个童生来交卷,那童生跪下道:"求大老爷面试。"学道微笑道:"你的文章已在这里了,又面试些什么?"那童生道:"童生诗词歌赋都会,求大老爷出头面试。"学道变了脸道:"当今天子重文章,像你做童生的,只该用心做文章,那些文章以外的杂学,学他做什么?况且本道奉旨到此衡文,难道是来此同你谈杂学的吗?看你这样务名而不务实,那正务自然荒废,都是些粗心浮气的说话,看不得了!左右的!赶了出去!"一声吩咐,两旁去过几个如狼似虎的公人,把那童生叉着膊子,一直叉出大门之外。

周学道虽然赶了他出去,却还是把他的卷子取来看看。那童生名叫魏好古,文字也还清通。学道想:"把他低低地进了学吧。"取过笔来,在卷尾上点了一点,做个记号。又取过范进的卷子来看,看完之后,不觉叹息道:"这样的文字,连我看一两遍也不能了解,直到三遍之后,才晓得是天地间最好的文章,真是一字一珠!可见世上糊涂试官,不知屈煞了多少英才。"连忙取笔细细圈点,卷面上加了三圈,即刻就填了第一名;又把魏好古的卷子取过来,填了第二十名。

发出案来,范进是第一。谒见的那天,周学道着实赞扬了一回。

点到二十名,魏好古上去,又勉励了几句:"用心举业,莫学杂览。"第二天学道启程返家,范进送出三十里之外,轿前鞠躬。周学道又叫他到跟前吩咐道:"龙头属老成,本道看你的文字,火候到了,就在这科,一定发达。高中之后上京,我在京里等你。"

(二) 范进中举

范进的家离城还有四十五里路,连夜回来,拜见母亲。家里住的是草屋,十分贫穷。他的妻子是集上胡屠户的女儿。范进进学回来,母亲妻子,俱各欢喜,正待做饭,只见他丈人胡屠户,手里拿着一副大肠和一瓶酒,走了进来。范进向他作揖,坐下。胡屠户道:"算我倒运,把个女儿嫁与你这现世宝穷鬼,历年以来,也不知连累了我多少,如今不知是我积了什么德,携带你中了个秀才相公,我所以带个酒来贺你。"范进唯唯连声,叫妻子把肠子煮了,烫起酒来,就在门前茅草棚下坐着;母亲自和媳妇在厨下做饭。胡屠户又教训女婿道:"你如今既中了相公,凡事都要立起个体统来,比如我这一行同行的,都是些正经有脸面的人,又是你的长亲,你怎敢在我们跟前装大?若是家门口这些种田的、扒粪的,不过是普通百姓,你若是同他们拱手作揖,平起平坐,这就是坏了学校规矩,连我脸上都无光了。你是个烂忠厚没用的人,所以这些事我不得不教导你,免得惹人笑话。"范进道:"岳父教训的是。"胡屠户唤道:"亲家母也来坐下吃饭,老人家每天小菜饭,想也难过。我女儿也来吃些,自从进了你家门,这十几年,不知猪油可曾吃过两三回哩?可怜!可怜!"说罢,婆媳两个都坐着吃饭。胡屠户吃得醉醺醺的,这里母子两个,千恩万谢,

二、范进的故事

屠户横披着衣服,腆^①着肚子去了。

第二天起,范进少不得要拜拜乡邻,魏好古又约了一班同案中的秀才,彼此来往。到了六月,同案的人约范进一齐去参加举人考试。范进没有旅费,走去跟丈人商量,被胡屠户一口唾沫吐到脸上,骂了个狗血喷头道:"莫做你的春秋大梦!只中了一个相公,就癞蛤蟆想吃起天鹅肉来!我听人说,就是中相公时,也不是你的文章,还是宗师看到你老,不过意,施舍与你的!如今痴心就想中起举老爷来,这些中老爷的,都是天上的文曲星^②;你不看见城里张府上那些老爷,都有万贯家财,一个个方面大耳。像你这尖嘴猴腮,就该撒抛尿自己照照,不三不四,就想吃天鹅屁!趁早收了这心,明年等我替你找一处塾馆,每年寻几两银子,养活你那老不死的老娘和你老婆是正经!你问我借盘缠,我一天杀一头猪,还赚不得钱把银子,都把与你去丢在水里,叫我一家老小喝西北风?"一顿夹七杂八,骂得范进不敢吭声,辞了丈人回来,自己心里想:"宗师说我火候已到。自古绝无场外的举人,如不进去考他一考,如何能够甘心?"于是和几个同案的商议,瞒着丈人,到城里去应试。出了场立刻回家,家里已是饿了两三天,被胡屠户知道,又骂了一顿。

到了发榜的那天,家里没米下锅,母亲吩咐范进道:"我有一只生蛋的母鸡,你快拿去集上卖了,买几升米来煮餐粥吃。我已是饿得两眼都看不见了!"范进慌忙抱鸡去卖。

去了没多久,只听得一阵锣响,三匹马闯将过来;那三个人

---

① 腆:挺出。
② 文曲星:主管文章盛衰的星宿。也叫文星。

下了马,把马拴在茅草棚上,叫道:"快请范老爷出来,恭喜高中了!"母亲不知是什么事,吓得躲在屋里;听到是儿子中了,才敢伸出头来,说道:"诸位请坐,小儿方才出去了。"那些报录人道:"原来是老太太。"大家簇拥着要喜钱。止在热闹,又是几匹马,二报、三报的也到了,挤了一屋的人,连茅草棚地下都坐满了。

邻居都来挤着看,老太太央求一个邻居去寻范进。那邻居飞奔到集上,一直寻到集东头,看见范进抱着鸡,插着个草标,一步一踱的,东张西望,在那里寻人买。邻居道:"范相公快些回去!恭喜你中了举人,报喜的人在等着!"范进以为是哄他,只装着没听见,低着头往前走;邻居见他不理,走上来就要夺他手里的鸡。范进道:"你拿我的鸡做什么?你又不买。"邻居道:"你中了举人,叫你快回家去打发报录的人。"范进道:"这位高邻,你晓得我今天家里没有米,要卖这只鸡去救命,为什么拿这种话来哄我?请不要开玩笑,你自己回去吧,莫要耽误我卖鸡。"邻居见他不信,劈手把鸡夺了,掼在地下,一把拉了他回来。

报录的见了道:"好了!新贵人回来了!"范进三两步走进屋里来,只见报帖已经升挂起来,上面写着:"捷报贵府老爷范讳进高中广东乡试第七名亚元[①],京报连登黄甲[②]。"

范进不看便罢,看了一遍,又念一遍,两手一拍,笑了一声道:

[①] 亚元:时称乡试第一名为"解元"、第二名为"亚元"。惯例填榜时先从第六名起,前五名最后倒填。报录人称第七名为"亚元",出于谄媚,也因为是填榜时的第二名。

[②] 连登黄甲:中进士的榜用黄纸写,叫作黄榜。进士为甲科。这是报录人预贺中举的人连中进士的吉利话。

二、范进的故事

"噫！好了！我中了！"说着，往后一跤跌倒，牙关咬紧，不省人事。老太太慌了，忙将几口开水灌了醒来。范进爬将起来，又拍着手大笑道："噫！好了！我中了！"笑着就往门外飞跑，把报录的和邻居都吓了一跳。范进跑了不多远，一脚踹在泥塘里，挣起来，头发都跌散了，两手黄泥，淋淋漓漓一身的水，众人拉他不住，只见他拍着手笑着，一直向集市去了。

众人大眼望小眼，一齐道："原来新贵人欢喜得疯了！"老太太哭道："怎么这样命苦，中了一个什么举人，就得了疯病，这一疯几时才得好！"娘子胡氏道："早上出去还是好好的，怎的就得了这样的病，这却如何是好？"众邻居劝道："老太太不要心慌，我们如今且派两个人跟定了范老爷，这里大家去家里拿些鸡蛋酒米来，先款待着报录的老爷们，再作商量。"当下众邻居有拿鸡蛋来的，有拿白酒来的，也有背了斗米来的，也有捉两只鸡来的。娘子哭哭啼啼，在厨下收拾齐了，摆在草棚下。邻居又搬了些桌凳，请报录的坐着吃酒商议。报录的内中有一个道："在下倒有一个主意，不知能不能行？"众人问："是什么主意？"那人道："范老爷平日可有最怕的人？他只因太欢喜了，痰涌上来，迷了心窍；如今只要他怕的这个人来打他一个嘴巴说：'报录的话都是哄你的，你并没有中。'他吃这一吓，把痰吐了出来，就明白了。"众人都拍手道："这主意好得紧又妙得紧，范老爷最怕的莫过于他的老丈人，肉案子上的胡老爹，快请胡老爹来！"

当下有一个人飞奔去请，半路上遇着胡屠户，后面跟着个伙计，提着七八斤肉，四五千钱，正赶着来贺喜。进门见了老太太，老太太哭着告诉了一番。胡屠户诧异道："难道这样的没福气！"外边一片声请胡老爹说话。胡屠户把肉和钱交给女儿，走了出来，众人把商量好的计划告诉他。胡屠户作难道："虽然是我的女婿，但如今他做了举老爷，就是天上的星宿！天上的星宿是打不得的。我听说打了天上的星宿，阎王就要抓去杖一百铁棍，打到十八层地狱，永不得翻身，我真是不敢做这样的事儿。"邻居内一个尖酸的人说道："算了吧！胡老爹！你每天杀猪，白刀子进红刀子出，阎王已不知叫判官在簿子上记了你几千条铁棍，就是添上这一百棍，又打什么要紧？说不定你救好了女婿的病，阎王叙功，从地狱里把你提上第十七层来也未可知！"报录的人也劝胡屠户，没奈何只好做。屠户被众人说着推辞不了，只得连斟两碗酒喝了，壮一壮胆，把小心眼收起，将平日里凶恶样子拿出来，卷一卷那油晃晃的衣袖，去了集市，邻居五六个都跟着走。老太太赶出来叮嘱："亲家，你只能吓他一吓，千万莫把他打伤了！"众邻居道："这个自然，用不着吩咐。"

　　来到集上，看见范进站在一个庙门口，披散着头发，满脸污泥，鞋子也掉了一只，还在拍着掌，口里叫道："中了！中了！"胡屠户凶神恶煞般走到跟前，骂一声："该死的畜生！你中了什么？"一个耳光打过去，众人忍不住笑。胡屠户虽然大着胆打了一下，心里到底还是怕的，一只手发起抖来，不敢打第二下。范进被这一耳光打晕了，昏倒在地。众邻居一齐上前，替他抹胸口，捶背心，搞了半天，渐渐喘息过来，眼神明亮，不再疯。众人扶起，借庙门口一个外郎科中姚驼子板凳上坐着，胡屠户站在一边，不觉那只打人的手隐隐地疼将起来。一看手巴掌仰着，再也弯不过来，心里懊恼，想着果然是天上的文曲星打不得的，如今菩萨计较起来了！想着想着越疼得厉害，连忙向郎中讨了个膏药贴着。

　　范进看着众人，说道："我怎么坐在这里？"又道："我这

二、范进的故事

半天昏昏沉沉,像在梦里一般。"众邻居道:"老爷,恭喜高中了,刚才欢喜得引动了痰,现在好了。快请回家去打发报录的人。"范进说道:"是了,我也记得是中的第七名。"一面绾了头发,向郎中借了一盆水来洗脸。一个邻居早把那一只鞋寻了来替他穿上。范进看到丈人,老习惯还是怕他又要来骂。胡屠户上前道:"贤婿老爷!刚才不是我敢大胆,是老太太的主意。"邻居有一个人道:"胡老爹刚才这个嘴巴打得亲切,范老爷洗脸,怕不要洗下半盆子猪油来!"又有一个道:"胡老爹,你这手,明天杀不得猪了。"胡屠户道:"我哪里还会杀猪!有了我这位贤婿老爷,还怕后半世靠不着嘛!我常说我的这个贤婿,才学又高,品貌又好,就是城里头那张府周府的老爷们,也没有女婿这样体面的相貌。你们不知道,得罪你们说,我小老儿这一双眼睛,却是认得人的!想着以前我小女在家里,长到三十多岁,多少有钱的富户要和我结亲,我自己觉得女儿像有些福气的,毕竟要嫁与个老爷,今天果然不错!"说罢,哈哈大笑,众人都笑将起来。

回家时范举人先走,胡屠户和邻居跟在后面,屠户见女婿衣裳后襟滚皱了许多,一路上低着头替他扯了几十回。到了家门,屠户高声叫道:"老爷回府了!"老太太迎出来,看到儿子不疯了,喜从天降,问报录的,已是家里用屠户送来的几千钱打发他们去了。范进拜了母亲,也拜谢丈人,胡屠户再三不安道:"一点点钱,还不够你赏人的哩!"

(三) 名与利一"举"齐来

范进又谢了邻居,正待坐下,忽见一个体面的管家,手里拿着大红全帖,飞跑了进来道:"张老爷来拜新中的范老爷。"话一说完,轿子已到门口。胡屠户连忙躲进女儿房里,不敢出来,邻居也各自散了。范进迎了出去,只见那张乡绅下轿进来,头戴纱帽,身穿葵花色员领①,金带皂靴。他就是举人出身,做过一任知县的张师陆,别号叫作静斋。范进让了进来,堂屋里平磕了头,分宾坐下。张乡绅先道:"世先生同在本乡,一向有失亲近。"范进道:"晚生久仰老先生,只是无缘,不曾拜会。"张乡绅提起范进中举的房师,高要县的汤知县,就是张静斋祖父的门生,两人正是亲切的世弟兄。眼睛四面望了一望,说道:"世先生果是清贫。"就随从手里拿过一封银子来,说道:"小弟却也无以为敬,谨具贺仪五十两,世先生权且收着,这华居其实住不得,将来宾客来往,很不方便;弟有空房一所,就在东门大街上,三进三间,虽不轩敞,也还干净,就送给世先生,搬去那里住,早晚也好请教。"范进再三推辞,张乡绅急了道:"你我世弟兄,就如至亲骨肉一般,若再推辞,那就是见外了。"范进这才把银子收下,作揖谢了,又说了一会儿,打躬作别。

　　胡屠户直等客人上了轿,才敢走出堂屋来。范进把银子交给妻子打开,一封封雪白的细丝锭子,包了两锭递给胡屠户道:"方才费老爹的心,拿了五千钱来,这六两多银子,老爹拿了去。"屠户把银子握在手里,紧紧地把拳头舒过来道:"这个,你且收着,我原是贺你的,怎好又拿回去?"范进道:"眼见得我这里还有这几两银子,若用完了,再来向爹讨来用。"屠户连忙把拳头缩了回去,把银子往腰里揣,口里说道:"也罢,你如今结识了这

---

① 员领:圆领子的长袍。员,通"圆"。

个张老爷,以后何愁没有银子用,他家的银子,比皇帝家还多些,他家就是我卖肉的主顾,一年就是无事,肉也要用四五千斤。"又转回头来望着女儿说道:"我早上拿了钱来,你那该死的兄弟还不肯。我说:'姑老爷今非昔比,少不得有人把银子送上门去给他用,这些钱送去,只怕姑老爷还不稀罕哩。'如今果然被我说准了,我拿了银子回家去,骂这死砍头短命的奴才!"说了一会儿,千恩万谢,低着头笑眯眯地去了。

此后果然就有许多人来奉承范进,有送田产的,有送店房的,还有破落户,两口子来投身为仆,图荫庇的,不过两三个月,范进家奴仆、丫鬟都有了,钱米更是不消说,张乡绅来催着搬家。搬进新房,唱戏、摆酒、请客,一连忙了三天。

(四)乡绅新贵合作打秋风

到第四天,老太太起来吃过点心,走到第三进房子里,看到范进的娘子胡氏,家常戴着银丝发髻,十月中旬,天气还暖,她穿着天青缎套,官绿缎裙,正督率着家人、媳妇、丫鬟洗碗盏杯箸。老太太看了,说道:"你们嫂嫂姑娘们要仔细些,这都是别人家的东西,不要弄坏了。"家人媳妇道:"老太太,哪里是别人的,都是你老人家的。"老太太笑道:"我家怎的有这些东西?"丫鬟和媳妇一齐都说道:"怎么不是?不但这些东西是,就连我们这些人和这房子都是你老太太家的。"老太太听了,把细瓷碗盏和银镶的杯盘,逐件看了一遍,哈哈大笑道:"这都是我的了!"大笑一声,往后跌倒,痰涌上来,不省人事。

慌得范府连忙延医诊治,一连请了几个医生,都说病已不治,挨到黄昏,老太太奄奄一息,归天去了。范家大办丧事,大门上挂了白布球、新贴的厅联,都用白纸糊了。满城缙绅,都来吊唁。范进请了同案的魏好古,穿着衣巾,在前厅陪客;胡老爹上不了台盘①,只好在厨房里或是女儿房里,帮着量白布,秤肉,乱窜。等到二七过了,范举人念旧,拿了几两银子,交与胡屠户,托他仍去集上庵里,请平日熟悉的和尚,约大寺八众僧人来念经,拜梁皇忏,放焰火,追悼老太太。

屠户拿着银子来集上庵里的滕和尚家,恰好大寺里的僧官慧敏也在,这僧官因为有田就在左近,所以常来这庵里。见面就说:"老爹这几天一定都在女婿家忙着,没见来集上做生意。"胡屠户道:"可不是嘛!自从亲家母不幸去世,满城乡绅,哪一个不来,就是我主顾张老爷、周老爷在招呼着,大长日子,坐着无聊,只拉着我说闲话,陪着喝酒吃饭。见了客来,又要打躬作揖,累得不得了。我是个闲散惯了的人,不耐烦做这些事,想要躲着些,我小婿倒是不会见怪,只怕缙绅老爷们误会了,会怪我这至亲的不会帮忙。"说着就把要请僧人做斋的事说了,和尚听了,屁滚尿流,连忙转托僧官就去约众准备。

僧官进城,遇到他的佃户何美之,约去家里款待,何美之夫妇两个作陪,僧官热了,脱了件衣服,敞开怀,凸出肚子,黑津津的一头一脸肥油,三个人正吃得高兴,不想被一群光棍探知,冲了进来说道:"好快活,和尚、妇人,大青天白日里调情!好一个僧官老爷,知法犯法?"不由分说,拿条草绳,把精赤条条的和尚同妇人一齐捆了,送去南海县,等候知县出堂报状。和尚

---

① 上不了台盘:不懂礼节,不能在席面上应酬。

二、范进的故事

悄悄叫人送信给范府,范举人因母亲做佛事,和尚被人拴了,忍耐不得,立刻拿帖子向知县说了。知县差班头把和尚放了,女人交给丈夫领回家去。一班光棍扣着待审,光棍们慌了,求张乡绅拿帖子到知县处说情,知县也准了,早堂时骂了几句,一齐赶了出去。和尚和光棍们全都倒霉,在衙门口用了几十两银子。

范府做佛事的时候,僧官跟一个和尚说张乡绅的劣迹:"想起我前日里的一番是非,哪里是什么光棍,就是他的佃户,商议定了,做鬼做神来捉弄我。也不过是要费掉我几两银子,好逼我把屋后一块田卖与他。坏心害人反害自身,落得县里太爷要打他的庄户,这才慌了,老着脸拿帖子去说情,惹得县太爷不喜欢。"又说张乡绅没脊骨的事好多,硬替外甥女做主许给魏好古,其实魏好古文章不通,前日里替范府作荐亡疏,僧官拿给人看,说是一篇疏里就写别了三个字。

七七之期已过,张静斋来问候,谈起范母安葬,范进坦陈费用不敷,张静斋说道:"守孝自是正理,但世先生为安葬大事,也要到外边去设法使用,不必拘泥。现今高中之后,还不曾到贵老师处问候,高要地方肥美,或可秋风①一二,弟意也要去候敝世叔,何不同行,一路舟车费用由弟措办,不须世先生费心。"范举人道:"极承老先生厚爱,但不知大礼上能不能行?"张静斋道:"就是礼,也有权宜,想来没什么行不得的。"

乡绅举人,结伴同去高要县汤知县处打秋风,进了高要城,正巧知县下乡去了,两位只得在一处关帝庙里坐下。正坐着吃茶,外面走进一个人来,方巾阔服,粉底皂靴,蜜蜂眼,高鼻梁,络

---

① 秋风:抽丰、乞助于有余者,一般所谓的敲竹杠。

儒林外史：书生现形记

腮胡子，主动来问哪一位是张老先生，哪一位是范老先生。两人各自道了姓名，那人道："贱姓严，舍下就在附近，去年宗师案临，侥幸列为岁荐升为贡生①，与我本县汤太爷是极好的相与。二位老先生，想必都是年家故旧？"二位各说了年谊师生，严贡生不胜钦敬，连忙吩咐家人，酒食招待，请二位先生上席，斟酒奉过来，说道："本该请二位老先生降临寒舍，一来蜗居恐怕不尊，二来就要进衙门的，要避嫌疑；就此备些粗碟，休嫌轻慢。"张、范两位恐怕脸红，不敢多用，吃了半杯酒放下。严贡生道："汤父母为人廉静慈祥，真是本县一县之福。"张静斋道："敝世叔也还有些善政吗？"严贡生道："老先生，人生万事都是个缘法，真个勉强不来的！汤父母到任的那天，全县缙绅搭了个彩棚在十里牌迎接，小弟站在彩棚门口，等着锣、旗、伞、扇、吹鼓手、衙役，一队队都过去了。轿子将到，远远望见汤父母两朵高眉毛，一个大鼻梁，方面大耳，我心里就晓得这是一位慈祥君子。却又奇怪，几十个人在那里迎接，汤父母轿子里的两只眼睛只看着小弟一个人。那时有个朋友，同小弟并站着，他把眼睛望一望老父母，又把眼望望小弟，悄悄问我是否先前认得这位父母官，小弟从实说以前不识。他就痴心，只以为汤父母看的是他，连忙抢上几步，意思要汤父母问他什么。想不到老父母下了轿，同众人打躬，倒把眼望了别处，这才晓得刚才不是看他，把他羞得不得了。第二天，小弟到衙门谒见，老父母诸事忙作一团，却连忙搁下诸事，叫请小弟进去谈，换了两遍茶，就像相交过几十年的一般。"张乡绅道："总是因为你先生为人有品望，所以敝世叔相敬，近

---

① 贡生：科举时代，选府州县学生员学行俱优的，升入太学，叫做贡生。

二、范进的故事

来想必还是时时请教?"严贡生道:"后来倒也不常进衙门去。实不相瞒,小弟为人率真,在乡里间从不占人一点便宜,所以蒙历来的县太爷相爱。汤父母虽是不大喜欢会客,却也凡事心照。就如前月县考,把二小儿取在第十名,叫了进去,细细问他,着实关切。"范举人道:"我这老师看文章是法眼,既然赏鉴令郎,一定就是英才。可贺!"严贡生道:"岂敢!岂敢!"又道:"我们这高要县是广东出名的县,一年之中,钱粮、耗羡①、花布、牛、驿、渔船、田房税,不下万金。"又用手在桌上画着,低声说道:"像汤父母这个做法,不过八千金;前任潘父母做的时候,实有万金。他还有些枝叶,还用得着我们几个要紧的人。"

说着,恐怕被人听见,把头扭转来望门外。一个蓬头赤足的小厮,走了进来,望着他道:"老爷!家里请你回去。"严贡生道:"回去做什么?"小厮道:"早上关的那头猪,那人来讨了,在家里吵着哩。"严贡生道:"他要猪,拿钱来。"小厮道:"他说猪是他的。"严贡生道:"我知道了,你先去吧,我就来。"小厮又不肯去。张、范二位道:"既然府上有事,老先生就请回吧。"严贡生道:"二位老先生有所不知,这头猪原是舍下的……"话未说完,听得一声锣响,知县回衙,张、范两位整一整衣帽,叫管家拿了帖子,向严贡生谢了,来到宅门,投帖进去。知县汤奉接了帖子,一个写"世侄张师陆",一个写"门生范进"。汤知县心里沉吟道:"张世兄屡次来打秋风,甚是可厌。但这回同着我新中的门生来见,不便拒绝。"盼咐快请。

---

① 耗羡:旧时代政府征收漕粮,为防漕运耗损,在正额之外加收若干,叫做耗羡。

（五）清官禁屠闹出人命

汤知县见着范进，才知他母亲去世，正在遵制丁忧。汤知县连忙换了孝服，后堂备宴，席上用的都是银镶杯箸。范进退前缩后的不举杯箸，知县不知是为何。张静斋笑道："世先生因为亲丧守制，想是不用这个杯箸。"知县忙教换了一个瓷杯，一双象牙筷来，范进还是不肯举动，再换了双白竹筷来，这才举箸。知县疑惑他居丧如此尽礼，如果不用荤酒，这一桌的菜可不是全都不能用？看他举起筷子，在燕窝碗里拣了一个大虾圆子，送到嘴里，这才放下心来。

席上谈起奉旨禁宰耕牛，高要县的回民向知县行贿，汤知县向张静斋请教，说道："张世兄，你是做过官的，这件事正该和你商量。方才有几个回教教亲，送了我五十斤牛肉，请出一位老师父来求我，说若是禁得太严，他们就没有饭吃，求我略宽松一些，这叫瞒上不瞒下，五十斤牛肉，你看我是受不受得？"张静斋道："老世叔，这是断断使不得的了。你我做官的人，只知有皇上，哪知有教亲？想起洪武年间，刘老先生……"汤知县道："哪个刘老先生？"静斋道："就是刘基，他是洪武三年开科的进士，'天下有道'三句中的第五名。"范进插口道："想是第三名。"静斋道："是第五名，那墨卷是弟读过的；后来入了翰林①，洪武帝私行到他家，就如宋太祖雪夜访赵普一般，恰好江南张王送了他一坛小菜，

---

① 翰林：文学侍从之官。唐氏设学士院，选文学之士为翰林学士，专掌制诰。明代改称学士院为翰林院，掌秘书著作。清代凡进士朝考得庶吉士者，都称为翰林，是为科举最清贵的途径。

当面打开一看,都是些瓜子金。洪武圣上恼了,说道:'莫以为天下事都靠着你们书生。'到第二天,把刘先生贬为青田县知县,又用毒药摆布死了。这个如何了得!"知县见他说得口若悬河,又是本朝确切的典故,不由得不信。请问如何处置,张静斋道:"依小侄愚见,世叔就可在这件事上出个大名,明日将那老师父拿进,打他几十个板子,取一面大枷锁了,把牛肉堆在枷上,出一张告示在旁,申明他大胆行贿,上司访知,知道世叔一丝不苟,升迁就在不远。"

汤知县不该信了张静斋的主意,第二天将伊斯兰教大师父重责三十板,一面大枷锁了,五十斤牛肉堆在枷上,县前示众。天气炎热,枷到第二天,牛肉生蛆,第三天大师父归真。众回民心里不服,一时聚众数百,鸣锣罢市,闹到县衙门前来,说道:"就算是我们不该送牛肉来,也不该有死罪,这都是南海县的光棍张师陆出的主意,我们闹进衙去,揪他出来一顿打死……"将县衙门围得水泄不通,知县大惊,细查才知是衙里的下人透露风声。知县与心腹衙役商议,幸得县衙后门紧靠北城,先由几个衙役溜出城外,乘夜用绳将张、范两位缒出城去,换穿蓝布衣服,草帽草鞋,寻一条小路,忙忙如丧家之狗,急急如漏网之鱼,连夜回去。一面由学师典史出来安民,说了许多好话,众回民这才散去。

(六)苏轼不查荀玫

范进守丧服满,上京应试,拜见老师周进,那时的周进已进

儒林外史：书生现形记

升做了国子监①司业。师生相见，周司业特别念旧，对范举人十分亲切。会试之后，范进果然中了进士。授职部属，考选御史，几年之后，钦点担任山东学道。令下之日，范学道就来叩见周司业。周司业道："山东虽是我的故乡，我却也没有什么事情烦劳你，只是心里还记得训蒙的时候，乡下有个学生，叫作荀玫，那时才得七岁，这又过了十多年，想也长成人了。他是个务农的人家，不知可读得成书？若是还在应考，贤契留意看看，果有一线之明，酌情拔取了他，也了我一番心愿。"范进听了，专记在心。去往山东到任，考事行了大半年，才按临兖州府，竟把这件事忘了，直到要发榜的头一晚才想起来，自责道："你看我办的是什么事！老师托了我汶上县的荀玫，我怎么并不照应？大意极了！"慌忙先在生员等第卷子里一查，全然没有；随即在各幕客房里把童生落卷取来，对着名字，座号，一个个细查，查遍了六百多卷子，并不见有荀玫的。学道心里烦闷道："难道他不曾来考？"又担心着："若是有在里面，我查不到，将来怎样去见老师？还是要再细查，就是明天不发榜也罢。"

一众幕宾，也为这件事疑猜不定。内中有一个少年幕客蘧景玉说道："老先生这件事倒合了一件故事：数年前，有一位老先生点了四川学差，在何景明②先生家里吃酒。景明先生醉后大声道：'四川如苏轼的文章，是该考六等的了。'这位老先生记在心里，其后三年学差回来，再会何老先生时说：'学生在四川三年，到处细查，并不见苏轼来考，想必是临场规避了。'"说罢，将袖

---

① 国子监：古代最高的教育管理机构。
② 何景明：明代文学前七子中的领导人物，提倡拟古，主张文崇秦汉，诗必盛唐。

二、范进的故事

子掩了口笑。范学道是个老实人，也不懂他说的是笑话，只是愁着眉道："苏轼既然文章不好，查不着也罢了。这荀玫是我老师要提拔的人，查不着，不好意思的。"一个年老的幕客牛布衣道："是汶上县？何不在已取中入学的十几卷里查一查？"学道道："有理，有理。"忙把已取的卷子来对，头一卷就是荀玫。学道看了，不觉喜逐颜开，一天的愁都没有了。

第二天发案，先是生员：一等、二等、三等，都发落过了，传进四等的来。汶上县学四等第一名上来的是梅玖，学道责他文章荒谬，吩咐左右，将他扯上凳去，照例责罚。梅玖急了，哀告道："大老爷，看生员的先生面上开恩吧！"学道问："你先生是哪一个？"梅玖答是现任国子监司业的周进。范学道道："你原来是我周老师的门生，也罢，姑且免打。"门斗放他下来跪着，学道责备他有污周老师的门墙，把他赶了出去。

传进新中秀才，头一名点着荀玫，人丛里一个清秀少年上来接卷。学道问："你和方才这梅玖是同门吗？"荀玫不懂，答不出话来。学道又问："你可是周进老师的门生？"荀玫道："这是童生开蒙的师父。"学道："是了，本道也在周老师门下。出京之时，老师吩咐来查你卷子，不想你已经取在第一。如你这少年才俊，不枉了老师的一番栽培，此后用心读书，颇可上进。"荀玫跪下谢了。

荀玫被鼓吹送出门来，遇着梅玖还站在辕门外，荀玫忍不住问道："梅先生，你几时从过我们周先生读书的？"梅玖道："你后生家哪里知道，想着我跟先生求学时，你还不曾出世。先生那时在城里教书，后来下乡来，你们上学时，我已是进过的了，所以你不晓得。先生是最喜欢我的，说是我的文章有才气，就是有些不合规矩。方才范学台批我的卷子也是这话，可见会看文章的都是一样的。你可知道，学台为何不把我放在三等中间，就是因为不得发落，不能见面，所以才特地把我考在这名次，以便当堂发落，说出周先生的话来，明明地卖个人情，所以会把你进个案首，也是为此。俺们做文章的人，凡事都要看出人的细心，不可以忽略过了。"

　　此时荀老爹已经去世，申祥甫也老了，拄着拐杖来替荀玫贺学，集上众人在观音庵里摆酒，和尚指着庵里供着周大老爷的长生牌，上面写着："赐进士出身，广东提学御史，今升国子监司业周大老爷长生禄位。"左边一行小字写着："公讳进，字篑轩，邑人。"右边一行小字："薛家集里人，观音庵僧人同供奉。"两人恭恭敬敬，同拜了几拜，又同和尚走到后边屋里，周先生当年设帐的所在来看，堂屋中间墙上，还是周先生写的对联，红纸都久已贴白了，上面十个字是："正身以俟时，守己而律物。"梅玖指向和尚道："这是周大老爷的亲笔，你不该贴在这里，快拿些水喷了，揭下来裱一裱，收着才是。"和尚诺诺连声，急忙去办。

【解析】

　　（一）周学道推己及人，同情贫老，这是好的。但他主考不公平，卷子还未收齐即看，就先把范进取做了第一名。同时他排斥诗词歌赋，以为是不必学的"杂学"，正代表着他的浅陋固执。此外从范进实际年岁与填报的不符，可看出当时科举不实的缺漏。

　　（二）胡屠户前倨后恭的小人丑态，刻画入微。

　　（三）张静斋的施惠于范进，是为了日后的利用合作。乡人们的趋炎附势，充分说明中举前后的大不同，名利所在，难怪士人醉心于此。

（四）胡屠户的吹牛自夸，是为掩饰自卑的人性。张静斋谋夺僧官田产，设下圈套害人，一副土豪劣绅嘴脸。举人魏好古的文章不通，且有别字，又是科举不公。严贡生夸张与官府结交，显示人格卑劣；明白指出官府贪污，一年不下万金，他自己就是前任潘知县收贿弄钱的爪牙。以此与第一章周进教读的收入（一年馆金十二两）相比，真有天壤之别，难怪贫士们争着要中举做官，原因在此。

（五）范进的虚伪做作，居丧不用银器象牙筷，却能吃虾圆子。张静斋的不学：举说刘基是洪武（明太祖年号）三年的进士，事实上刘基是元代至顺年的进士；所举洪武私访刘基被贬一节，并无此事，全是张静斋胡诌的，而范进、汤知县两个也一样的浅陋，居然相信。汤知县热衷功名，误用张静斋的建议，故意表现廉洁，草菅人命，几乎酿成民变。足见当时官绅勾结为虎作伥之可恶。

（六）范进主持考试不公：若不是苟玫已取在第一，少不得他也会卖人情取中。更可笑的是他连苏轼是谁都不知道，显示旧时科举，士人只读四书、五经，做八股文，其他一概不知，浅陋的缺失极为严重。八股文害人，使得士人"出则为贪官污吏，退则为土豪劣绅"，这一点正是作者吴敬梓最为痛心，在书中极力反对的意识重点所在。梅玖一段与第一章呼应，以前奚落周进，如今竟冒称是周进的门生而求情免打，还说是范学台故意安排的当面发落，真是厚颜无耻。结尾又写和尚的势利，以前的穷酸塾师，如今居然被供起长生牌位来了。

三、兄弟两人大不同

（一）严贡生横行乡里

上文提到过的严贡生，本名严大位，字致中。自和张、范两位作别之后，一连冒出两宗与他有关的案子：一件是严贡生的紧邻王小二，去年三月，严家的一头小猪走到他家，他慌忙送回严家。严家说猪到人家寻回最不吉利，就以八钱银子卖与王家。这头猪在王家养到一百多斤，不想又错走到严家去，严家把猪关了。王小二的哥哥王大吉到严家讨猪，严贡生说猪本是他的，要讨猪就得照时值估价，拿几两银子来领回去。当时发生争吵，严贡生的几个儿子一齐动手，拿门闩、面杖把王大打了个臭死，腿都打折了。

另一件是个五六十岁的老者黄梦统，去年九月上县来交钱粮，一时短少，央请中人向严贡生借二十两银子，言明每月三分利，写立借约送在严府，还不曾拿钱。后黄梦统在亲眷那里借到了银子，缴完钱粮。大半年后才想起此事，向严府取回借约，严贡生说当时若是立即取回借约，他就好把银子借与别人生利，因为不曾取约，他那二十两银子不能动，误了大半年利钱，该由黄梦统出。黄梦统请中人说情，情愿买个蹄酒上门取约。严贡生不肯，扣留了黄梦统的毛驴、米袋，又不还借约。

两件事告到县里，知县汤奉说道："一个做贡生的，忝列衣冠，不在乡间做些好事，只管如此骗人，实在可恶。"批准了两张状子，

三、兄弟两人大不同

早有人把知县的话通知严贡生,严贡生慌了,三十六计走为上策,脚底抹油一溜烟溜去省城。县里来找被告,严贡生已不在家,只得去找严二老官。这位二老官叫严大育,字致和,和严致中是同胞兄弟,却已分了家。这严致和是个监生,家私富足,他是个有钱而胆小怕事人。连忙留差人吃了酒饭,拿两千钱打发了去,又叫小厮赶紧请两位舅爷来商议。

他的两位妻舅姓王,一个叫王德,一个王仁,都是秀才。请到家来,王仁笑道:"你令兄平日常说同汤知县是相识要好的,怎的这一点事就吓走了!"严监生说哥哥一溜,差人只找着他要人,十分无奈。王仁以此事既与严监生无关,大可不必管它。王德却说:"衙门里的差人,只因妹丈有钱,他们做事,只拣有头发的抓①,若说不管,他们就更加紧要人了。如今只有使用釜底抽薪的办法。"

二人商量,要去寻着王小二、黄梦统,把猪还与王家,出钱为王大养伤,还给黄家借约等物。严监生道:"两位老舅说的是,只是我那家嫂也是个糊涂人,几个舍侄,就像生狼一般,一总不听教训,他们怎肯把猪和借约拿出来?"王德又出主意,教严监生花钱消灾,另由王德、王仁立个文书给黄梦统,言明借约作废无效。当下商议定了,一切办得停妥,严二老官揽下了这两件不相干的事,连同衙门使费,共用去了十几两银子。

这天严监生备酒致谢两位舅爷,王仁谈起严贡生并无才学,一个秀才不知是怎样得来的,王德道:"这是三十年前的话,那时宗师都是御史出来,本是个吏员出身,知道什么文章?"谈起亲戚之间,一年之中,总得彼此来往应酬几次,而严贡生除了前

---

① 拣有头发的抓:找有钱的人进攻。

年出贡竖旗杆,在他家扰过一席之外,从来不曾见他请过一次客。又谈到严贡生出贡,拉着人出贺礼,把总甲地方都派了份子,县里的狗腿差更是不消说,弄了不少钱。还欠下厨子钱,屠户肉案子上钱,至今不肯还,时常有人上门讨欠,吵吵闹闹,不成体统。严监生道:"便是我也不好说。不瞒二老舅,像我家还有几亩薄田,夫妻四口度日,猪肉也舍不得买一斤。每当小儿子要吃时,在熟切店里买四个钱的哄他就是了。家兄寸土也无,人口又多,过不得三天,肉一买就是五斤,还要白煮得稀烂。上一顿吃完,下一顿又要在门口赊鱼,当初分家,都是一样多的田地,白白都吃穷了。如今常端了家里的花梨椅子,悄悄开后门去换肉包子来吃,你说这事如何是好!"两位舅爷听了,哈哈大笑。

(二)二娘扶正大娘死

严监生的夫人王氏没生儿子,姨太太赵氏倒生下了一个小儿子,年方三岁。王氏的身体不好,病得沉重。赵氏殷勤侍奉汤药,夜晚抱着孩子在床脚头坐着哭。那一夜说甘愿求菩萨收了她去,只求保佑大娘好了便罢。王氏说人的寿数有定,谁也不能替谁。赵氏说出内心的疑惧,害怕王氏一死,严监生另娶正室,晚娘会虐待妾生的儿子。有一晚赵氏出去了一会儿,不见进来,王氏问丫鬟道:"赵家的哪里去了?"丫鬟道:"新娘每夜摆个香桌在天井里,哭求天地保佑奶奶!"王氏听了,心里感动,就主张自己若是死了,叫丈夫把赵氏扶正,做个填房。赵氏连忙把严监生请了进来,严监生又要请两位舅爷来,说定此事,才好有个凭据。

三、兄弟两人大不同

第二天请来两位舅爷，严监生把妻子的意思说了，来到王氏床前，王氏已是不能言语，把手指着孩子，点了一点头。两位舅爷木丧着脸，都不说话。严监生拿出两封银子来，每位一百两，递与两位老舅道："休嫌轻意。"二位双手来接，这才开始哭出声来，眼皮红红地出主意。王仁道："舍妹真是女中丈夫，可说是王门有幸；扶正的主意，恐怕老妹丈胸中也没有这样的道理，还要恍恍惚惚，疑惑不清，枉为男子。"王德道："你不知道，你这一位如夫人，关系你家三代；舍妹殁了，你若另娶一人，磨害死了我外甥，不但老伯、伯母在天不安，就是先父母也不安了。"王仁拍着桌子道："我们念书的人，全在纲常上做功夫；就是作文章，代孔子说话，也不过是这个理。你若不依，我们就不上门了。"严监生还是胆小，说道："恐怕寒族多话。"两位道："有我两人做主。但这事须要大做，妹丈，你再出几两银子，明日只当我两人出的，备十几席，将三党亲戚都请来，趁舍妹眼见你两口子同拜天地祖宗，立为正室，以后谁人再敢放屁？"严监生又拿出五十两银子来交与，两位喜形于色去了。

吉日那天，亲眷都到齐了，只有隔壁严大爷家的五个亲侄子一个也不到。先到王氏床前立下王氏的遗嘱，两位舅爷都画了字。严监生与赵氏穿戴起来，拜天地、拜祖宗，两位舅爷、舅奶奶与一对新人平磕了头，管家、家人媳妇、丫鬟使女，几十个人都上来向主人、主母磕头。赵氏进房拜王氏姐姐，王氏已是昏了过去。行礼已毕，摆开二十多桌酒席，吃到三更时分，奶妈出来报告："奶奶断气了！"严监生哭着进去，只见赵氏扶着床沿，一头撞昏过去。众人连忙救醒，兀自披头散发，满地打滚，哭得天昏地暗，乱成一团。两个舅奶奶在房里，乘着人乱，将一些衣服、金珠、首饰，一掳精空，连赵氏婚礼时戴的赤金冠子,滚在地下,也被舅奶奶拾了起来,藏在怀里。

(三)严监生省油用一茎

严监生料理喜事、丧事,闹了半年。怀念亡妻,十分感伤,这天指着一张橱柜,向赵氏说道:"昨天当铺里送来三百两利钱,是你王氏姐姐的私房,每年一送来我就交与她,今年又送这银子来,可怜就没人接了!"赵氏谈起王氏生前乐善好施,而自奉却是十分俭朴,说着说着,一只猫跳来严监生腿前,严监生一脚踢去,那猫跑到房里床头,只听得一声大响,床头上掉下来一件东西来,把地板上的酒坛子都打碎了,看时竟是猫把床顶上的板子跳塌了一块,从上面掉下一个大篾篓子来,篓子里一些黑枣滚出,露出一封封桑皮纸包,打开看时,竟是五百两银子。严监生叹道:"我说她的银子哪肯就用完了?像这都是历年积聚的,怕我有急事,好拿出来用。如今物是人非,她往哪里去了!"

自此之后,严监生感伤成疾,还撑着每晚算账,又舍不得银子吃人参进补。两位舅爷要去省城参加乡试,前来辞行,严监生病在床上不能起床,叫赵氏拿出几封银子来送与舅爷,指着赵氏说:"这倒是她的意思,说姐姐留下来的一点东西,送与二位老舅,做恭喜的盘费。我这病势沉重,将来二位回府,不知还能不能见面?我死之后,二位老舅照顾你外甥长大,教他读书进学,免得像我这一生受大房里的气。"

两位舅爷走后,严监生的病一日重似一日,亲眷都来问候,五个侄子,穿梭地过来。中秋以后,医家都不再下药了。这一晚已近弥留,挤了一屋的人,桌上点着一盏灯。严监生已是不能说话,喉咙里痰响得一进一出,总不得断气,还把手从被单里拿出来,伸着两个指头。大侄子上前问道:"二叔!你莫不是还有两个亲人不曾见面?"他就把头摇了两三摇。二侄子走上前来问道:"二叔!莫不是还有两笔银子在哪里,不曾吩咐明白?"他把两眼睁得溜圆,把头又狠狠地摇了几摇,越发指得紧了。奶妈抱着哥子插口道:"老爷想是因两位舅爷不在跟前,所以纪念?"他听了这话,把眼闭着摇头,那手只是指着不动。赵氏慌忙揩揩眼泪,走近上前道:"爷!只有我能知道你的心事。你是为那灯盏里点的是两茎灯草,不放心,恐怕费了油,我如今挑掉一茎就是了。"说罢,忙走去挑掉一茎。众人看严监生时,点一点头,把手垂下,登时就断了气。

(四) 二相公迎亲

严府丧事,过了头七,两位舅爷王德、王仁科举回来,齐来吊丧。又过了三四天,严大老官也从省里科举了回来,赵氏派人送去两套簇新的缎服,齐臻臻的二百两银子。严贡生满心欢喜,细问起妻子,知道她和儿子们也都得了赵氏的好处。当下换了孝巾,系一条白布腰带,走来隔壁,柩前叫一声:"老二!"干号了几声,下了两拜。赵氏在书房摆饭,请两位舅爷作陪。王德说起监生之死,不得当面一别,甚是惨然。严贡生却说公而忘私,国而忘家,科场是朝廷大典,大家去省城为朝廷办事,就是不顾私亲,也是于心无愧。问起他大半年来在省城的事,严贡生道:"只因前任学台周老师举了弟的优行,又替弟考出了贡。他有个本家在省里住,是做过应天府巢县知县的,弟到省之后去会他,不想一见如故,要同我结亲,把他第二个令爱许与二小儿了。"王仁问:"在省城就住在他家的吗?"严贡生道:"住在张静斋家,他也是做过县令的,是本县汤父母的世侄。因在汤父母衙里同席吃酒认得,相交起来。这一次和周家结亲,就是静斋先生的大媒。"又谈起王小二、黄梦统那两宗官司,两位舅爷说汤父母着实动怒,多亏令弟看得破,息下来了。严贡生道:"这是亡弟老实不济,若是我在家,和汤父母说了,把王小二、黄梦统这两个奴才,腿也砍折了。我等乡绅人家,哪由得老百姓如此放肆?"王仁忍不住道:"凡事只是厚道些好。"严贡生把脸红了一阵。奶妈奉了赵氏之命出来问开丧安葬的事,严贡生说就要同二相公到省里去招亲,把亡弟的丧事推得一干二净。

赵氏在家掌管家务,原本想守着那孤子,长大出头,不幸那孩子出起天花来,成了险症,医治了七天,竟然死了。赵氏伤心绝望,整整哭了三天三夜,直哭得泪水已尽。料理了之后,请两位舅爷来,商量要立大房里第五个侄子承嗣。二位舅爷踌躇说大先生不在家,不便代他做主。于是派人上省城去请大老爷回来。赵氏无奈,只得依着言语,写了一封信,派家人来富连夜进省去接大老爷。

来富来到省城,找到严贡生寓处,只见四个戴红黑帽子的,手里拿着鞭子站在门口,来富吓了一跳,不敢进去。等着看见跟大老爷的四斗子出来,才叫他领了进去。看见敞厅上,中间摆着一乘彩轿,彩轿旁竖着一把遮阳大伞,上面贴着"即补县正堂"。四斗子进去请,严贡生走出来,头戴纱帽,身穿圆领补服,脚下粉底皂靴。来富上前磕头递信,严贡生看了道:"我知道了,我家二相公今日婚礼,你且在这里伺候。"

三、兄弟两人大不同

一屋子乱哄哄的,等到夕阳西下,还不见吹鼓手来,新郎二相公前前后后走着催问,严贡生在厅上大嚷叫四斗子快传吹打的。四斗子道:"今天是个好日子,八钱银子叫一班吹手还叫不动;老爷给了他二钱四分低银子,又还扣了他二分,叫张府押着他来,也不管他这一日里应承了几家,这时候怎的来?"严贡生发怒道:"放狗屁,快替我去催!来迟了,连你也一顿嘴巴!"四斗子翘着嘴,一路数说着出去,说道:"从早到晚,一碗饭也不给人吃,偏就有这些臭排场?"直到上灯时分,连四斗子也不见回来。抬新人的轿夫和那些戴红黑帽子的催得紧,厅上客人道:"也不必等吹手,吉时已到,且去迎亲吧。"将掌扇掮起,四个戴红黑帽的开道,来富跟着轿来到周家。那周家的天井里不亮,没有吹打的,只有四个戴红黑帽的,一递一声,在黑天井里喝道。周家里面传出话来:"拜上严老爷,有吹打的就发轿,没吹打的不发轿。"正吵闹着,幸好四斗子领着两个吹手赶来,一个吹箫,一个打鼓,冷冷落落地在厅上嘀嘀嗒嗒,不成腔调,两边听的人,笑个不住。周家闹了一会儿,没奈何,只得把新人轿子发来了。新人进门,又是一番忙乱。这且按下不表。

(五)船上演出的闹剧

严贡生率领儿子和新媳妇,择吉返回高要县,定了两只大船,言明船银十二两,立契到高要付银。一只坐的新郎、新娘,一只严贡生自坐。辞别亲家,借了一副"巢县正堂"的金字牌,一副"肃静""回避"的白粉牌,四根门枪,插在船上,又叫了一班吹手,开锣掌伞,吹打上船。船家看他官派十足,十分畏惧,小心服侍,一路无话。那天将到高要县，不过二三十里路时，严贡生坐在船上，忽然一时头晕，两眼昏花，口里作呕，吐出许多清痰来。来富、四斗子，一边一个，架着膀子，只是要跌，严贡生口里叫道："不好！不好！"四斗子扶他睡下，还是不住地呻吟，慌忙同船家烧了开水，拿进舱来。严贡生将钥匙开了箱子，取出一方云片糕来，约有十多片，一片片剥着，吃了几片，揉着肚子，放了两个大屁，登时好了。剩下几片云片糕，搁在船板上，半日也不来查点。那掌舵的嘴馋，左手把舵，右手拈来，一片片送在嘴里，严贡生只作没看见。

少刻到岸，严贡生命来富叫来两乘轿子，摆齐执事，将二相公与新娘先送到家去；又叫码头上人来把箱笼搬上了岸。船家水手来讨喜钱。严贡生转身走进舱来，慌慌张张地四面看了一遭，向四斗子："我的药呢？"四斗子道："哪里有什么药？"严贡生道："方才我吃的不就是药吗？分明放在这船板上的。"那掌舵的道："想是刚才船板上的几片云片糕，那是老爷剩下不要的，小的大胆就吃了。"严贡生道："吃了？好贱的云片糕！你知道我这里面是些什么东西？"掌舵的道："云片糕无非是些瓜仁、核桃、洋糖、面粉做成的了，有什么东西？"严贡生发怒道："放你的狗屁，我因素日有个晕病，费了几百两银子合了这一料药，是省里张老爷在上党做官带来的人参，周老爷在四川做官带了来的黄连。你这奴才！猪八戒吃人参果，全不知滋味，说得好容易，是云片糕！方才这几片，不仅是值好几十两银子，而且我将来再发晕病，却拿什么药来医？你这奴才，害得我不浅！"叫四斗子开拜匣，写帖子："送这奴才到汤老爷衙里去，先打他几十板子再说！"掌舵的吓坏了，赔着笑脸。严贡生写了帖子，递给四斗子，四斗子慌忙上岸，一伙搬行李的，帮着船家拦着，两只船上船家都慌了，求严老爷开恩，严贡生越发恼得暴跳如雷。搬行李的脚夫出来，捺着掌舵的磕头告饶，严贡生这才转弯道："既然你众人说情，我又喜事匆匆，且放了这奴才，再和他慢慢算账。"骂完之后，船钱不付，扬长上轿，行李小厮跟着，船家眼睁睁地看着他就这样去了。

（六）狠心大伯谋产兴讼

严贡生回到家，看到妻子正在腾出上房，要让给新媳妇住。严贡生骂道："我早已打算定了，要你瞎忙什么！二房里放着的高房大厦，不好住吗？"他妻子道："他家的房子，为什么要让你的儿子住？"严贡生道："他二房无嗣，难道不要立嗣？"妻子道："这不成，他要过继的是我们的第五个。"严贡生道："这哪能由她，赵家的算是个什么东西？我替二房立嗣，与她什么相干？"

正好赵氏已约了王德、王仁两位舅爷，请大老爷过去。严贡生过去，见了王德、王仁，之乎者也了一顿，便叫过管事家人来吩咐，将正宅打扫出来，明天二相公同二娘来住。赵氏听了，还以为他把第二个儿子来过继，急着向两位舅爷说道："媳妇过来，自然住在后层，怎倒叫我搬出来？媳妇住着正房，婆婆倒住着厢房，天地间也没有这种道理！"王德、王仁怕着严贡生凶恶，不敢替赵氏做主，出来说了几句淡话，推说要作文会，作别去了。

严贡生摆出家主威风，拉把椅子坐下，将十来个管事的家人都叫来，吩咐道："我家二相公，明日过来承继了，是你们的新主人,须要小心伺候。赵新娘是没有儿女的,二相公只认她是父妾,她不能再占着正屋;你们媳妇子把后进打扫两间,替她搬过东西去,赶紧腾出正屋来,好让二相公住。彼此间也要避个嫌疑,二相公称呼她新娘,她叫二相公、二娘是二爷、二奶奶。过几日,二娘来了,是赵新娘先过来拜见,然后二相公过去作揖。我们乡绅人家,这些大礼,都是差错不得的!你们各人管的田房利息账目,都要连夜整理列单,先送给我细细看过,好交与二相公查点;此后比不得二老爷在日,小老婆当家,凭着你们这些奴才蒙混作弊!日后若是有一点欺隐,我把你们这些奴才,每人先打十板,还要送到汤老爷衙门里,追回工钱、米饭!"

家人媳妇奉命来催赵氏搬房,被赵氏一顿臭骂,闹了一夜。次日一乘轿子抬到县门口喊冤,汤知县叫备了状子,随即批出:"仰族亲处覆。"赵氏备了几席酒,请亲长们来家。族长严振先,平日最怕严大老官;两位舅爷王德、王仁,坐着就像泥塑木雕一般,总不置一个可否;赵氏娘家,兄弟赵老二在米店做生意,侄子赵老汉在银匠店扯银炉,本就是上不得台盘,才要开口说话,被严贡生睁眼喝了一声,就不敢言语。两个人心里也想着赵氏平日只敬重两位舅爷,把娘家的人反而冷落,今日里犯不着为她得罪严老大,"老虎头上扑苍蝇"——何必!落得做个好好先生。

赵氏在屏风后,见众人都不说话,急得像热锅上的蚂蚁一般;自己隔着屏风,请教大爷,数说从前已往的话。数了又哭,哭了又数,捶胸跌脚,号作一片。严贡生听着,不耐烦道:"像这泼妇,真是小家子出身,我们乡绅人家,哪有这样的规矩?不要惹犯了我的性子,揪着臭打一顿,叫媒人领出去发嫁!"赵氏越发哭喊起来,喊得半天云里都听得见,要奔出来揪他、撕他;几个家人媳妇劝

三、兄弟两人大不同

住了。

次日商议写复呈；王德王仁道："身在黉宫①，片纸不入公门。"不肯列名。严振先只得含混复了几句："赵氏本是妾扶正②，也是有的。据严贡生说与律例不合，不肯叫儿子认作母亲，也是有的。总候大老爷裁断。"那汤知县也是妾生的儿子，见了复呈道："律设大法，理顺人情，这贡生也太多事了！"就批说："赵氏既扶过正，不应再说是妾；如严贡生不愿将儿子承继，听赵氏自行拣择，立贤立爱③可也。"严贡生看了这批，头上火冒十丈，立即写呈告到府里，没想到那府尊也是有妾的，也觉得严贡生多事，命高要县查案。知县查复上去，批下来还是照旧。严贡生更急了，再到省城按察司告状，司里批下说不是重大之事，应向府县申告。严贡生没法了，回不得头，心想："国子监周司业是我亲家一族，不如赶去京里求他，在京师部里告下状来，务必要正名分。"赶去京里，大胆写个眷姻晚生的帖求见周司业，周司业一查，不是什么亲戚，不相干的人不见。严贡生又碰了一鼻子灰。

【解析】

（一）本章写土豪劣绅严贡生横行乡里的种种劣迹。衙门中的黑暗，专拣有钱的人敲诈。从王德口中说出取严贡生为秀才的宗师是吏员出身，本身就是外行，所以才会取中严贡生这种不学无术的人。严氏兄弟两人的行为是强烈的对比：哥哥的奢侈、摆阔、

---

① 黉宫：学校。
② 妾扶正：由姨太太成为正室太太。
③ 立贤立爱：立品行优良的，或是喜爱的人为嗣。

充场面，变卖田产，用椅子去换肉包子，欠下做小生意的钱而赖债不还；富有的弟弟却又过分吝啬，连肉都舍不得买。临死还舍不得两根灯草耗油，吝啬的秉性，可见一斑。同样的都是人性缺失。

（二）赵氏努力争取扶正，显示旧时代妾侍身份地位的可悲。王德、王仁两个读书人一心为钱，只要有钱就可以雇他们出力；他们的妻子也一样，只会乘乱掳窃财物，没有丝毫亲情道义。

（三）严贡生没有手足之情，对自己闯下的祸事仍然狂妄不认，又在为子迎亲一段里，可以看出他对下人的苛刻。他在船上演出装病闹剧，为的只是不付船银，更暴露他生性之卑劣。他凶恶面目的全盘显露莫过于欺凌妇寡，谋夺亡弟财产。

（四）王德、王仁最终原形毕露，袖手旁观，不顾信义。他两人的名字是一个巧妙的反讽。

四、郭孝子万里寻亲

（一）王老爷的预兆应验

上文提到周司业特别关照提拔的小童生荀玫，科举一帆风顺，省试举人，高高中了；进京会试，又中了进士。明朝的规矩，举人报中了进士，立刻就在住处摆起公案来升座，长班们参拜磕头。这一天正磕着头，外面传呼接帖子："同年同乡王老爷来拜。"荀玫迎了出去。只见王惠须发皓白，进门一把拉着手，说道："年长兄，我与你是天作之合，不比寻常同年弟兄。"谈起王惠昔年梦见与荀玫进士同榜，荀玫也还依稀记得，是幼年时他的启蒙老师周司业说过的。如今奇梦应验，一老一少，结成忘年之交。王进士在京中有房，便邀了荀进士同住。殿试两位同授工部主事，俸满后又一齐升了员外。

那一日寓处闲坐，有一位擅长扶乩神数的陈和甫来拜。谈起他乩坛的各种灵验，两位便请一问升迁的事儿。陈和甫取来沙盘乩笔摆上，先请二位老爷默祝。二位祝罢，将乩笔安好。陈和甫拜了几拜，烧了一道降坛的符，便请二位老爷两边扶着乩笔，又念了一遍咒语，烧了一道启请的符，只见那乩渐渐动起来，陈和甫跪献奉茶。那乩笔画了几个圈就不动了。陈和甫又焚了一道符，叫众人安静，长班家人都站去外边。又过了顿饭时，那乩扶得动了！写出四个大字："王公听判。"王员外慌忙下拜，求问大仙名号，

· 043

那乩旋转如风，写下一行道："吾乃伏魔大帝关圣帝君是也。"吓得三人连忙下拜。两位员外扶乩，那乩运笔如风，陈和甫一旁记录，竟是一阕《西江月》：

> 羡尔功名夏后，一枝高折鲜红。大江烟浪杳无踪，两日黄堂坐拥。只道骅骝开道，原来天府夔龙。琴瑟琵琶路上逢，一盏醇醪心痛。

王员外道："头一句功名夏后，夏后氏五十而贡，殷人七十而助，我恰是五十岁登科的，这句验了；此下的话，全然不解。"陈和甫道："关夫子是从不误人的，老爷收着，日后必有神验，况且这词上说天府夔龙，想是老爷升任直到宰相之职。"王员外被他说破，心里欢喜。荀员外拜求夫子判断，那乩笔三回判的都是一个"服"字，十分不解。

谁知到晚上就已应验，长班来报："荀老爷家有人到。"只见荀家家人挂着孝，飞跑进来磕头跪禀："老太太已于前月二十一日归天。"荀员外哭倒在地，跟着就要递呈丁忧服丧。王员外却说目前考选科道在即，若是服丧三年，岂不是耽误了功名。吩咐荀家人换下孝服，先行瞒着。请了吏部掌案的金东崖来商议，金东崖说，若有大人们保举，可以能员留部，在任守制。到晚上荀员外换了青衣小帽，悄悄去求周司业、范通政两位老师保举，两位都答应了。又过了两三日，都回复说："官小，与'夺情'之例不合。夺情须是宰辅或九卿班上的官，或是外官在边疆重地的也行。工部员外是个闲曹，不便保举夺情。"荀员外无奈，只得送呈丁忧。王员外告了假，陪着他回到汶上县薛家集去，借了上千两的银子与荀家办理丧事。一连开了七天的吊,司道、府县的主管官员,都来吊唁。丧事完毕,王员外回京,荀员外谢了又谢,一直送出境外才作别分手。

(二) 衙门里的三种声音

王惠返京销假,官运转变,奉旨补授江西南昌知府。到了南昌,前任的蘧太守年老告病,已经出了衙门,印务由通判署理。为了移交的事,蘧太守老病,耳朵听话也不甚明白,派他儿子蘧景玉过来领教。看到蘧公子时,翩然俊雅,举动超俗。谈起蘧太守的辞官,蘧公子道:"家君常说宦海风波,实难久恋。何况做秀才时,原本几亩薄产,可供生活;先人留下的敝庐,可蔽风雨,就是琴樽炉几,药栏花榭,也都还有几处可供消遣。所以在风尘劳攘之时,多有长林丰草之思,如今挂冠,初志可遂了!"王太守道:"老世台将来不日高科鼎甲,老先生正好做封翁[①]享福了。"蘧公子道:"老先生,人生的贤与不肖,倒也不在科名;晚生只愿家君早归田里,使我得以承欢膝下,这就是人生至乐的事了。"

说到移交,王太守面有难色,蘧公子道:"老先生不必太费清心。家君在此数年,布衣蔬食,过的仍是儒生生活;历年所积俸余,约有两千余金。如此地仓谷马匹,杂项之类,有什么缺少不足之处,都将此项送与老先生任意填补。家君知道老先生京官清苦,不敢有累。"王太守见他说得大方爽快,这才欢喜,放心下来。

---

① 封翁:以子孙贵显而受封典者,亦称封。

儒林外史：书生现形记

酒筵时王太守慢慢问道："地方人情，可还有什么出产？词讼里可也略有些什么通融？"蘧公子道："南昌地方的人情，鄙野有余，巧讼不足；若说地方出产及词讼之事，家君在此，准的词讼很少，若不是纲常伦纪大事，甚余有关户婚田土的，都批到县里去办，重点在安定息讼、与民休息。至于利之所聚，也绝不去搜剔，或者有也不可知。老先生问着晚生，只怕是问道于盲了。"王太守笑道："可见'三年清知府，十万雪花银'的话，如今也很不确实了！"

酒过数巡，蘧公子见他问的都是些鄙陋的话，就又说起："家君在此，无他好处，只落得个讼简刑清，前任臬司①向家君说，南昌衙里有三样声音，是吟诗声、下棋声、唱曲声。"王太守大笑。蘧公子说道："将来老先生大力振作，只怕要换成另三种声音，戥②子声、算盘声、板子声。"王太守不知这话是在讥诮他，正色答道："如今我们要替朝廷办事，只怕也不得不如此认真。"

王太守开始办公，果然放出了手段，雷厉风行。钉了一把头号的库戥，把六房书办都传进来，问明了各项余利，不许欺隐，全部入官归公，三日五日一比。打人用的是头号板子，把两根板子拿到内衙上称，一轻一重，做了暗记；坐堂之时，吩咐叫用大板，衙隶若是取那轻的，就知他是得了犯人的钱，立即取重板子打衙隶。一些衙役、百姓，一个个被他打得魂飞魄散；满城的人，无一不知太守的厉害，连睡梦里也是怕的。因此各位上司访闻，都说他是江西第一位能员。

---

① 臬司：明清两代，省级主管司法的官。
② 戥：称银子的小秤。

(三) 一盏醇醪心痛

南昌知府做了两年多,江西宁王造反,各路戒严,朝廷升王惠为南赣道道台,负责军需。王惠接到紧急文书,星夜赴南赣到任;到任不久,出差查看军需台站,大车驷马,一路晓行夜宿。那一天到了一地,公馆设在一所大房子。进去抬头一看,厅上悬匾、上贴红纸,四个大字是"骅骝开道",王道台吃了一惊。掩门用饭的时候,忽然一阵大风,吹落红纸,现出里面绿底的四个大字是"天府夔龙"。王道台不胜骇异。这才晓得关圣帝君判断的话已应验。那"两日黄堂",就是南昌府的"昌"字了。

第二年,宁王的兵打败了南赣官军,百姓开城,四散逃去。王道台也抵挡不住,黑夜里乘了一只小船逃走;到了大江之中,正遇着宁王百多条大战船,明盔亮甲。船上千万火把,照见了小船,一声叫:"拿!"几十个兵卒跳上船来,冲进中舱,把王道台反绑了手,捉上大船;王惠的从人船家,有的被杀,有的投水而死。王道台吓得不住发抖,灯烛影里,望见宁王高坐,王惠不敢抬头。宁王见了,走下座来,亲手替他解缚,叫取衣裳穿了,说道:"孤家是奉了太后密旨,起兵诛杀君侧之奸;你既是江西的能员,降顺了孤家,少不得封授你的官爵。"王道台抖着叩头道:"情愿降顺。"宁王亲赐一杯酒,此时王道台被缚得心口疼痛,跪着接酒,一饮而尽,心就不再疼了。

宁王赏给他江西按察使①之职,此后就随在宁王军中。听左右

---

① 按察使:明清以提刑按察使司,按察使为一省司法长官。

说宁王在玉牒①中是第八个王子,才悟到关圣帝君所判的"琴瑟琵琶"四字头上,正是八个"王"字。那一次扶乩所判,竟是全都应验了。

宁王闹了两年,不想被新建伯王守仁一阵杀败,束手就擒。一些伪官,杀的杀、逃的逃。王惠匆匆,只取了一个枕箱,里面几本残书,几两银子,换了青衣小帽,又是一次黑夜逃亡。慌不择路,赶了几天旱路,又改乘船。这一天船行到浙江乌镇,王惠上岸吃点心,和一位少年同桌,看他仿佛有些认得,却又想不起来。一问竟是下任南昌蘧太守的孙儿,邀到船上谈话,方知多病挂冠的蘧老太守尚还健在,而那位俊雅的蘧景玉公子却已英年早逝,这位少年便是蘧景玉之子,名叫蘧来旬,字骏夫,现年还只有十七岁。蘧公孙向他请教,王惠附耳低言道:"便是后任的南昌知府王惠。"蘧公孙大惊道:"听说老先生已荣升南赣道,如何改装独自到此?"王惠不好意思把降顺宁王的事说出来,只道:"只为宁王反叛,弟便挂印而逃;围城之中,不曾取出盘费。"蘧公孙道:"如今要到哪里去?"王惠道:"穷途流落,哪有定所?"蘧公孙道:"老先生既是边疆不守,今日当然不便出来自呈;此去盘费缺少,哪能方便?晚学生这次奉家祖之命,在杭州舍亲处讨取一桩银子,现在赠予老先生以为路费。"取出四封银子,共二百两,递与王惠。王惠感激道:"赶路不可久迟,只得告别,周济之情,不死当以厚报!"双膝跪了下去,蘧公孙慌忙跪下同拜。王惠又道:"我有一个枕箱,内有残书几本。潜踪在外,唯恐被人识破,惹起是非,如今便交于世兄。"交过枕箱,彼此洒泪分手。王惠道:"问候

---

① 玉牒:皇室家谱。

四、郭孝子万里寻亲

令祖老先生,今世恐已不能再见,来生当作犬马相报!"分别之后,王惠竟然更姓改名,出家做了和尚。

蘧公孙回到嘉兴,见了祖父,禀告此事。蘧太守大惊道:"他是降顺了宁王的!"问起有没有施以援手,知道公孙已将所有银子尽数送他,蘧太守不胜欢喜,将当年蘧景玉代表办理移交的事告诉公孙,赞道:"你不愧是你父亲的肖子!"公孙取出王惠枕箱中的书来给祖父看,发现有一本高青邱亲笔缮写的诗话。蘧太守道:"这本书多年藏在大内,多少才人,求见不得;天下并没有第二本,如今你无意间得到,真是天幸。"蘧公孙将这书刻印了几百部,遍送亲友,自此浙西各郡,都仰慕蘧太守公孙,是个少年名士。

(四) 为寻亲跋涉走天涯

过了若干年后,有一位郭力先生,字铁山,二十年走遍天下,寻访父亲,是出了名的郭孝子[①]。听说父亲到江南,二次来寻不遇,这番第三次来江南,听说父亲已去四川山里,削发为僧。郭孝子启程入川,南京的一般名士如武书、杜少卿、虞博士、庄征君等钦敬他的孝行,纷纷解囊相助。杜少卿问起太老先生如何数十年

---

① 郭孝子万里寻亲事,一般考证他要寻的父亲就是逃亡的王惠。《儒林外史》里没有明白交代,可信的是书中说王惠逃亡,已做了和尚;武书向杜少卿附耳低言,也说郭孝子的父亲曾在江西做官,降过宁王;郭孝子自己也说父亲来过江南,可能就是指王惠在浙江乌镇遇见蘧公孙的事。但又有两点可疑,一是王惠姓王,儿子为何姓郭?另一点是书中郭孝子自称湖广人,在《儒林外史》第二回王惠第一次出场时,显示他和荀玫同乡,是山东汶上县人。不知是不是作者的隐笔,还是郭孝子为了掩饰真相,故意改了姓氏和籍贯?

· 049 ·

不知消息，郭孝子不好说。武书附耳低言道："曾在江西做官，降过宁王，所以逃窜在外。"杜少卿听罢骇然，心里着实钦敬。

南京国子监虞博士还写了一封信给西安府尤知县，托他照应郭孝子。这位尤公名叫扶徕。也是南京的一位老名士，去年才到陕西同官县上任，一到任就做了一件好事：一位广东人客死陕西，妻子哭哭啼啼，地方的人又不懂她的话，领到县堂上来。尤公看她是个要回故乡的意思，送了俸银五十两，差一个年老差人，尤公自取一块白绫，恳恳切切作了一篇文，写上自己的名字尤扶徕，用了同官县的官印，吩咐差人："你领了这妇人，拿着我这块绫子，逢州过县，送与地方官看，都要求用一个印信。一直送到她故乡，讨了回信来见我。"将近一年，差人回来报告："一路上各位老爷，看了老爷的文章，个个都可怜这妇人，都有帮助，有十两、八两、六两的，等到送到广东这妇人家里，已有二百多两银子。她家亲戚本家百十个人，都望空叩谢老爷的恩典，又都向小的磕头，叫小的是菩萨，小的这都是沾老爷的恩。"

郭孝子来时，尤公看了虞博士的信，着实钦敬，正好有事要下乡，尤公请郭孝子屈留三天，等他回衙再行请教，还有一封信要托郭孝子带去四川成都朋友处。郭孝子答应了，但不肯住在衙里，尤公叫衙役送他去海月禅林暂住。方丈老和尚面貌清癯慈悲，问起情由，郭孝子看他慈悲良善，坦白地把寻亲之事说了，老和尚听了流泪叹息。晚餐之后，郭孝子把路上买的两个梨送与老和尚，老和尚道谢收下，便教火工道人抬两口缸在丹墀，一口缸放一个梨，每缸挑上几担水，拿扛子把梨捣碎了，击云板，传齐了全寺二百多僧众，一人吃一碗水。郭孝子见了，点头叹息。

等到第三天，尤公回来，赠他盘费五十两，又备了一封信，叮嘱郭孝子去成都城外二十里，地名东山的地方，找一位古道热肠的萧昊轩先生，遇事可得帮助。郭孝子见尤公意思恳切，道谢了收下书银。到海月禅林来辞别老和尚，老和尚合掌道："居士到成都，寻着了尊大人，务必写个信与贫僧，免得我悬望。"

（五）孤行万里多奇遇

郭孝子肩着行李西行入川，路多是崎岖小道，走一步、怕一步。那天，走到一处地方，天色将晚，望不着一个村落。好不容易遇见一人，问他到宿店所在还有多远，那人说有十几里，说是夜晚路上有虎，要赶紧走。郭孝子急急前奔。天色全黑，十四五的月色明亮，走进一林，忽地劈面起了一阵狂风，风过处，跳出一只老虎来，郭孝子叫一声："不好了！"一跤跌倒，老虎把郭孝子抓了坐在屁股底下。坐了一会儿，见郭孝子闭着眼，以为他死了，去地下挖了一坑，把郭孝子推到坑里，又用爪子拨些落叶盖住，那老虎走开去了。郭孝子在坑里，偷眼看老虎走过几里，到那山顶上，还把两只通红的眼睛转过身来望，看见这里不动，才一直走了。郭孝子从坑里爬出，爬上树去，担心会被老虎咆哮震动，吓得掉下来，心生一计，用裹脚布把自己缚在树上。等到三更之后，月色分外光明，只见那只老虎带着一个东西过来。那东西浑身雪白，头上一只角，两眼就如两盏大红灯笼。郭孝子不认得，不知是什么怪兽。

只见那东西走近来坐下，老虎忙着到坑里去寻人，见没有了人，老虎慌作一团。那东西大怒，伸过爪来，一掌就把虎头打掉。老虎死在地下，那东西抖抖身上的毛，发起威来，回头一望，望见月下地上，照着树枝头上有个人，就向树枝上一扑，没扑到，跌了下来，又尽力往上一扑，已离郭孝子不远。郭孝子道："我完了！"想不到树上一根枝干，正对这东西肚皮，后来这一扑，力太猛了，枝干戳进肚皮，有一尺多深。那东西挣扎，摇得枝干戳得更深，挣扎了半夜，挂在树上死了。

到天明时，有几个猎户来，看了吓了一跳。郭孝子在树上叫喊，众猎户接他下来，拿出干粮、獐子鹿肉，让郭孝子吃了一饱，送出五六里路作别，众猎户自去地方衙门请赏。

郭孝子又走了几天，在山坳里一个小庵里借住。和尚招待素饭，窗前坐着吃，正吃之间，只见外面一片红光，郭孝子慌忙丢了饭碗道："不好！起火了！"和尚笑道："居士请坐莫慌，这是我的'雪道兄'到了。"推窗开时，只见前面山上，蹲着一头异兽，头上一只角，只有一只眼睛，却生在耳后，和尚说它就是"雪道兄"，名为"罴丸"，就算坚冰冻厚几尺，只要它一叫，冰层立时碎裂。

当晚下雪，雪积三尺，郭孝子不能走，只好住下。到第三日雪晴，辞别和尚上路，山路一步一滑，两边都是涧沟，那冰冻的支凌就跟刀剑一般锋利。郭孝子小心前行，天又晚了，远远望见树林里一件红东西挂着，半里路前有个人走着，到那东西前，一跤跌下涧去。郭孝子心生警惕，注意看时，只见那红东西底下钻出一个人来，把那人行李拿了，又钻了下去。郭孝子猜到是抢劫，全然不惊，走上去一看，果然是一对夫妇在装鬼吓人，女的扮成吊死鬼吊着，脚底下埋着一口缸，缸里埋伏着丈夫，伺机动手。那男盗见郭孝子生得雄伟，不敢下手。郭孝子劝他莫做这种伤天理的事。那人自称姓木名耐，夫妻两个，原也是好人家的儿女，只因生计艰难，冻饿不过，迫得做这种事。郭孝子拿出十两银子给他。

四、郭孝子万里寻亲

木耐感动道谢，决心改过，就将这银子充作本钱，夫妻俩以后做个小生意度日。小两口把郭孝子迎回家去，住了两日，郭孝子教了木耐一些刀法、拳法武艺，木耐欢喜，拜郭孝子为师。到第三日孝子坚意要行，木耐的娘子为他准备了干粮、烧肉，木耐替师父装着行李，一直送出三十里外，方才告辞回去。

郭孝子又走了几日，那一日天冷，迎着西北风，山路冻得如白蜡一般，又硬又滑。走到天晚，只听山洞里一声大吼，又跳出一只老虎来。郭孝子道："我这番真要死了！"一跤跌倒，不省人事。原来老虎吃人，专吃害怕它的活人，看到郭孝子僵僵直躺在地上，竟然不敢吃他，把一个虎嘴凑上来嗅。一茎虎须，戳在郭孝子鼻孔里，戳出郭孝子一个大喷嚏来，那老虎反倒吓了一跳。连忙转身，几个纵跳跳过一座山头，竟跌下一处极深的涧沟里，被那些刀剑般锋利的冰凌拦着，动弹不得，就这样冻死了。

郭孝子爬起来，老虎已是不见，说道："惭愧，我又经了这一番！"背起行李再走。走到成都府，访着父亲在四十里外一个庵里。郭孝子找来庵前敲门，老和尚开门，见是儿子，吓了一跳。郭孝子见到父亲，跪在地下痛哭。老和尚道："施主请起，我是没有儿子的，想是你认错了。"郭孝子道："儿子千里迢迢，寻到了父亲，父亲怎么不认我？"老和尚道："方才我已说过，贫僧是没有儿子的。施主，你有父亲，你自己去寻，为什么望着我贫僧哭？"郭孝子道："虽然几十年父子不见，难道父亲就认不得儿子了？"跪着不肯起来。老和尚道："贫僧自幼出家，哪里来的儿子？"郭孝子放声大哭道："父亲不认儿子，但儿子到底还是要认父亲的！"缠得老和尚急了，说道："你是何处的光棍，敢来胡闹！快出去！我要关山门了！"郭孝子跪在地上痛哭，不出去。老和尚道:"你再不出去,我就拿刀来杀了你!"郭孝子伏在地上哭道:"父亲就是杀了儿子,儿子也是不出去的!"老和尚大怒,双手把郭孝子拉起来,提着衣领,一路推出庵门,老和尚关了门进去,再也叫不应。郭孝子在门外,哭了一场,又哭一场,又不敢敲门,见天色将晚,心想:"罢了!料想父亲是不肯认我的了!"

抬头看这庵叫作竹山庵,郭孝子只得在半里路外租了一个房屋住下。次早在庵门口看见一个道人出来,买通了这道人,日日搬柴运米,养活父亲。不到半年,身边银子用完,想着要去东山找萧昊轩,又怕寻不着,耽误了父亲的饭食,只好在附近人家帮佣,替人家挑工、打柴,每日赚几分银子,养活父亲。遇着有个邻居要去陕西,他就把寻着父亲的事,细细写了一封信,托带给海月禅林的老和尚。

【解析】

(一)周进、范进徇私,且人为不义,明知荀玫不愿守丧是为了功名做官,居然还答应替他办保举夺情。

(二)蘧太守清官为政,讼简刑轻,俸银所积,留与后任;蘧景玉有"贤与不肖,不在科名"的高尚见识:父子两人,不愧读书人本色。相反的是王惠的贪利之心,刚上任就急着探听厉害窍门。

(三)王惠贪生怕死,失节投降。蘧公孙的义助,大有祖父之风;但其后刻书送人,分明又为的是沽名钓誉了。这说明一般人总难超越功利的羁绊。

(四)郭孝子的苦孝,虞、庄、杜、武等人的相助,好官尤

四、郭孝子万里寻亲

扶徕的德政善行，都是作者标榜的正面人物。老和尚受梨，缸中捣碎放水分食一段，这出家人未免有点矫情做作。但也正是人性的真实写照。

（五）郭孝子导正木耐，意义正当。和尚（王惠）不认儿子，显示他连人伦亲情都已弃绝，这并不是佛家的道理，而是士人在形体落魄流浪之余，连精神也已涣灭死寂了。这是作者一种较深刻的表现手法。

儒林外史：书生现形记

五、父是英雄儿好汉

（一）辛家驿响马劫银

上文提过，郭孝子要去找的萧昊轩，那是一位英雄，以前也曾与南京名士庄征君庄绍光相识。那一次庄征君①被朝廷征辟上京，从水路过了黄河，雇车来到山东兖州附近，地名叫作辛家驿的地方，稍事休息，催着车夫赶路。店家告知，近来盗匪甚多，过往客人，须要迟行早住，庄征君只好住下。稍停只听得门外驿铃乱响，来了一起由四川押解饷银的，百十匹骡马运送银鞘内，有一位解官，武员打扮；又有一位同伴，五尺以上身材，六十来岁年纪，花白胡须，头戴一顶毡笠，身穿箭衣，腰插弹弓，脚下穿黄牛皮靴。入门住店，与庄征君彼此介绍：那解官是一位守备，姓孙；他的同伴姓萧，字昊轩，成都人。萧昊轩道："久闻南京有位庄绍光先生，是当今大名士，不想今日无意中相遇。"极为钦佩。庄绍光见萧昊轩气宇轩昂不凡，也就着实亲近，谈起路上可能出现响马。萧昊轩笑道："这事先生放心。小弟生平有一薄技，百步之内用弹子击物，百发百中。响马若来，只消小弟一张弹弓，管教他来得去不得，人人送命，一个不留！"

孙解官道："先生若是不信敝友手段，可以当面请教。"萧

---

① 征君：朝廷选拔平民而授以官职叫征辟，士人受朝廷征聘的称为征士、征君。

五、父是英雄儿好汉

昊轩拿了弹弓，走出天井来，向腰间锦袋中取出两个弹丸，拿在手里，举起弹弓，向空阔处先打一丸弹子，抛入空中，跟着又打出一丸，恰好与先打的一丸相碰，半空里打得粉碎。庄征君看了，赞叹不已，连那店主也吓了一跳。

次日未明时上路，只见前面林子里，黑影中有人走动。骡夫们一齐叫道："不好了！前面有贼！"把百十匹骡子都赶到道旁坡子上去。萧昊轩急忙把弹弓拿在手里；孙解官也拔出腰刀。只听得一支响箭，飞了出来，响箭过处，一大群骑马的盗匪从林中驰出。萧昊轩大喝一声，扯满了弓，一弹子打去，没想到咔的一声，弓弦迸为两段。响马贼数十人，齐声打个讯号，飞驰过来。解官吓得拨转马头就逃，骡夫们个个趴伏在地，一任响马赶着百十牲口银鞘，往小路上去了。

萧昊轩弓弦断了，使不得力量，拨马向原路驰回，到了一处小店，敲开了门，店家知是遇贼，问明昨晚住处，店家道："那家店原是和贼头赵大一路做眼线的，老爷的弓弦，必是他在昨晚做了手脚。"萧昊轩省悟，悔之不及。一时人急智生，自己拔下头发一绺，登时把弓弦续好，飞马赶回，遇着孙解官，说是贼人已投向东的小路去了。那时天色已明，萧昊轩策马飞奔，不久望见贼众在前，加鞭赶上，手执弹弓，一阵弹丸，就好像暴雨打落叶一般，打得那些贼人一个个抱头鼠窜，丢下银鞘，纷纷逃命。萧昊轩会同孙解官赶着牲口回到大路，检点银鞘，毫无损失。

（二）老和尚身陷险境

且说郭孝子在成都，把寻着了父亲的事写了一信，托人带去陕西同官海月禅林的老和尚。老和尚看了信,又是欢喜,又是钦敬。隔了一阵子,禅林里来了个挂单的和尚。他就是响马贼头赵大,披发怪眼,长相凶恶。老和尚慈悲,容他住下。不想这恶和尚在海月禅林,吃酒、行凶打人,无所不为。首座领着一班和尚来禀,要求赶他出去。老和尚叫他自去,他不肯走。其后首座叫知客僧对他说:"方丈叫你走,你能不走吗?方丈说道,你若再不走,就依禅林规矩,抬去后院,一把火把你烧了!"恶和尚听了怀恨在心,也不向老和尚告辞,第二天就走了。

半年之后,老和尚想着要去四川峨眉山,顺便去成都会会郭孝子。辞别了海月禅林的僧众,独自挑着行李衣钵,风餐露宿,一路来到四川。离成都还有百十多里路,那一天老和尚看山景,到一处茶棚吃茶。棚里先坐着一个和尚。老和尚忘记,认不得他。那和尚却认得老和尚,上来打个问讯道:"和尚,这里茶不好!前面就是小庵,何不请到小庵里去奉茶?"老和尚欢喜道好。被那和尚领着,曲曲折折,走了七八里路,来到一处庵里。一进了庵,那和尚才说道:"老和尚,你还认得我吗?"

老和尚这才想起他就是海月禅林里赶出去的恶和尚,吃了一惊,说道:"是方才偶然忘记,而今记得了。"恶和尚径自去榻床坐下,睁着一副凶眼道:"今日你既到我这里,不怕你飞上天去!我这里有个葫芦,你拿去到半里路外山冈上,一个老妇人开的酒店里,替我打一葫芦酒来!快去!"

老和尚不敢违抗,捧着葫芦,找到山冈子上,果然有个卖酒的老妇人。老和尚把葫芦递与她,那妇人接了葫芦,上上下下把老和尚一看,止不住眼里流下泪来。老和尚吓了一跳,打个问讯①，问是何故？老妇含泪说道："我见老师父面貌慈悲，不该遭这一难！"老和尚惊问："贫僧遭的什么难？"老妇人道："老师父，你可是在半里路外那庵里来的？"老和尚道："贫僧便是，你是怎么知道的？"老妇人道："我认得他这葫芦。每次他要吃活人脑子，就拿这葫芦来打我店里的药酒。老和尚，你这一打了酒去，就没有活的命了！"

老和尚听了，魂飞天外，慌忙道："这怎么办？我赶紧逃走吧！"老妇人道："你怎么逃得掉？这四十里地内都是他旧日的响马党羽，他庵里走了一人，一声梆子响，即刻就有人捆翻了你，送回庵里！"

老和尚跪在地上，哭求救命。老妇人道："我怎能救你？我若说破了，我的性命也难保。但看你老师父慈悲，死得可怜，我今指点一条明路给你，离此处有一里多路，一个小山冈叫作明月岭。从我屋后山路过去很近。你到岭上，有一个少年在那里打弹子。你跪在他面前，等他问你，把这些话向他说。只有这一个还可以救你，你快去求他。却也不见得有把握，他若救不得你，我今日说破了这话，连我的命也完了。"

（三）自古英雄出少年

老和尚听了，战战兢兢，谢了老妇人，捧着酒葫芦，自屋后攀藤附葛寻去，果然寻到了明月岭。小山冈上，一位少年正在打弹子，山洞里嵌着一块雪白的石头，不过铜钱大小，那少

----

① 问讯：僧尼向人合掌或敬揖。

年眼力过人，弹子打去，一下下都打得极准。老和尚走近看时，那少年头戴武巾、身穿藕色战袍，白净面皮，十分美貌。老和尚走来，双膝跪倒，少年正待要问，山坳里飞起一阵麻雀。那少年道："等我打这些雀儿看！"手起弹落，把麻雀打死了一个坠下去。

那少年看着老和尚道："老师父，快请起来。你的来意我知道了。我在此学弹子，正为此事；但才学到九分，还有一分未到，怕有意外失误，所以不敢动手。今日为了你，我也说不得了，想必是他毙命的日子到了。老师父，你快把葫芦酒送去庵里，脸上千万不可慌张，更不可悲伤。到了那里，他叫你怎样你就怎样，一点也不可以违抗他，我自然会来救你。"

老和尚依照旧路，来到庵里。进到第二层，只见恶和尚坐在榻床之上，手里已是拿着一把明晃晃的钢刀，问老和尚道："你怎么这时才来？"老和尚道："贫僧认不得路，走错了，慢慢找了回来。"恶和尚道："这也罢了，你跪下吧！"老和尚双膝跪下。恶和尚道："跪上来些！"老和尚害怕不敢上去。恶和尚道："你不上来，我劈面就砍！"老和尚只得膝行着上去。恶和尚道："你摘了帽子吧！"

老和尚含着眼泪，自己除了帽子。恶和尚把老和尚的光头捏一捏，把葫芦药酒倒出来吃了一口，左手拿酒，右手执刀，在老和尚头上试了一试，比个中心。老和尚这时没等他劈下来，那魂灵已飞天外。恶和尚比定中心，知是脑子所在，一劈开了，恰好脑浆迸出，趁热好吃。当下对准了中心，手执钢刀，向老和尚头顶心劈将下来！

一刀未落，只听门外嗖的一声，一个弹子飞进，打中恶和尚

五、父是英雄儿好汉

左眼。恶和尚大惊,丢了刀,放下酒,手按着左眼,飞跑出来。到了外层。迦蓝菩萨头上坐着一人,恶和尚抬头看时,又是一个弹子,把他的右眼打瞎。恶和尚痛极跌倒。那少年跳了下来,进到中层,老和尚已是吓得软瘫在地,少年把老和尚扯起来,背在身上,急急出了庵门,一口气奔出四十里地。

少年把老和尚放下,说道:"好了!老师父脱了这场大难,自此前途吉庆无虞。"老和尚惊魂甫定,跪下拜谢,请问恩人姓名,那少人道:"我也不过是要除这一害,并非有意救你。"总不肯说出姓名,老和尚只得拜了九拜,辞别恩人,上路走了。

那少年精力已倦,就路旁一处店里坐下,只见店里先坐着一人,面前放着一个盒子。看那人时,头戴孝巾,身穿白布衣服,脚下芒鞋,面容悲戚,眼下许多泪痕,少年和他拱一拱手,对面坐下。

那人笑道:"清平世界,朗朗乾坤,用弹子打瞎了别人的眼睛,却来这店里坐得安稳?"少年道:"老先生从哪里来?怎会知道这件事的?"那人道:"我方才是说笑,翦除恶人,援救善良,这是最难得的事,你这位长兄尊姓大名?"少年道:"我姓萧,名采,字云仙。舍下就在这成都府二十里外的东山。"

那人惊道:"东山有一位萧昊轩先生,是不是?"萧云仙惊道:"就是家父,老先生怎么知道?"那人说出姓名,就是万里寻亲的郭孝子。并说:"寻亲来川,在陕西同官县会见县令尤公,曾有一信与尊大人;只因寻亲念切,还不曾到府上拜访。长兄你方才救的这位老和尚,我也认得。今日里和长兄邂逅相逢,如此少年英雄,就是昊轩先生的令郎,可敬!可敬!"萧云仙道:"老先生既已寻着了太老先生,为何不同在一处,如今独自又要去到哪里?"

郭孝子哭了起来，说道："不幸先君已去世了。这盒子里便是先君的骸骨。我本是湖广人，而今要把先君骸骨背回故乡去归葬。"萧云仙垂泪同情，邀请郭孝子去东山家里和父亲一会。郭孝子道："本该造府访谒，无奈我背着先君的骸骨，多有不便，而且我归葬心急。请长兄致意尊大人，将来有便，再来奉谒吧。"接着从行李里取出尤公的信来，交给萧云仙；又拿出百十个钱来，叫店家打了一些酒，割了二斤肉和一些蔬菜，同萧云仙吃着，说道："长兄，你我一见如故，像你做的事，是如今世人不肯做的，真是难得；但我也有一句话要劝你，不知能不能向你说？"

萧云仙道："晚生年少，正要求老先生指教，哪有什么不能说的！"郭孝子道："这冒险捐躯，都是侠客的勾当。如今比不得春秋战国时代，这样的事一做就能成名；如今是四海一家的时代，就算是荆轲、聂政，在现在也只好叫作乱民。像长兄有这样的品貌才艺，又有这般义气肝胆，正该出来替朝廷效力；将来到疆场，一刀一枪，博得个封妻荫子，也不枉青史留名。不瞒长兄说，我自幼空自学了一身武艺，不幸遭逢天伦之惨，奔波辛苦了数十余载，如今老了，眼见得不中用了。长兄年轻力强，万不可蹉跎自误。盼你能牢记老拙今日之言。"

萧云仙道："晚生蒙老先生指教，如拨云见日，感激不尽。"住了一夜，第二天早上，直送郭孝子到二十里路外，两人洒泪而别。

回到家中，向父亲禀告经过，呈上尤公的信。萧昊轩道："尤公老友与我相别二十年，不通音信。他如今做官适意，可喜！可喜！"又道："郭孝子武艺精通，少年时与我齐名，可惜如今，他和我都老了。能够救得他太翁的骸骨归葬,也算是难得的了。"

(四)青枫城一战成功

过了半年,松藩卫①边外番民与内地民众互市,因买卖不公发生争执。番民造反,占领了青枫城。朝廷差少保平治督师平乱。萧昊轩与平少保是旧识的,就叫萧云仙前去投军效力。萧云仙念着父亲年迈,不敢远离膝下;萧昊轩责他若是不去,便是贪图安逸,乃是不孝之子。一番道理说得萧云仙闭口无言,只得叩辞父亲,前去投军。那一天离松藩卫还有一站多路,出店太早,天还没亮。正行之间,忽听得背后脚步声响;萧云仙跳开一步,回头看时,一个人手持短棍,正待上前来打,早被他飞起一脚,踢倒在地,夺了他的短棍,劈头要打。那人在地下喊道:"看在我师父的面上,饶了我吧!"萧云仙问他师父是谁,那人说出来历,竟是郭孝子的徒弟木耐。听说平少保率军征番,要去投军,只因缺少路费,所以又再犯了拦路打抢的老毛病。萧云仙看在郭孝子的面上饶了他,木耐大喜,情愿追随萧云仙,做一名亲随。两人来到松藩,平少保见是萧昊轩之子,收在帐下,赏给千总职衔,军前效力。

过了几天,粮饷调齐,平少保升帐。两位都督伺候,萧云仙向他们请了安。听一位都督说,前日马总镇出兵,中了番民的计,人马落入陷坑,伤重身死,到现在尸身还没找到。那马总镇是宫里司礼太监老公公的侄儿,如今上面传下令来,务必要找到尸身,

---

① 松藩卫:地名,在今四川省理番县北,古氐、羌地。明代时设置松州、潘州二卫,后并为松潘(藩)卫。

若是寻不着,将来不知会有什么样的处分!这件事要怎么办?另一位都督道:"听说青枫城一带几十里都是没有水草的,要等到冬天积雪,春融之时,山上雪水化了,流下来,人和马匹才有水喝。如今我们兵发青枫,只要是几天没水喝,活活地就都要渴死了,哪还能打什么仗!"

萧云仙听了,上前禀道:"两位太爷不必费心,这青枫城是有水草的,不但有,而且肥饶。"两位都督问萧云仙可曾去过,萧云仙道:"卑弁①不曾去过。"两位都督说:"既不曾去过又如何知道?"萧云仙道:"卑弁在史书上看到过,记载着这地方水草肥饶。"两位都督变了脸道:"书上的话,怎能相信。"

少刻,听门前一阵铙鼓,少保升帐,传下将令,教两位都督率领本部兵马,作中军策应;命萧云仙带领步兵五百名先锋开路;少保元帅督领后队调遣。

萧云仙携带木耐,率领五百步兵出发,望见前面一座高山,十分险峻,山头上隐隐有旗帜。这山叫着椅儿山,是青枫城的门户。萧云仙盼咐木耐道:"你带领两百人从小路爬过山去,在他总路口等着,听到山头炮响,你们就喊杀回来助战,不得有误。"又命一百兵丁,埋伏在山坳里,听到山头炮响,一齐呐喊,报称大兵已到,赶上山来助战。分派已定,萧云仙带着两百人杀上山来,山上几百名番民蜂拥而出。萧云仙腰插弹弓,手拿腰刀,奋勇争先,手起刀落,先杀了几个番民。番民们见来势凶猛,准备逃走,怎奈两百人已卷地追来。忽然一声炮响,山坳里伏兵齐声大喊:"大

---

① 卑弁:军队里下对上官的自称。

五、父是英雄儿好汉

兵到了!"番民魂惊,又见木耐率领山后的两百人,摇旗呐喊飞杀上来,番民们以为大军已得了青枫城,斗志顿失,纷纷逃走,哪里禁得萧云仙一阵弹子打来,无处可躲。萧云仙将五百兵合在一处,把那几百个番民全部杀散。

众军暂歇之后,鼓勇前进。走完一路深密树林,出林是一条大河,远望青枫城就在数里之外。萧云仙见无船可渡,忙命五百人砍伐竹林,编成筏子,一齐渡过河来。

萧云仙道:"我们大兵尚在后面,攻打城池,不是五百人做得来的,现在最重要的是不可叫番民知道我们的虚实。"吩咐木耐率领兵众,将夺得的旗帜改作云梯,带两百兵,每人身藏枯竹一束,自城西僻静处悄悄爬上城去,就堆贮粮草处,放起火来,火起时萧云仙自率兵众,攻打东门。

且说两位都督,率领中军到了椅儿山下,不知萧云仙可曾过去。两位商议道:"像这样的险恶所在,必有埋伏,我们多放些大炮,轰得他们不敢出来,也就可以报捷了。"正说着,一骑马飞驰而来,少保传令两位都督速去策应萧云仙。两都督不敢不遵,号令军中,疾进到带子河,见有现成的筏子,渡过河去,望见青枫城里,火光烛天。萧云仙正在东门外施炮攻城,番民见城中火起,不战自乱。城外中军已到,与先锋兵众合围青枫。番酋开了北门,舍命一场混战,只余得十数骑突围逃命去了。

少保督领后队到时,城里的百姓,头顶香花,跪迎少保进城。少保传令,救火安民,随即写了本章,差官进京报捷。萧云仙叩见少保,少保大喜,赏了他一腔羊、一坛酒,夸奖了一番。过了十多天,旨意下来,让平少保来京,两都督回原任候升,萧采实授千总。那青枫城善后事宜,少保便交与萧云仙办理。

(五) 英雄心里的抑郁寒凉

萧云仙送了少保进京,见青枫城毁坏,必须修缮,细心计划了,用文书禀明少保。少保批了下来,将修城之事责成萧云仙办理。萧云仙奉了将令,监督筑城,前后在青枫城住了四年,筑城完工。新城周围十里,六座城门;城里又盖了五处衙署,出榜召集流民,入城居住;城外就叫百姓开垦田地。萧云仙心想——像这样的旱地,一遇荒年,就不能收成粮食,须是要兴建水利,才是根本解决之道。就动支钱粮,雇用民夫。萧云仙亲自设计,在农田旁开出许多沟渠来,大小纵横,高高低低,仿佛江南光景。

待得成功,犒劳百姓,每到一处传齐百姓,建立坛场,立起"先农"①牌位,摆设祭礼,萧云仙主祭,木耐赞礼,升香奠酒,三献八拜。又率领百姓北向叩谢皇恩。祭礼之后,百姓团团坐下,萧云仙坐在中间,拔剑割肉,大碗斟酒,欢呼笑乐,痛饮了一天。吃完了酒,萧云仙率众种树,自己先种一棵,众百姓每人也种一棵——一方面是水土保持,另一方面借此花树,在边荒之地保留江南风光,也好纪念这一场水利兴农,富裕民生,永除边患的盛事。萧云仙同木耐,今日在这一方,明日去那一方,一连吃了几十日酒,共栽了几万棵柳树。

众百姓感念恩德,在青枫城外,集资盖了一座先农祠,中供先农神位,旁边供着萧云仙的长生禄位牌;又在祠墙上绘画一幅,

---

① 先农:就是神农氏。

五、父是英雄儿好汉

画的是萧云仙纱帽补服，骑在马上；马前木耐持着红旗，巡行劝农。百姓人家男女，每到朔望，都来先农祠里焚香点烛跪拜。

到了第二年春天，杨柳发青，桃杏都开。萧云仙骑马，带着木耐出来巡游。只见绿树阴中，百姓家的孩子，三五成群地牵着牛，也有倒骑在牛上的，也有横睡在牛背上的，在田旁沟里饮了水，从屋角慢慢转了过来。萧云仙想着，从此百姓有好日子过了，心里欢喜，只是文教不兴，必须找一位先生，立个塾馆，教这些孩子们识字念书才好。正好有一位江南人沈先生，遭逢兵乱，流落在此。萧云仙礼请他来，商量设馆教学的事，那沈先生钦敬萧云仙是个今世的班超，一口就答应了。

萧云仙就驻防的两三千兵卒里，拣选了十个识得字多的兵，托沈先生每日指授书理。开了十处学堂，把百姓家略有聪明的孩子，都养在学堂里读书。读了两年多，沈先生就教他们做些破题、转承、起讲的文章法则。但凡做得来的，萧云仙就和他分庭抗礼，以示优待。渐渐地使民众们知道读书是最体面的事。

城工已竣，报上文书，就叫木耐送去。木耐见了少保，少保赏他一个外委把总，调到外地去了。少保根据萧云仙的详文，呈报兵部、工部核算，公文批下来，竟指青枫城水草丰饶，烧造砖灰便利；新集流民，充当工役的甚多：指摘萧云仙开支浮滥，用银一万九千三百六十两一钱二分一厘五毫之中，核减了七千五百二十五两有零。今在萧云仙名下追赔归公，同时行文萧员的故里四川成都，由地方官在限期内办理公款追赔。

萧云仙接到上司公文，只得收拾行李回成都。到家时父亲已卧病在床。床前请安，禀告从军经过，惭愧伤心，伏地磕头不肯起来。

· 067

萧昊轩道:"这些事,你都没有做错,为什么跪地不起?"萧云仙才把修筑城工,被工部核减追赔的一案禀告,惭愧说道:"儿子不能挣得一丝半粟,孝敬父亲,倒要破费了父亲的产业,心里实在愧恨万分。"萧昊轩道:"这是朝廷功令,又不是你不肖,何必气恼?我的产业一起大约还有七千金,你都拿去赔还公银吧!"

萧云仙哭着答应,眼见父亲病重,他衣不解带地侍候了十多天,眼见已是不济,哭着问父亲有什么遗言。萧昊轩道:"你这又是傻话了。我在一日,是我的事;我死之后,就都是你的事了。总之,为人以忠孝为本,其余都是次要。"说毕,瞑目而逝。萧云仙呼天抢地,想着塞翁失马,焉知非福,要不是为了追赔,自己也不能回家,也就不能亲自为父送终,可见这追赔虽是枉屈,但也正是不幸中的大幸。

丧葬完毕,家产都赔光了,还少三百多两,幸好换了新知府,是平少保旧日提拔的,看在少保面上,替萧云仙先出了一个完清的结状,叫他先去少保那里,以后再设法赔补。少保见了萧云仙,慰劳了一番,替他出公文送部引见,兵部议定应由千总班次,论俸推升守备。又等了五六个月,发表了应天府江淮卫守备,领了剳付①出京上任,走东路来南京,过了朱龙桥,来到广武卫地方,晚间住店,正是严冬时分,二更之后,店家吆喝道:"客人们起来!木总爷查夜来了!"

萧云仙见那位总爷,原来就是木耐,木耐见了主人,喜出望外。叩安之后,请到衙里住了一宿。次日要行,木耐留住他道:"老

---

① 剳付:旧制公文一种。

五、父是英雄儿好汉

爷且宽住一日,这天色想是要下雪了。今日且到广武山阮公祠去游玩,也好让卑弁尽个地主之谊。"

木耐备了酒菜,两人骑着马,来到广武山阮公祠,道士迎接,后楼坐下。木耐开了六扇窗格,正对着广武山侧面,看那山上,树木凋败,被北风吹得凛冽,天上已飘下雪花来了。

萧云仙看了,对木耐说道:"我两人在青枫城的时候,这样的雪,也不知经过了多少,那时倒也不觉得有什么苦楚;如今见了这点雪,倒觉得寒冷得紧!"木耐道:"想起那两位都督大老爷,此时穿着貂裘烤火,不知怎样快活哩!"说着,吃完了酒,萧云仙起来闲步,右边一个小阁子,墙上嵌着许多名人题咏。萧云仙看到内中一首七言古风,题目写着"广武山怀古",后面一行写着:"白门武书正字氏稿。"萧云仙读了又读,读过几遍,不觉凄然泪下。

【解析】

(一)萧云仙见义勇为,不愧是少年英雄的本色。

(二)在这一节里可以看出萧云仙机智胜敌的才能,两位都督的颟顸无能,只想别人去拼命,自己坐享功劳。

(三)萧云仙在边疆兴水利、办教育、修筑青枫城、招抚流亡,赢得民众感激爱戴。有大功而不得升赏,反被指摘开支浮滥,迫得要变卖家产来赔偿,可见专制时代的赏罚不公,兵部、工部不明真实。颟顸贪墨反能升赏,才俊忠直竟然屈沉被斥。萧昊轩不怪儿子,允许以家财作赔,洒脱明白,是豪杰豁达性格的表露。

儒林外史：书生现形记

萧云仙在青枫城不觉得寒冷；和木耐登临广武山赏雪，倒觉得寒冷得紧。这不是雪冷，而是英雄内心的寒凉。晋时阮籍登临广武而叹息："时无英雄，使竖子成名。"《儒林外史》化用了这一段，正是为千古志士才人的抑郁所作的倾吐。

六、娄家的两位公子

(一) 公子爷枫林访贤

做过南昌府的蘧家和娄家是姻亲,娄家中堂①在朝二十多年,死后谥为文恪公。娄家的公子们称蘧太守为姑丈,长公子现任通政司②大堂。三公子娄瓒,字玉亭,是一位孝廉;四公子娄瓒,字瑟亭,在监读书。这两位公子因为科名不顺,到现在还未能中进士、入翰林,激成了一肚子的牢骚不平,常说:"自从永乐篡位之后,明朝就不成个天下!"兄长娄通政怕会惹出事来,劝他们离开京师,返回浙江。

两位公子来到嘉兴,见到姑丈蘧老太守,说江西宁王反叛,多亏新建伯王守仁建大功、除大难。娄三公子道:"新建伯这次有功而不居功,尤其难得!"四公子道:"据小侄看来,宁王此番举动,也与成祖差不多,只是成祖运气好,到而今称圣称神;宁王运气低,就落得个为贼为虏,也算是一件不平的事。"蘧太守道:"以成败论人,虽是庸人之见;但本朝大事,你我做臣子的,说话须要谨慎。"四公子这才不敢再说了。

蘧太守的孙子蘧公孙,由于父亲去世得早,祖父娇养,替

---

① 中堂:宰相。
② 通政司:官名,掌内外章疏、臣民密封申诉之事。

他捐了个监生,学业不曾十分讲究。平日里蘧太守倒是常教他作作诗,吟咏性情,要他知道乐天知命的道理,能在膝下承欢就行了。两位公子听了,正合心意,大为赞成,说道:"这就是姑丈的高见。与其出一个消磨元气的进士,不如出一个培养阴德的通儒。"

两位公子返里祭扫祖坟,看坟的邹吉甫问说:本朝的天下,原本要同孔夫子的周朝一样好的,就为出了个永乐爷,就弄坏了,这事可是有的?问他这话是谁说的,邹吉甫说:是镇上盐店的一位管事先生杨执中说的,最近这位杨先生亏空了七百多两银子,被东家告到德清县里,监禁着已有一年半了。家里又穷,两个儿子都是蠢人,情况实在可怜。两位公子听了,命管家晋爵去查,原来这杨执中还是个廪生拔贡,当下就由娄府替他出了七百五十两银子,办理交保。那晋爵仗着娄家的势,吞没了七百多两,只用了二十两银,叫县里书办以娄府帖子去压制德清县知县放人。

杨执中只知是被一个姓晋的保了出来,糊里糊涂,对娄家公子的一番义举全然不知。过了月余,娄家公子弟兄在家也觉得诧异。两人商议,杨执中至今并不来谢,品行不同流俗,商量着要主动下乡去访这位贤人。于是叫了一只小船,不带从者,此时正值秋末冬初,昼短夜长,朦胧月色下行船,河里各家运租米的船,十分拥挤。三更多天气,听到河面一阵喧嚷,两位公子在舱门板缝里看时,只见上游流下来一只大船,明晃晃点着两对大高灯;一对灯上字是"相府",一对是"通政司大堂"。船上站着几个如狼似虎的仆人,拿着鞭子,专打挤河路的船。两位公子吓了一跳,以为是自己府中的家人狐假虎威;但看了却又不识。正看着,大船已到跟前,拿鞭子打船家,船家道:"好好的一条河路,你走就走罢了,为什么行凶打人?"船上人骂道:"奴才,睁开驴眼看看灯笼上的字,是哪家的船?"船家道:"灯上是相府,我怎么知道你是哪个宰相家!"那些人道:"瞎了眼的死囚!湖州除了娄府,还有第二个宰相?"船家道:"是娄府,罢了,不知是哪一位老爷?"那船上道:"我们是娄三老爷装租米的船,谁不晓得,这狗才再回嘴,拿绳子来把他拴在船头上;明日回过三老爷,拿帖子送到县里,先打几十板子再讲!"船家道:"娄三老爷现在我们船上,你哪里又有个娄三老爷来了?"开了舱板:"请三老爷出来,给他们认一认!"

三公子走出船头,问道:"你们是我家哪一房的家人?"那些人却认得三公子,一齐都慌了,都跪下道:"小人们的主人刘老爷,曾做过守备。因从庄上运些租米,怕河路里挤,大胆借了老爷里的官衔;不想就冲撞了三老爷的船,小的们该死了!"

三公子道:"你主人与我同在乡里,借个官衔灯笼何妨?但在河道里行凶打人,说是我家,岂不坏了我家的声名?何况你们也知道的,我家从没有人敢做这样的事,你们起来,回去见了你主人,也不必说在河里遇着了我,只是下次不可再如此就好了!"众人应诺,谢了三老爷的恩典,把两副高灯,登时吹熄了。

第二天船到新市镇,去找邹吉甫不在家。问到杨执中家,一个村子,不过四五家人家,几间茅屋,屋后两棵大枫树,经霜之后枫叶通红。杨执中不在家,一个耳聋的老妪应门,两位公子留下话,嘱她转告是城里大学士娄家来访。

晚间杨执中回家,老妇告诉他城里有两个姓柳的来寻,说在大觉寺里住。杨执中心疑,想起当初盐商告他,打官司时,县里出的官差姓柳。一定是这差人来敲诈要钱,骂老妪道:"老不死的老蠹虫,这样的人来寻我,只回我不在家罢了,又叫他改天再来做什么?"老妪不服回嘴,杨执中恼了,打了老妪一顿。此后,怕差人来寻,清早就出门闲混,到晚才回。不想娄府两位公子,过了四五日又来访晤,惹得老妪一肚子气,嚷着说为了两人,连累她招来一顿拳打脚踢,杨老爹不在家,以后好些日子也不在家,叫两人莫来找麻烦。两公子不知是何缘故,又好恼又好笑。

归程中,无意中从一个卖菱的孩子处得到杨执中所作的诗,一幅素纸上写:"不敢妄为些子事,只因曾读数行书;严霜烈日皆经过,次第春风到草庐。"后面署名:"枫林拙叟杨允草"。两位公子看了,不胜叹息,说道:"这先生襟怀冲淡,真是可敬!"

(二)蘧公孙入赘鲁府

蘧老太守把孙儿蘧公孙的婚事,托付给两位内侄,娄家的三公子、四公子。其后两位公子的同乡鲁编修来访,在娄府见到了蘧公孙,喜欢他俊逸多才,当下就请牛布衣、陈和甫两先生为媒,禀明了蘧太守,两家联婚。娄府两公子托陈和甫选定花烛之期,陈和甫选在十二月初八日,送达吉期去。鲁编修说只有一个女儿,舍不得嫁出门,要蘧公孙入赘;娄府这边也应允了。

到了十二月初八日,娄府张灯结彩,先请两位月老吃了一日,黄昏时分,大吹大擂起来,娄府一门官衔灯笼,就有八十多对,添上蘧太守家灯笼,足足摆了三四条街还摆不完。全副执事,又有一班细乐,八对纱灯,引着四人大轿,蘧公孙端坐在内;后面四乘轿子,便是娄府两位公子、陈和甫、牛布衣,同送公孙入赘。到了鲁宅门口,开门钱送了几封,只见重门洞开,里面一派乐声,

六、娄家的两位公子

鲁编修纱帽蟒袍，缎靴金带，迎了出来。到厅拜见，编修公奉新婿正面一席坐下，两公子，两冰人，和鲁编修两列相陪；献过三遍茶，摆上酒席。蘧公孙偷眼看时，是个旧旧的三间厅古老房子。此时点几十支大蜡烛，极其辉煌。

戏子上来参了堂，磕头下去，打动锣鼓，跳了一出加官，演了一出《张仙送子》，一出《封赠》。唱完三出头的，副末执着戏单，上来请点戏，才去到公孙席前跪下，恰好侍席的管家，捧出一碗烩燕窝来，上在桌上。管家叫一声："免。"副末立起，呈上戏单；忽然乒乓一声，屋梁上掉下一件东西来，不左不右，不上不下，端端正正掉在燕窝碗里，将碗打翻，那热汤溅了副末一脸，碗里的菜泼了一桌。惊看原来是一只老鼠，从梁上走滑了脚，掉将下来。那老鼠掉在滚热的汤里，吓了一跳，把碗跳翻，爬起来就从新郎官身上跳了下去，把一件簇新的大红缎补服都弄油了。众人脸上变色，忙将这碗撤去，桌上打抹干净，又取一件圆领与公孙换了。公孙再三谦让，不肯点戏，商议了半日，点了一出《三代荣》，副末领单下去。

酒过数巡，厨下捧上汤来。那府役雇的是个乡下小厮，他跂着一双钉鞋，捧着两碗粉汤，站在丹墀里，尖着眼看戏。管家才端了四碗上去，还有两碗不曾端；他捧着看戏，看到戏场上小旦，扭扭捏捏地唱，他就看昏了，忘其所以然，只道粉汤碗已是端完了，把盘子向地下一掀，要倒那盘子里的汤脚，没想到叮当一声，把两碗粉汤都砸碎在地。他一时慌了，弯下腰去掀那汤粉，又被两条狗争着来吃。他怒从心上起，使尽平生气力，一脚踢去，不想不曾踢着狗，用力太猛，把一只钉鞋踢脱，飞起有丈把高。陈和甫坐在左边第一席，席上上了两盘点心，一大碗粉丝八宝攒汤。

正待举箸,忽然一个乌黑的东西自空掉下,乒乓一声,把两盘点心打得稀烂,陈和甫吃了一惊,慌忙站了起来,衣袖又把汤碗招翻,泼了一桌,满座诧异。

鲁编修自觉此事不甚吉利,懊恼着又不好说,悄悄把管家叫过来,责骂了几句。哄乱之中,戏子正本做完。众家人掌了花烛,把蘧公孙送进新房。

(三)新娘出题考尔夫

新房之中,鲁小姐卸了浓妆,蘧公孙细看,真有沉鱼落雁之容,闭月羞花之貌。两个贴身侍女,一个叫作采苹,一个叫作双红,都是袅娜轻盈,十分颜色。蘧公孙见小姐十分美貌,已是醉心,还不知小姐又是个才女。鲁编修无子,就把女儿当作儿子,五六岁请先生开蒙,读的是四书五经;十一二岁就教八股文①,教她"破题""转承""起讲""提比""中比",先生督课,同男学生一样。这小姐天资高,记性又好,各大家的文章,历科程墨,各省宗师考卷,她的肚里记得三千多篇,作出来的文章,理法老到,花团锦簇。鲁编修每常叹道:"若是个儿子,几十个进士、状元都中来了!"闲居无事,常和女儿谈说:"八股文章若是作得好,随你作什么东西——要诗就诗,要赋就赋——都是'一鞭一条痕,

---

① 八股文:明清两朝应科举的文体,又名制义,时文、四书文。分破题(共二句道破全题的要义)、承题(伸明破题之意)、起讲(又名原起,一篇开讲之处)、提比(又名提股,起讲后入手之处)、虚比(又名虚股,承提比之后,后来废除不用了)、中比(又名中股,是全篇的中坚)、后比(畅发中比未尽之义)、大结(一篇的总结,其后多废除不用)。

六、娄家的两位公子

一掴一掌血'。① 若是八股文章欠讲究,任你做出什么来,都是野狐禅,邪魔外道。"

小姐得了父亲的教训,益发用功为文,诗词歌赋,正眼儿也不一看。家里虽有几本诗集、诗话之类,倒把伴读的采苹、双红们看,闲暇也教她们诌几句诗,以为笑话。这番招进蘧公孙来,门户相称,才貌相当。料想公孙举业已成,不日就是个少年进士。赘进来十多日,香房里满架文章,公孙却全不在意。小姐心想:"这些自然都是他烂熟于胸的了。"又疑心着:"或许是新婚燕尔,一时还想不到正业。"

过了几天,公孙赴宴回房,袖里藏了一本诗来灯下吟哦,拉着小姐并坐同看;小姐还有点害羞,不好问他,只得勉强看了一个时辰。到次日,小姐忍不住了,知道公孙正在书房,出了一道题目"身修而后家齐"。叫采苹送去给姑爷,就说是老爷要请教一篇文字的。公孙接到,付之一笑,说道:"我对此事不甚在行,况到尊府尚未满月,正要做些雅事;如此俗事还不耐烦做哩。"公孙只以为对才女说这样的话是极雅的了,没想到正犯着忌讳。当晚养娘就见小姐愁眉泪眼,长吁短叹,说道:"我只道他举业已成,不日就是举人进士;谁想如此,岂不误我终身?"等到公孙进来,小姐待他辞色就有些不善。公孙自知惭愧,彼此不便明言。从此夫妇间有了距离,但说举业,公孙总是不喜,劝得紧了,反说小姐俗气。鲁夫人知道了,来劝女儿说:"新姑爷人物已是十分了,况你爹原爱他是个少年名士。"小姐道:"母亲,从古到今,哪有不曾中进士的人可以叫着名士的?"夫人和养娘又劝,

---

① 一鞭一条痕,一掴一掌血:譬喻得心应手,样样到家。

道是两家鼎盛，就算姑爷不中进士做官，难道这一生会有什么缺少？小姐道："好男不吃分家饭，好女不穿嫁时衣，总是自挣的好，靠着祖父，那就是不成器。"养娘道："当真姑爷不得中，小姐将来生出小公子来，自小依你的教训，不要学他父亲。家里放着你这个好先生，还怕教不出一个状元来，就替你争口气。你这封诰还是稳的。"

小姐叹了一口气，也就罢了。其后鲁编修知道了，也出了个两题请教公孙，公孙勉强成篇。编修公一看，全是诗词上的话，有两句像《离骚》，有两句又像子书，不是正经文字；因此心里也闷，说不出来。全亏鲁夫人疼爱女婿，如同心头之肉。

（四）杨执中的铜炉

两位公子忙着为表侄蘧公孙与鲁编修家小姐结婚的事，忙了月余，已是残冬，又忙着度岁。新年正月，看坟的邹吉甫来，这才将两番造访杨执中的事告知，邹吉甫说杨先生是个极忠厚的人，绝不会装身份故意躲着不见。邹吉甫本说由他去约了杨执中来见。两位公子仍是尊贤不肯，约好由邹吉甫先去杨家，两公子定期来访。

邹吉甫知杨家贫穷，自带了一些鸡肉酒菜，见了杨执中，见他把两手袖着笑道："邹老爹，不好意思告诉你，我自从去年在狱里出来，家下一无所有，常日只好吃一飧粥。直到除夕那晚，我这镇上开当铺的汪家，想要我这座心爱的炉，出二十四两银子，分明是算准了我过年没有柴米，要来讨这个巧。我说：'要我这个炉，须是三百两现银子，少一厘也不成。就是当当，过半年也要一百银。像这几两银子，不够我烧炉买炭的哩！'汪家的将银子拿了回去，

六、娄家的两位公子

这一晚到底没有柴米。我和老妻两个,点了一支蜡烛,把这炉摩弄了一夜,就这样过了一个年。"将炉捧着,指给邹吉甫看,又道:"你看这上面的色浆,好颜色!今天又恰好没有米,所以方才在此摩弄这炉,消遣时间。想不到你带着酒菜来,只是无米做饭。"

邹吉甫又拿钱给杨执中,吩咐老妪买米。两人坐下细谈,杨执中这才知道救他出狱,二度来访的竟是娄家的两位公子。今日约定,不久就来,吩咐家里准备,坐了一会儿,杨执中的二儿子杨老六,在镇上赌输了,又喝得烂醉,想着回家来向母亲要钱再去赌。杨执中叫他来与邹老爹见礼,那老六跌跌撞撞,作了个揖就去厨下,看见锅里煮的鸡和肉喷鼻香,又焖着一锅好饭,房里又放着一瓶酒,不知哪里来的,不由分说,揭开盖就要捞来吃,被他娘劈手把锅盖上了,杨执中骂道:"你又不害馋痨病,这是别人拿来的东西,还要等着请客!"他哪里肯依,醉得东倒西歪,只是抢了吃。杨执中骂他,他还睁着醉眼混回嘴。杨执中急了,拿火叉赶着要打他,邹吉甫劝着,说道:"酒菜是候娄府两位少爷的!"那杨老六虽蠢,但听是娄府,也就不敢胡闹了。他娘见他酒略醒些,撕了只鸡腿,盛了一大碗饭,泡上些汤,瞒着他老子递与他吃,吃毕爬上床睡觉去了。

两位公子同蘧公孙,直到日暮方到,进来见是一间客座,六张旧竹椅,壁上悬着朱子治家格言,两边有一副联,写着"三间东倒西歪屋,一个南腔北调人"。上面贴着一个报帖:"捷报贵府老爷杨讳允,钦选应天淮安府沭阳县儒学正堂,京报。"问杨执中道:"是三年前弟不曾被祸之时的事,垂老得这一个教官,又要去递手本,行庭参,自觉得腰胯硬了,做不来这样的事;当初辞病不去,哪知辞官未久,被遭横祸,受小人之欺!懊恼着不如去到沭阳，也免与狱吏为伍，若非三先生、四先生，大力相援，小弟这几根老骨头，只好病死狱中了！此恩此德，何日得报！"三公子道："小事何足挂怀，先生辞官一事，更使人敬仰品高德重！"四公子道："朋友原有通财之义，小弟们还恨知道此事已迟，未能早为先生洗脱，心中不安。"

请进一个草屋，是杨执中修葺的书房，面对一方小天井，梅开三两枝。书房里满壁诗画，一副联子上写着："嗅窗前寒梅数点，且任我俛仰以嬉；攀月中仙桂一枝，久让人婆娑而舞。"两公子看了，不胜叹息。此身飘飘如游仙境。饭后烹茗清谈，两公子邀请杨执中来家盘桓。杨执中答应三四日后即来。直谈到起更时候，一庭月色，照满书窗，梅花枝枝如画，两公子流连不忍相别。杨执中自知蜗居难容贵宾，踏着月影，把两位公子和蘧公孙送到船上。

回到娄府，看门的禀道："鲁大老爷有要紧事，请蘧少爷回去，来过三次人了。"蘧公孙慌忙回去，见了鲁夫人。夫人告诉说，编修公因女婿不肯做举业，心里生气，商量要娶一个如君[①]，早养出一个儿子来，教他读书，接进士的书香。夫人说年纪大了，劝他不必，他就生了气，昨晚跌了一跤，半身麻木，口眼有些歪斜。小姐在旁，眼泪汪汪，只是叹气。公孙也无奈何，忙去书房问候，陈和甫已在把脉，道是编修公身在江湖，心悬魏阙[②]，故而忧愁抑悒，出现此症，治法当先以顺气祛痰为主。改服了陈和甫的方子之后，渐渐见效，方才放心。

---

① 如君：姨太太。
② 身在江湖，心悬魏阙：此处指鲁编修闲在家里，一心盼着做官。

六、娄家的两位公子

(五) 名士侠客一齐来

杨执中来到娄府,向两位公子介绍他的朋友,姓权名勿用,字潜斋,萧山县人。有满腹的经纶,程朱①的学问,乃是世间第一奇人。两位公子大惊,就要去访。恰好街道厅魏厅官来拜,为丈量土地的事,要两位公子将祖坟墓道地基开示,魏厅官仔细查有无小民在附近樵采。两公子答应同去墓地。不及亲访大贤,商议着只好由两位公子亲函,杨执中附书一封,差了家人晋爵的儿子宦成,带着礼物,专诚前往萧山促驾。

宦成上路,在船上遇到两位萧山县的人,向他们打听权勿用,这才知道权勿用在山里住,世代务农,到他父亲时挣了几个钱,送他在村学读书。其后他父亲死了,他不会种田,又不会做生意,坐吃山空,把些田地弄得精光。足足考了三十多年,连一回县考复试都不曾取。肚子里从来就没有通过,借在土庙里训几个蒙童,每年应考混着过。那年遇着湖州新市镇盐店里的一个伙计,杨老头子来讨账,住在庙里,呆头呆脑,说些什么天文地理、经纶匡济的混话。他听了就此像神附着的发了疯,从此不应考了,要做个高人。这一做高人,几个学生也不来了,在家穷得没法过,就在村坊上骗人过日子。口里动不动就说:"我和你至交相爱,分什么彼此?你的就是我的,我的就是你的。"这几句话,就是他的歌诀。

宦成心想二位老爷也真可笑,没来由,老远的来寻这种混账人做什么?到了萧山,寻到一个山坳里,几个坏草屋,门上贴着白,

---

① 程朱:指理学家程颐、程灏、朱熹。

原来权勿用的母亲去世。权勿用热孝在身，不能出门，收下厚礼，作书道谢，约定百日满后到娄府来相会。宦成回报，两公子不胜怅怅，把书房后一处轩敞亭上，换了一匾，写作"潜亭"，以示专等权潜斋来住的意思。杨执中此时住在娄府，老年痰疾，夜里要人做伴，把第二个蠢儿子老六叫了来同住。

将及一月，杨执中又写信去催，权勿用收拾搭船来湖州。在城外上了岸，左手掮着被套，右手晃荡着大布袖，一脚高、一脚低在街上乱撞。过了城门外吊桥，路上甚挤，恰好一个乡下人在城里卖完了柴出来，肩头上横掮着一根尖肩担，一撞之下，把权勿用的一个高高的孝帽横挑在扁担尖上，乡下人低着头走，也不知道，掮着去了。权勿用把手乱招，口里喊道："那是我的帽子！"追了过来，眼睛不看前面，没想到一头撞到一顶轿子上，把那轿子里的官几乎撞得跌了出来。那官大怒，要叫衙役锁他，他又不服气，向着官指手画脚地乱吵，这时街上围着人看，内中走出一个人来，头戴一顶武士巾，身穿一件青绢箭衣，几根黄胡子，两只大眼睛，走上来向那官说："老爷！且请息怒。这人是娄府请来的上客。虽然冲撞了老爷，若是罚他，恐娄府面子不好看！"那官就是街道厅老魏，听了这话，将就着吆喝一声，起轿去了。

权勿用看那人时，便是他旧相识的侠客张铁臂。两人一同来到娄府，门房问他姓名，他死也不肯说，只说："你家老爷很久前就知道了。"看门的不肯传，他就大嚷大叫，闹了一会儿才说："把杨执中老爹请出来吧！"杨执中出来，见他一身白衣，又不戴帽，吓了一跳，这才延请入内。两公子都不在家，晚间回来，书房相会，彼此恨相见之晚，指着潜亭与权勿用看了，说出钦慕之意。摆出酒席接待，席间问起张铁臂绰号的来源，张铁臂道："晚生小时，有几斤力气。朋友和我赌赛，我睡在街心，把膀子伸着，等那牛车过来，那车来得力猛，足有四五千斤，车毂打从膀子上过，正压着时，晚生把膀子一挣，那车就滚过去几十步远，看晚生这膀子时，连白迹也没有一个，所以众人就加了我这一个绰号。"

张铁臂又表演舞剑，两公子取出一柄松纹古剑来，递与他，灯下拨开，光耀闪烁，张铁臂持剑走出天井，两公子吩咐点烛，张铁臂就一上一下，一左一右，舞将起来。舞到酣畅之时，只见冷森森的一片寒光，如万道银蛇乱掣，看不见舞剑的人，只觉得冷风袭人，看的人毛发皆竖。权勿用又取了一个铜盘，叫管家满贮了水，用水蘸着酒，一点也洒不进，舞了一会儿，大叫一声，寒光陡散，还是一柄剑执在手里。看那张铁臂时，面不红，气不喘，众人大大称赞。

（六）莺脰盛会和人头会

自此权勿用、杨执中、张铁臂都成了相府的上客。一日三公子说，要请众宾客一游莺脰湖。天气渐暖，权勿用身上那一件大粗白布衣服太厚，穿着热了，想去当几钱银子，买些蓝布，缝件单袍，好穿了做游莺脰湖的上客。于是就瞒着公子，托张铁臂去当了五百文钱来，放在床头枕，夜晚一摸，五百文不见了，问杨执中的蠢儿子杨老六可曾看见。老六说看见了的。权勿用问到哪里去了，老六道："是下午时候，我拿出去赌钱输了。还剩有十几个钱，留着等一下买烧酒吃。"权勿用道："老六！这也奇了！

我的钱，你怎么拿去赌输了？"老六道："老叔！你我原是一个人，'你的就是我的，我的就是你的'。分什么彼此。"气得权勿用干瞪眼，幸好三公子见他没有衣服，取出一件浅蓝绸长袍来送与他。

那日莺脰湖盛会，正值四月中旬，天气清和，到会的是主人三公子、四公子、蘧公孙、清客牛布衣、杨司训执中、权高士勿用、张侠客铁臂、扶乩看病的陈山人和甫。八位名士，带着杨执中的蠢儿子杨老六，当下牛布衣吟诗、张铁臂击剑、陈和甫说笑，伴着两位公子的雍容尔雅，蘧公孙俊俏风流，杨执中的古貌古心，权勿用的怪模怪样，真乃是一时胜会，两边船窗打开，奏着细乐，游来湖中，酒席齐备，十几个阔衣高帽的管家，在船头上更番斟酒上菜，那食品之清洁，茶酒之清香，不容细说。饮到月上时分，两只大船上点起五六十盏羊角灯，映着月色湖光，照耀如同白日。乐声大作，空阔处更觉得响亮，声闻十多里。两岸上人望着，有如神仙，谁人不羡？

次早蘧公孙回去，见到鲁编修告知，编修公道："令表叔在家，应该闭户做些举学，以继家声；怎么只管结交这样一班人？如此招摇，实非所宜。"次日，蘧公孙向两位表叔说了。三公子大笑道："我也不了解你这位岳丈，竟然俗到如此地步！"正说之间，门上人进来禀报："鲁大老爷开坊，升了侍读，朝命已下，京报刚才到了，老爷们须要去道喜。"

蘧公孙得知，慌忙先回岳家去贺喜。到了晚间，公孙打发家人跑来报："不好了。鲁大老爷接着朝命，正在合家欢喜，打点摆酒庆贺，不想痰病大发，已是不省人事，快请二位老爷过去。"两位公子连忙赶去，到了鲁宅，进门就见一片哭声，鲁编修已经

六、娄家的两位公子

去世。鲁府亲戚们,得报来到,商量在本族亲房立了一个儿子过继,然后大殓治丧。蘧公孙哀毁骨立,极尽半子之谊。

鲁编修亡故了之后,有一天,两位公子在内书房对坐,商议写信到京。此时正是下旬,月色未上,二更之后,忽听得房上瓦一片大响,一个人从屋檐上掉下来,满身血污,手里着一个革囊。两公子惊着,竟是张铁臂,问他是怎么回事。张铁臂道:"二位老爷请坐,容我细禀,我生平一个恩人,一个仇人。这仇人已衔恨十年,无从下手;今日得便,已被我取了他的首级在此,这革囊里面就是人头。我那恩人正在这地方十里之外,须要五百两银子去报了他的大恩。自此之后,我的心事已了,就可以舍身为知己者用了。我想可以措办这事的只有二位老爷,除此哪能有此等胸襟的人,所以冒昧黑夜来求,如果不蒙相救,就要从此远遁,不能再相见了!"

说完,提了革囊要走,两公子此时已吓得心胆皆碎,连忙拦住道:"张兄休慌,五百金小事,不必介意,只是人头如何处理?"张铁臂笑道:"只要我略施奇术,就可以灭迹,目前匆忙不行,等我把五百金送去之后,不过两个时辰,就可以回来,取出人头,加一药末,顷刻化水,毛发不存,二位老爷可以先备筵席,多请宾客,看我来做这事儿。"

两位公子骇然,忙取五百两银子来付与张铁臂,张铁臂留下革囊,道谢一声,腾身而起,上了房檐,行步如飞,只听得一片瓦响,无影无踪去了。两位公子依言,天明之后,约了牛布衣、陈和甫、蘧公孙、杨执中、权勿用,举行人头会,专等张铁臂回来处理,一直等到晚上,不见回来,天气暖和,革囊臭了出来,大着胆打开来看,哪是什么人头,不过是六七斤重的一头猪在里面。

儒林外史：书生现形记

两公子悄悄相商，受骗也只好自认倒霉，不必使别人知道，当下仍旧出来陪客人饮酒。心里正闷着，看门的人进来禀报："乌程县有个差人，持了县里老爷的帖，同萧山县来的两个差人叩见老爷，有话面禀。"三公子留四公子陪客，自来厅上见那差人，呈上公文，上面写着："萧山县正堂吴。为地棍奸拐事：案据兰若庵僧慧远，具控伊徒尼僧心远被棍权勿用奸拐霸占在家一案。查本犯未曾发觉之先，自潜迹逃往贵治。为此移关，烦贵县查照来文，遣役协同来差，访该犯潜踪何处，擒获解还敝县，以便审理究治。"

看过之后，差人禀道："小的本官上复三老爷，知道这人在府里，因老爷这里不知他这些事儿，所以留他。而今求老爷把他交与小的，他本县的差人现在外面伺候，交与他带去，莫使他知道逃走了，不好回文。"三公子吩咐候着，满心惭愧，叫请四老爷和杨老爷出来。两位出来时，看了公文和本县拿人的拘票，四公子也觉得不好意思。杨执中道："三先生、四先生，自古道：'蜂虿入怀，解衣去赶。'他既然弄出这样的事来，先生们也庇护他不得，如今我去向他说，把他交与差人，等他自去料理。"

两公子没奈何。杨执中走进书房席上，一五一十说了，权勿用红着脸道："真是真，假是假！我就同他们去，怕什么！"两位公子走进来，不改常态，说了些打抱不平的话，又敬了两杯别酒，取出两封银子送作盘缠。两公子送出大门，打躬而别。那两个差人见权勿用出了娄府，两公子已经进府，就把他一条链子锁着带去了。

六、娄家的两位公子

【解析】

（一）娄家两公子"与其出一个消磨元气的进士，不如出一个培养阴德的通儒"，是为作者痛恨时文科举，要求尊重独立人格的意识表现。邹吉甫问两位公子的话，正就是二公子常发的牢骚，是为投其所好。二公子敬重斯文，义救杨执中，而德清县知县只凭娄府的一张帖子放人，损失的是国库公帑。刘守备冒称娄府官船，河中打人一段，可见狐假虎威，富贵欺压平民的社会写实；两公子的宽容极好，但三公子仍是糊涂，说："我家从没有人敢做这样的事。"其实从晋爵吞没七百两银子的事看来，娄府下人的恶劣绝不下于守备家人。杨执中故意放长线钓鱼，自高身价，加强公子们的器重，"不敢妄为些子事儿……"一诗，是元代中书左丞吕仲实所作七律的后四句，杨执中抄袭掠美，二公子居然也浅陋不察。

（二）鲁编修只知作八股文，做官，观念腐旧固执，影响鲁小姐也成了个冬烘头脑。但蘧公孙自以为是的名士风流，其实所学也是极不充实。

（三）杨执中的摩挲铜炉，是一种待价而沽的象征式说明。他的狐狸尾巴已显露明晰，既然淡泊名利，又为何还把一张沭阳县儒学正堂的报贴贴着叫人看，从这种自我标榜中可见其人的虚伪做作。而笺联"三间东倒西歪屋，一个南腔北调人"也是割裂抄袭之作；纪昀《阅微草堂笔记》，记张晴岚明经除夕前自题门联："三间东倒西歪屋，一个千锤百炼人。"袁枚《随园诗话》记鲁之裕观察署门："两间东倒西歪屋，一个南腔北调人。"

（四）杨执中的援引权勿用，是物以类聚，目的在壮声势。

权勿用的矫情立异，装模作态，一方面是掩饰自己的浅陋；另一方面是故意乖张脱俗，引人注意。

（五）鲁编修因为有官做，竟然欢喜得痰病大发而死，既可悲又可笑。张铁臂用假人头骗钱，权勿用的真相暴露，原来是奸拐僧尼的地棍。两公子明知受骗，仍然宽厚，这虽是可贵的，但也暴露了当时官绅之流的乡愿虚伪鄙性。

七、遇仙记

（一）马二先生的文章事业

  上文提过的蘧公孙，招赘在鲁编修家，后来鲁编修去世，蘧老太守有病，蘧公孙回嘉兴侍疾，两位娄公子陪同去问候姑丈。到了嘉兴，蘧太守已是病得重了，看来是个不起之病。公孙传着蘧老太守之命，托娄府两位公子去替他接鲁小姐回家。鲁府编修夫人疼爱独生女，不肯放她去婆家。倒是小姐深明大义，决意要返婆家侍疾。此时两个丫鬟，采苹已嫁了，只有双红随着小姐赠嫁。叫了两只大船。全副妆奁，搬来船上，来到嘉兴蘧府，蘧老太守已经去世。鲁小姐上侍孀姑，下理家政，井井有条，蘧府的亲戚们无不钦羡。

  公孙居丧三载，眼见娄府的两位表叔，半世豪举，到头来落得一场扫兴，因此名心也渐渐淡了，诗话也不刷印送人了。鲁小姐头胎生的小儿子已有四岁，小姐每天拘着儿子在房里讲四书，读文章，公孙也在旁指点。因此公孙有了改变，想要结交几个考高等的朋友，谈谈举业，无奈嘉兴的朋友们都知公孙是个作诗的名士，不来亲近他。公孙觉得没趣。那一天街上走过，看到一处新书店里贴着一张报帖，介绍选文专家处州马纯上先生。蘧公孙亲去书坊拜访，店里人道：马先生在楼上，喊一声："马二先生，有客来拜。"一人应声下楼，公孙看那马二先生时，身长

儒林外史：书生现形记

八尺，容貌甚伟，头戴方巾，身穿蓝袍，脚下粉底皂靴，面皮深黑，脸上长着稀疏的几根胡子。相见启谈，才知马二先生做秀才已二十四年，也考过六七次案首，只是科场不利，至今还未中举。谈了一会儿，公孙告别。马二先生问明了住处，约定明日回拜。公孙回家，向鲁小姐说："马二先生明日来拜，他是个选文做举业的专家，我想留他便饭。"小姐欣然准备。

次日马二先生来拜，公孙问道："先生所选的范文是以哪一种文章为主？"马二先生道："文章总以理法为主，风气会变，理法总是不变。作文章不能带着有注疏气，尤其不可带着有词赋气。有了注疏气只不过影响缺少文采；若带有词赋气那就会有碍于圣贤口气，那是为文的大忌。"公孙道："这是作文章的道理了，请问批选文章，又是怎样的道理？"马二先生道："选文、批文，也是全然不可带有词赋气。小弟每常见前辈批语，有些风花雪月的字样，被那些后生看见，就会想到诗词歌赋那条路上去，就会坏了心术。古人说得好：'作文之心如人之眼。'凡人眼中，尘土屑固然不可有，就是金玉屑也是有不得的，所以小弟选批文章，总是采取精语，不肯随便下笔，时常一个批语要作半夜。务必要那些读选文的人，读了这一篇就能悟出几十篇的道理，这才能得实益。"

说着，里面捧出饭来，果然是家常肴馔、一碗炖鸭，一碗煮鸡，一尾鱼，一大碗煨得稀烂的猪肉。马二先生食量颇大，举箸向公孙道："你我知己相逢，不做客套。这鱼且不必动，倒是肉好。"当下吃了四碗饭，将一大碗烂肉吃得干干净净。里面知道了，又添出一碗来，连汤都吃完了。吃毕喝茶清谈。马二先生问道："先生名门，又这般大才，应该早已高发，为何困守在此？"公孙道："小

七、遇仙记

弟因先君去世得早，在先祖膝下料理些家务，所以不曾致力于举业。"马二先生道："你这就差了。'举业'二字，是从古到今人人必要做的。就如孔子生在春秋时候，那时用'言扬行举'①做官，所以孔子就讲成'言寡尤，行寡悔，禄在其中'②。这就是孔子的举业。到了战国时，以游说做官，所以孟子历说齐梁，这就是孟子的举业。到了汉朝'贤良方正③'开科，所以公孙弘、董仲舒，举贤良方正，这就是汉人的举业。到唐朝用诗赋取士，他们若讲孔孟的话，就没有官做，所以唐人都会作几句诗，这就是唐人的举业。到宋朝又好了，都用明理学的人做官，所以程朱就讲理学，这就是宋的举业。现在本朝用文章取士，这是极好的法则。就是孔夫子在如今，也要念文章，做举业，绝不讲那'言寡尤，行寡悔'的话，为何？如果天天讲究'言寡尤，行寡悔'，谁会给你官做？孔子的道，也就不行了。"一席话，说得蘧公孙如梦方醒，又留他吃了晚饭，足足谈了一天，结为性命之交。

自此日日往来，那一天在文海楼会着，看到刻的墨卷目录放在桌上，上写着"历科墨卷持运"下面一行刻着"处州马静纯上氏评选"。蘧公孙想在上面添上自己的姓名，借此出名，不料话一说出，竟被拒绝。马二先生道："这是有道理的。占封面也不是容易之事。就是小弟，全亏几十年考核的高，有点虚名，所以会有书商来请。难道先生如此大名，还占不得封面？只是你我两个，只可独占，不可合占。"公孙问是何故，马二先生道："这

---

① 言扬行举：以言行优良为标准。
② 言寡尤，行寡悔，禄在其中：语出《论语·为政》"子曰多闻阙疑，慎言其余，则寡尤；多见阙殆，慎行其余，则寡悔。言寡尤，行寡悔，禄在其中矣"。
③ 贤良方正：汉代郡国举士的一种，凡稍有文墨才之士都能被选。

事不过是'名利'二字。小弟不肯自坏名声,自认图利。若把你先生写在第二名,世俗人以为刻书的钱是先生出的,那小弟岂不是个谋利之徒了吗?若是把先生写在第一名,小弟这数十年虚名,岂不又都是假的了吗?"

(二) 急友难倾囊相助

鲁小姐在家督促小儿子念书,十分严格,时常到三更四鼓。如果小儿子书背不熟,小姐就要督责他念到天亮,先打发公孙到书房去睡,小丫头双红侍候公孙,她也会念诗,常拿些诗来求讲。公孙喜欢她殷勤,就把昔年逃亡的降官王惠留下的一个旧枕箱,赏给双红盛花儿针线,又在无意之中把昔年救助王惠的事告诉了双红。

没想到娄府家人晋爵的儿子宦成,小时候与她有约,竟然大胆来到嘉兴把这丫头拐了去。蘧公孙大怒,报了秀水县,出批文捉拿回来,宦成这小奴才托人来求公孙,情愿出几十两银子与公孙做丫头的身价,要求把双红赏给他做老婆。公孙断然不肯,宦成、双红两个被拘在差人家里,那差人一回回恐吓敲诈。宦成的银子用完,衣服也都上了当铺。那一晚小两口商议,要把这个旧枕箱,拿去卖几十个钱来买饭吃。双红说出枕箱来历,被差人听到,想到这可能是敲诈蘧公孙的好机会,先借二百文与宦成两口子吃饭,叮嘱千万莫卖枕箱,差人自去寻了一个老练的差人商议,告诉他如此这般,问他:"这事还是就此弄破了好?还是开弓不放箭,大家弄几个钱要紧?"那老差人"呸"地一口大啐道:"这种事哪能讲破!讲破了哪还有什么好处?如今只是闷着跟他讲,

七、遇仙记

不怕他不拿出钱来，亏得你在衙门里几十年，这种利害也不晓得；遇着这等事竟要讲破！破你娘的头！"骂得这差人连声道谢承教。赶回家来，拉了宦成到茶室商量。正在说着，一个人找差人请教道："白白给他打了一顿，却是没有伤，喊不得冤，怎么办？"差人悄悄拾起一块砖头，凶神似的，走上去照那人头上一砸，打出一个大洞，鲜血直流。那人吓了一跳。问差人道："老爹，这是为什么？"差人道："你方才说没有伤，这不是伤吗？又不是你自己弄出来的！不怕老爷会验！还不快去喊冤！"那人感激道谢，把血用手一抹，涂成一个血脸，往县前喊冤去了。

宦成看到听到，又学了一个乖，差人回来与他商议，说道："昨晚听见你女人说，那枕箱是王太爷的，王太爷降了宁王，又逃走了，是个钦犯；这箱子就是钦赃，蘧家的结交钦犯，藏着钦赃；若是被人告到官里，那就是杀头充军的罪，他还敢拿你怎样？"宦成听了这番话，如梦方醒，说道："多蒙老爹提醒，如今我就写呈子去告！"差人道："傻兄弟！这你又错了。你如去告官，就算把他一家杀得个精光，于你也无益处，何不趁此弄他几个钱。何况你与他又无深仇，如今只消托一个人出来，吓他一吓，吓出几百两银子，又把丫头白白送与你做老婆，不要身价，这事也就罢了。"宦成道："多谢老爹费心，全凭老爹替我做主就是。"

差人从双红处问知，蘧公孙与马二先生相好。先写一张检举叛逆的状子，带在身边，到文海楼来请马二先生说话。马二先生见是县里的人，不知何事，邀他上楼坐下。差人道："先生一向可是与做南昌府的蘧家蘧小相交好？"马二先生道："他是我极相好的弟兄，头翁，你为何问他？"差人故作神秘，两边一望道："这里没有什么外人吗？"马二先生道："没有！"差人拿出那张呈状来给马二先生看,说道:"他家发生了这样的事,我们是'公门里好修行',所以通个信给他,叫他好早早料理。"马二先生看完呈子,惊得面色如土,向差人道:"这事绝不能告官说破,既蒙头翁好心,千万先把呈子捺下!蘧先生现不在家,去乡间修坟去了,等他回来才好商议。"差人道:"告状的今天就要递状,这种事谁能捺得下来?"马二先生慌了道:"这个如何了得?"差人道:"先生,你这一个'子曰行'①的人,怎的如此没主意?自古'钱到公事办,火到猪头烂'。只要破费些银子,把这枕箱买了回来,这事便罢了。"

马二先生拍手道:"好主意!"当下锁了楼门,请这差人到酒店,马二先生做东,大盘大碗请他吃着,商议如何了断。那差人狮子大张口,假说宦成的意思,少说也得要二三百两银子。马二先生摇头道:"二三百两是不能的。不说他现在不在家,是我在替他设法;就是他在家,虽然是个做官人家,如今也已家道中落,一时哪能拿出这许多银子来!"差人说道:"既然没有银子,本人现又不能出面,我们就不要管它,随宦成那小子去闹吧!"马二先生道:"话不是这样说,我同蘧小相是深交,眼看他有事,如不能替他掩盖,那就不成朋友了!"提出条件,由马二先生代垫二三十两银子,了结此事。那差人恼了道:"这正和着古话'漫天讨价,就地还钱'。我说二三百两,你就说二三十两?'戴着斗笠亲嘴,差着一帽子。'怪不得人说你们'诗云子曰'的人难讲话!这样看来,你好像'老鼠尾巴上害疖子,出脓也不多'。倒是我多事,不该来惹这番婆婆妈妈口舌的!"说罢,站起身来就要走。

---

① 子曰行:读书人。

七、遇仙记

　　马二先生心里着急，急忙拉住，坦白说出，自己的束修总共一百两银子，这些时用掉了几两，还要留两把作盘费到杭州去。抖了包，只挤得出九十二两银子。若是不信，情愿同到住处去搜，若是搜出一钱银子，马二先生就不是人。如今愿意倾囊取出，请差人大力维持，如果再不能，那也就没法了，只好怨蘧公孙的命。差人道："先生，像你这样血心为朋友，难道我们当差的心不是肉做的？只是宦成那奴才不知肯不肯？"想了一想，出个主意：叫马二先生替蘧公孙立个婚书，言明收到双红丫鬟身价一百两，连同那实得的九十二两，将近二百之数，将就可以塞得住那小厮的嘴。马二先生答应了，当下双方说定，马二先生回文海楼等候；那差人假作去会宦成，去了半日，回到文海楼来，又吹牛说他费了不少口舌，才将宦成那边压下。差人将枕箱拿上楼来，马二先生交出银子婚书，差人拿着去了。

　　差人回到家中，把婚书藏起；另外开了一篇细账，借贷吃用，衙门使费，共开出七十多两，只剩下十几两银子与宦成；宦成嫌少，被他一顿臭骂："你奸拐了人家使女，犯着官法；若不是我替你遮盖，怕老爷不会打折你的狗腿！倒替你白白地骗了个老婆，又骗了许多银子；得不到你一声感谢，反倒向我讨银子！我如今带你去回老爷，先把你这奸情事打几十板子。丫头传蘧家领回去，叫你吃不了兜着走！"宦成被他骂得闭口无言，收下银子，道了谢，领着双红去他州外府寻生意去了；这里差人凭着婚事，另写禀帖销案。

　　蘧公孙从坟上回来，马二先生来候，慢慢说到这件事上来；蘧公孙初时还含糊着，马二先生道："长兄，你这事还要瞒我吗？那枕箱现就在我的住处。"公孙满面飞红。马二先生说出经过，

· 095

明说九十二两银子不要蘧公孙还,公孙听罢大惊,忙取一把椅子,放在中间,把马二先生捺了坐下,倒身拜了四拜。跟着进到内室,告知鲁小姐,说道:"像这样的,才是斯文骨肉朋友,有义气,有肝胆!结交了这样的正人君子,也不枉了!像我娄家表叔结交了多少人,一个个出乖露丑,相比之下,岂不是可羞!"鲁小姐也着实感激,备饭招待马二先生,饭后叫人跟去,将那枕箱取回来毁了。

(三) 书呆子游西湖

马二先生原在杭州选书,被嘉兴文海楼请来,一部书已选完,辞别了蘧公孙,仍返杭州。一时选文之事不忙,住了几天,腰里带了几个钱,就去西湖走走。

这西湖乃是天下第一个真山真水的景致,且不说那灵隐的幽深,天竺的清雅;只出了这钱塘门,过圣因寺,上了苏堤,中间是金沙港,转过去就望见雷峰塔,到了净慈寺,有十多里路;真乃五步一楼,十步一阁;有金粉楼台,也有竹篱茅舍;有桃柳争妍,也有桑麻遍野。卖酒的青帘高扬,卖茶的红炭满炉,仕女游人,络绎不绝。真个是"三十六家花酒店,七十二座管弦楼"。马二先生独自一人,步出了钱塘门,在茶亭里吃了几碗茶,到西湖上牌楼前坐下,只见一船船乡下妇女来烧香的,各色各样,一顿饭时,就来了五六船。那些女人后面,都跟着自己的丈夫,掮着伞,拿着衣包,上了岸,分散到各庙去了。

马二先生看了一会儿,不在意里,起来又走了一里多路,望着湖沿上接连几家酒店,挂着透肥羊肉,柜台上盘子里盛着滚热

七、遇仙记

的蹄子、海参、糟鸭、鲜鱼，锅里煮着馄饨，蒸笼上蒸着极大的馒头。马二先生没钱买，喉咙里直咽唾沫，只得走进一家面店，十六个钱吃了一碗面，肚里不饱，又走到隔壁茶室喝了一碗茶，买两个钱的处片嚼嚼，倒觉得有些滋味。吃完出来，见湖边荫下系着两只船，船上的女客正换衣裳，一个脱去元色①外套，换了一件水田披风，一个脱去天青外套，换一件玉色绣的八团衣服；一个中年的脱去宝蓝缎衫，换了一件天青缎二色金的绣衫。那些跟从的女客，十几个人，也都换了衣裳。这三位女客，一位跟前一个丫鬟，手持黑纱团扇，替她们遮着日头，缓步上岸。那头上珍珠的白光，直射多远，裙上环佩，叮叮当当地响。马二先生低着头走了过去，不曾仰视。

走过了六桥，转个弯，像是乡村地方。马二先生想要回家，问人道："前面还有没有好玩的所在？"那人道："转过去就是净慈、雷峰，怎么不好玩？"马二先生又往前走。走了半里路，看见一座楼台，盖在水中间，马二先生从板桥上过去，在门口茶室吃了一碗茶。里面的门锁着，马二先生要进去看，管门的向他要了一个钱，开门放他进去。里面是三间大楼，楼上供的是仁宗皇帝的御书。马二先生吓了一跳，慌忙整整头巾，理理袍服，在靴筒里拿出一把扇子来当作笏板②，恭恭敬敬，朝着楼上扬尘舞蹈，拜了五拜。拜毕定一定神，仍回茶桌边坐下。旁边有个花园，卖茶的人说是布政司房里的人在此请客，不好进去。那厨房却在外面，热腾腾的燕窝海参，一碗碗在眼前捧过去，马二先生又羡慕了一番。

---

① 元色：黑色。
② 笏板：大臣见君时所执持，用以记事的手板。

出来，过了雷峰，远望高高下下许多房子，盖着琉璃瓦，曲曲折折，无数的朱红栏杆。马二先生走近，看见一个极高的山门，一个直匾，金字，上写着"敕赐净慈禅寺"。马二先生从山门旁的小门进去，一个大院落，地下都是水磨的砖。进了二道山门，两边廊上都是几十层极高的阶级。那些富贵人家的女客，成群结队，里里外外，来往不绝，穿的都是锦绣衣服。风吹过来，身上的香阵阵扑鼻。马二先生身材高大，戴一顶高方巾，一张乌黑的脸，凸着肚子，穿着一双厚底破靴，横着身子乱跑，只管在人窝子里撞；女人们不看他，他也不看女人。前前后后，跑了一阵；又出来坐在南屛亭内，吃了一碗茶。柜上摆着许多碟子：橘饼、芝麻糖、粽子、烧饼、处片、黑枣、煮栗子，马二先生每样买了几个钱，不论好歹，吃了一饱，觉得倦了，直着脚，跑进清波门，回到住处，关门睡了。

　　因为走多了路，睡了一天，第二天起来去城隍山走走。城隍山就是吴山，就在城中。走不多远，已到山脚下。望着几十层阶级，马二先生一口气走上，不觉气喘。庙门前吃了一碗茶，进去看时，是吴相伍子胥的庙。马二先生作了个揖，把匾联细看了一遍；再走上去，走到片石居，里面也是个花园，有些楼阁。马二先生进去看见窗棂关着，便在门外张望，只见一群人围着，像是在请仙。马二先生心想：他们若是请仙判断功名大事，我也要进去问一问。站了一会儿，望见一个人磕起头来；旁边有人道："请了个才女来了！"马二先生听了暗笑。又一会儿，一个问道："是不是李清照？"又一个问："是不是苏若兰①？"又一个拍手道："原来

---

① 苏若兰：苏蕙，字若兰，前秦时才女，曾织锦为回文璇玑图诗。

七、遇仙记

是朱淑贞①!"马二先生看这些人不是管功名的,志不同道不合,不如去吧。

又转过两个弯,上了几层阶级;只见平坦的一条大街,左边靠着山,一路有几处庙宇;右边一路,一间间房子,都有两进。后面的一进,窗子大开着,空阔一望,钱塘江隐隐可见。那些房子有卖酒的,卖耍货的,卖饺儿的,卖面的,卖茶的,测字算命的,庙门口摆的都是茶桌子。这一条街,单是卖茶的就有三十多处,十分热闹。马二先生正走着,只见茶铺子里,一个油头粉面的女人招呼他吃茶。马二先生扭头就走,去间壁茶室泡了一碗茶,见有卖蓑衣饼的,叫打十二个钱的饼,吃了,略觉有些意思。走上去,一个大庙,甚是巍峨,就是城隍庙。马二先生进去瞻仰了一番;过了城隍庙,一个弯后又是一条小街,酒楼、面店都有。还有几家簇新的书店,店里贴着报单,上写:"处州马州上先生精选三科程墨持运于此发卖。"马二先生见了欢喜,走进书店坐坐,取过一本自己选的书来看,问了价钱,又问销售的情形好不好?书店人道:"墨卷只行得一时,哪里比得上古书?"

马二先生再往上走,是个极高的山冈,走到冈上,左边望着钱塘江,那天江上无风,水平如锦,过江的船,船上的轿子,都看得明白。再走上些,右边又见西湖雷峰一带,连湖心亭都望得见。那湖里打鱼船,一条条如小鸭浮在水面。马二先生心旷神怡,只管再走上去,又见一处大庙,庙门前摆着茶桌卖茶,马二先生走得脚酸,且坐吃茶。吃着,两边一望,一边是江,一边是湖,又有那山色一转围着,又遥见隔江的山,高高低低,忽隐忽现。

---

① 朱淑贞:宋代才女,工诗词,集名《断肠集》。

儒林外史：书生现形记

马二先生叹道："真是载华岳而不重，振河海而不泄，万物载焉！"吃着茶肚里正饿，正好有乡人捧着烫面薄饼来卖，又有一篮子熟牛肉，马二先生大喜，买了几十文的饼和牛肉，就在茶桌上，尽兴一吃。

想着趁饱再上，走了一箭多路，左边一条小径，荒榛蔓草，马二先生走过去，见那玲珑怪石，千奇万状。钻进一处石罅，石壁上多有名人题咏，马二先生不看。过了一个小石桥，沿着窄小的石蹬走上去，又是一座大庙，又有一座石桥，很不好走。马二先生攀藤附葛，走过桥去，见是个小小的祠宇，上有匾额，写着"丁仙之祠"。走进去，见中间塑一个仙人，马二先生见有签筒，想着："我今困在杭州，何不求签问问吉凶？"正要上前展拜，只听得背后一人道："马二先生！要想发财，何不问我？"

（四）仙人的魔术

马二先生回头一看，祠门口立着一人，身长八尺，头戴方巾，身穿茧袖长袍，左手理着腰里丝绦，右手拄着龙头拐杖，一部大白须，直垂过脐，飘飘有神仙之表。马二先生慌忙上前施礼，敢问素昧平生，何以便知我学生姓马？那人道："天下何人不识君？先生既遇着老夫，不必求签了，且同到敝寓去谈谈。"

当下携了马二先生的手，走出丁仙祠；却是一条平坦大路，未及一刻工夫，已到了伍相国庙门前。马二先生心里疑惑：原来有这近路，是我方才走错了？又疑惑恐是神仙缩地腾云之法也未可知。进入伍相国寺殿后，有极大的地方，又有花园，园里有五间大楼，四面都是窗子，望江望湖，景色全收眼底，那人就住在

七、遇仙记

这楼上,邀马二先生上楼,施礼坐下。四个长随,整整齐齐,都穿着绸缎衣服,脚下新靴,上来奉茶,那人吩咐备饭,一齐应诺下去。

马二先生举眼一看,楼中间贴着一张素纸,上写冰盘大小的二十八个大字,乃是一首绝句,诗道:"南渡年来此地游,而今不比旧风流。湖光山色浑无恙,挥手清吟过九州!"后面一行写:"天台洪憨仙题。"马二先生屈指一算,宋高宗南渡,已是三百多年前的事,这人经历南渡,而今还在,一定是个神仙无疑。问道:"这佳作是老先生的?"那人道:"憨仙便是贱号。偶尔遣兴之作,颇不足观;先生若爱看诗句,前时在此,有同抚台、藩台及诸位当事在湖上唱和的一卷诗,取来请教。"拿出个手卷来,马二先生放开一看,都是各当事的亲笔,一首首七言律诗,咏的西湖之景,图书新鲜,着实赞了一回。

捧上饭来,虽是便饭,却也丰盛,马二先生腹中尚饱,不便辜负仙人,又尽力吃了一餐。饭毕清谈,谈起目前住在书坊里,没有什么文章选,想要问问可有发财机会?洪憨仙道:"发财也不难,但大财须缓一步,目前先发个小财好吗?"走进房内,床头边摸出一个包来,打开,里面有几块黑煤,递与马二先生道:"你将这东西拿回去,烧起一炉火来,取个罐子把它顿在上面,看它成个什么东西,再来和我说!"

马二先生接着,晚间果然如法炮制,那火吱吱地响了一阵,取罐倾了出来,竟是一锭细丝纹银,马二先生喜出望外,一连倾了六七罐,倒出来六七锭大纹银。疑惑不知是否真银,次日清早上街,送到店里去看,钱店都说是十足纹银,随即换了几十钱,拿回住处收好。赶到洪憨仙住处来道谢,果然仙家妙用,憨仙道:

· 101

儒林外史：书生现形记

"早哩，我这里还有一些，先生再拿去试试。"又取出一包来，比前有三四倍，送与马二先生。别了回来，一连在住处烧炉，烧了六七天，把那些黑煤都倾完了，都是纹银，上戥子一称，足有八九十两，马二先生欢喜无限，一包包收藏起来。

这一日，憨仙请马二先生去，憨仙道："先生，你是处州，我是台州，相近原要算是同县；今天有个客来拜我，我和你要认作中表弟兄，将来自有一番交际，不可有误。"马二先生道："请问这位尊客是谁？"憨仙道："便是这城里胡尚书家三公子，名缜，字密之。尚书公遗下宦囊不少，这位公子却有钱癖，想要多多益善。他要学我这烧银之法，眼下可以拿出万金来，以为炉火药物之费。但这事须有一位中间的人，先生的大名，他是知道的，何况在书坊选批文章，是有踪迹可寻、可靠的人，他更可以放心。如今相会过了，决定此事，开始烧银，到七七四十九天之后，成了银母。凡是一切铜锡之物，点着就成黄金，何止数十百万？我是用他不着，到那时告别还山，先生得了这银母，家道自此也可以小康了。"

马二先生见他如此神术，有什么不信。等到胡三公子来，憨仙介绍："这是舍弟，各书坊所贴'处州马纯上先生选二科程墨'的便是。"胡三公子改容尊敬，施礼坐下。三公子举眼一看，洪憨仙人物轩昂，行李华丽，四个长随，轮流献茶；又有选家马先生是至亲，欢喜放心，坐了一会儿去了。

次日，憨仙同马二先生回拜胡府。第三天是胡三公子请客，两席酒，一本戏，吃了一日。胡三公子约定三五日后，到家来写立合同，就请马二先生做中人，然后在自家花园里准备丹室，先兑出一万两银子来，托憨仙修制药物。并请憨仙住进丹室，开始工作。

七、遇仙记

一连四天,不见憨仙处有人来请,马二先生过去探望,一进了门,只见那几个长随不胜慌张,敢问方知是憨仙病了,症候甚重,医生已不肯用药。马二先生大惊,上楼去看,已是奄奄一息,头都抬不起来。马二先生好心相伴,晚间也不回去。挨过两天,那憨仙寿尽身亡。四个手下慌了手脚,寓所一搯,只有四五件绸缎衣服,还可当得几两银子,其后一无所有,几个箱子都是空的,这四个人也并不是什么长随,是一个儿子,两个侄儿,一个女婿,这时都说出身份。马二先生听在耳里,替他们着急。此时连买棺材的钱都不够,马二先生有良心,赶回住处,取了十两银子来与他们料理。

儿子守着哭泣,侄子上街买棺材;女婿无事,同马二先生走去隔壁茶馆谈谈。马二先生道:"你令岳是个活神仙,活了三百多岁,怎会忽然间就死?"女婿道:"笑话!他老人家今年只得六十六岁,哪有什么三百岁?想着他老人家,也就是不守本分,惯弄玄虚。寻来钱又混用掉了,而今落得如此收场!不瞒你先生说,我们都是买卖人,抛下生意,跟着他做这种骗人的事。如今他一死,害得我们要讨饭回县,这话从哪里说起!"马二先生提起那一包包黑煤,烧起炉来,一倾就是纹银。女婿道:"哪里是什么黑煤,那就是银子,用煤弄黑了的!一下了炉,银子本色就现出来了。那原是做出来骗人的,用完了那些,就没得再用了。"马二先生道:"还有一点,他若不是神仙,为何在丁仙祠初见我的时候,不曾认得就知我姓马?"女婿道:"你又差了!他那日在片石居扶乩出来,看见你坐在书店看书,书店的人问你尊姓?你说就是书面上马什么的,他听了记在心里。世间哪有什么神仙!"

马二先生这才恍然大悟,憨仙的结交,目的是要借马二先生

· 103 ·

的名头做中人，去骗胡三公子家上万两的银子，幸得胡家时运高，不曾上当；更幸得这骗局还未弄成，马二先生不受连累。

马二先生忠厚，又想道："他亏负了我什么？我到底还是该感激他才是。"当下候着装殓，算还庙里的钱，叫脚夫抬去清波门外，暂时厝着。马二先生备了个牲礼纸钱，送到厝所，看着用砖砌好了，剩下的银子，那四个人做旅费，谢别了马二先生，回乡去了。

【解析】

（一）马二先生认为读书人的事业全在举业，就是孔夫子在今，也要念文章，做举业，这是他的迂腐固执。蘧公孙想要在马二先生的选本上列名，迫切求名的心理，清晰呈现。

（二）马二先生破产救友，义行表现人类性行高贵的一面。而由差人的行为可以看出当时衙门的黑暗，以大吃小、以强凌弱的可悲实况。

（三）马二先生游湖一段，写景记物，文字极为佳妙。书呆子游湖，对自然山水全无会心；"女人们不看他，他也不看女人"，但女人色香的刺激却在篇中屡屡冒出，马二先生不是不想看，而是逃避心理的不敢看；他只知道吃，吃了一顿又一顿；这位食古不化读书人的精神枯淡，人生单调，十分可悲。

（四）洪憨仙的行骗，马二先生居然信以为真：不仅是他的见识之浅，更可见他希求财利心理的迫切。

八、匡超人前恭后倨

（一）马二先生收盟弟

马二先生到城隍山吃茶，忽见茶室旁边添了一张小桌子，一个少年坐着替人测字。那少年面前摆着字盘笔砚，手里却拿着一本书在看。马二先生走近一看，原来就是他新选的"三科程墨持运"。马二先生来桌旁板凳上坐下，那少年问要测字，马二先生说是走乏了，借此坐坐，那少年即向茶室里开了一碗茶，送在眼前，陪着坐下。马二先生见他头戴破帽，身穿一件单布衣服，甚是褴褛，人虽则瘦小，却很有精神。问起他来，才知他是温州府乐清县人氏，姓匡名迥，号超人。自小也上过几年学，只因贫寒不能继续，去年跟着个卖柴的客人来杭州，在柴行里记账，想不到那客人折了本钱，流落在此，不得回家。前日家乡人来，说是家中父亲有病，如今存亡不知……说着，那豆大眼泪掉将下来，马二先生着实恻然。匡超人动问仙乡贵姓，马二先生道："这不必问，你方才看的文章，封面上马纯上就是我了。"匡超人慌忙作揖，磕下头去，说道："晚生这真是有眼不识泰山。"

马二先生带着他到文瀚楼住处，问他可还想着读书上进？还是想回家去看父亲？匡超人流泪道："先生，我今衣食缺少，就想要读书上进，也是不能的了！只是父亲病着在家，为人子的不能奉侍，禽兽不如，一想起来就惭愧自恨，真想早寻一个死处！"

马二先生劝道:"快不要如此!你的孝思,就是天地也会感动。"收拾便饭,留他吃过。到晚上笑着向他说:"我如今大胆出个题目,请你作一篇,让我看看你笔下有没有希望能进学?"匡超人道:"正要请教,只是不通,先生休笑。"马二先生出了题,留他住下。次日起来,他的文章已是作好,送了过来。马二先生喜道:"又勤学,又敏捷,可敬!可敬!"把文章看了一遍,说道:"文章才气是有的,只是理法差一些。"当时拿笔批点。从头到尾,讲了许多虚实反正,吞吐含蓄的文章法则给他听。匡超人谢了要去,马二先生要送他盘费,匡超人只要一两银子,马二先生道:"不然,你这一回到家,也得要有个本钱,方能奉养父母,才有工夫读书。我这里先拿十两银子与你,你回去做个生意,请医生替你令尊看病。"

当下开箱,取出十两一封银子,又找一件旧棉袄,一双鞋,都递与他。匡超人接了衣物银子,两泪交流道:"蒙先生这般相爱,我匡回何以为报!想要拜为盟兄,将来诸事还求照顾,只是大胆,不知长兄肯不肯接纳?"

马二先生大喜,当下受了他两拜,又同他拜了两拜,结为兄弟。留他在楼,准备些饭菜为他饯行,吃着向他说道:"贤弟,你听我说,你如今回去,奉侍父母,总以文章举业为主;人生在世,除了这事,就没有第二件可以出头的了。算命测字是下等,教馆作幕也都不是个了局。只是有本事进了学,中了举人进士,立刻就荣宗耀祖;这就是《孝经》上所说的显亲扬名,才是大孝,同时自身也不会再受苦。古语说得好:书中自有黄金屋,书中自有千钟粟[①],书中

[①] 千钟粟:钟,量器,六斛四斗。此指俸给之多。

自有颜如玉。如今什么是书？那就是我们的文章选本了。贤弟，你回去奉养母之外，总以做举业为主。就是生意不好，奉养不周，也不必介意。那养病的父亲，睡在床上，没东西吃，果然听见了你念文章的声气，他的心花开了，分明难过也好过，分明哪里疼也不疼了，这就是曾子的'养志'。假如时运不好，终身不得中举，一个廪生是挣得来的，到后来做一任教官，也能替父母请一道封诰。我是百无一能，年纪又大了。贤弟，你少年英敏，可细听愚兄之言，图个日后宦途相见。"说罢，又去书架上细细拣了几部文章给他。匡超人依依不舍，急于要回家去看父亲，只得洒泪告辞。

（二）谦逊的孝子人缘好

匡超人搭便船去温州，那船是抚院衙门当差的郑老爹包的。匡超人为人乖巧、谦逊，口口声声叫老爹，那郑老爹甚是欢喜，吃饭时邀他同吃。船上谈着，郑老爹说："如今人情浇薄，读书人都不孝父母。这温州姓张的弟兄三个都是秀才，两个疑惑老子把家私偏了小儿子，在家打吵，吵得父亲急了，出首①到官；他两弟兄在府县都用了钱，倒替他父亲做了假哀怜②的呈子，把这事销了案。亏得学里的一位老师爷持正不阿，备文详送抚院衙门，大人传了，差我去温州提一干人犯。"问他："如果审得确实，府县的老爷岂不要受牵连。"郑老爹道："审出真情，府县都是要参的。"匡超人听了，心想有钱的不孝父母；像自己这等穷人，

---

① 出首：检举。
② 假哀怜：冒父亲之名上呈，表示怜爱儿子，原谅过错，不再追究。

要孝父母却又不能，真是不平之事！

过了两日，谢辞了郑老爹，上岸起早，一路晓行夜宿来到自己村庄。望见家门，心里欢喜，两步并作一步，急来敲门。母亲听是他的声音，开门迎出，唤道："小二！你回来了！"匡超人道："娘！我回来了！"向娘作揖磕头；她娘捏一捏他身上，见他穿着厚棉袄，这才放心，向他说道："自你跟客人去后，这一年多我时刻不安，一夜梦见你掉在水里，我哭醒来，一夜又梦见你把腿跌折了，一夜又梦见你脸上生了个大疙瘩，指与我看，我替你用手拈，总是拈不掉，一夜又梦见你来家望着我哭，把我也哭醒了，一夜又梦见你头戴纱帽，说做了官，我笑着说我们庄农人家，哪有官做？旁边一个道：'这官不是你儿子，你儿子却也做了官，却是今生再也不到你跟前来了！'我哭起来说：'若是做了官就不得见面，这官就不做它也罢！'就这样哭醒了，把你爹也吓醒了。你爹问我，我把这梦告诉你爹，你爹说我心想得痴了。没想到在这半夜你爹就得了病，半边身子动弹不得。"

匡太公在房里，听见儿子回来了，登时病就轻松了些，觉得有些精神；匡超人走过来叫爹，磕头。太公叫他坐在床沿，告诉他这得病的缘故，是三房里的叔子想着这屋子，出的价又少，太公赌气不卖，三房叔子竟然举出上一手的业主，要拿原价来赎，那业主还是太公的叔辈，倚恃尊长，不认数年修缮，就要原价赎回。那日祠堂里争论，竟然出手打了太公。族人受了三房嘱托，都偏向他。匡超人的哥子又不中用，说话没力量，太公一气病倒。病倒后日用艰难，匡老大听人家的话，以房产原价立约卖回，银子零星收来，都花费了。匡老大见不是事，和妻子商量，与父母分开来另吃。每早挑着担子在各处赶集，寻的钱两口子自己都还不

八、匡超人前恭后

够；太公睡着不能动，隔壁要翻盖房子，三天五天来催。匡超人一去不知下落，他母亲想着就哭。匡超人听了道："爹，这些事都不要焦心，静静养病要紧，我在杭州，难得遇着个先生，送了我十两银子。我明日做起个小生意，寻些柴米过日子。三房里来催，怕什么？看我来应付他。"

匡超人去厨房，向嫂子作揖，饭后去集上，买一只猪蹄来家煨着，晚上与太公吃。正好他哥子挑着担子进门，他向哥作揖下跪，哥告诉他家里的苦楚，又说太公老糊涂，常得罪人，连累他受气，太公疼的是小儿子，如今弟弟回家，叮嘱弟弟，早晚说着太公一些。匡超人等肉烂了，和饭拿到父亲面前，扶起来坐着。太公因儿子回家，心里欢喜，又有些荤菜，就吃了许多。剩下的，请母亲和哥嫂进来，在太公面前，放桌子吃了晚饭。太公看着欢喜，坐了一阵，扶着睡下。匡超人将被单拿来，在太公脚头睡。

第二天当早，拿银子去集上买了几头猪，养在圈里，又买了一斗多豆子。先杀了一头猪，烫洗干净，分肌劈理地卖了一早晨；又把豆子磨出一箱豆腐，也都卖了钱，拿来放在太公床下，就在太公跟前坐着，说些西湖景致笑话，逗得太公高兴发笑。太公要出恭，不能站起来，匡超人想出办法，厨下端来一个瓦盆，满盛着灰；拿进来放在床前，端一条板凳，放在瓦盆外边；自己靠在床上，把太公扶着挪出来，两只脚放在板凳上，屁股对着瓦盆。他自己钻在中间，双膝跪下，把太公的两条腿，扛在肩上；让太公睡得安安稳稳，自自在在地出恭。到晚侍候太公睡下，点起灯，坐在太公旁边，拿出文章来念，太公夜里要吐痰吃茶，一直到四更，他就读到四更，太公叫一声，儿子就在眼前，这番儿子孝顺侍候，一切方便，夜里出恭也有人服侍，不必忍到天亮，因此晚饭也能放心多吃几口。

过了四五日,他哥自集上带回一个小鸡子,在嫂子房里煮着,又买了壶酒,要替兄弟接风,说道:"这事不必告诉老爹吧。"匡超人不肯,把鸡先盛了一碗,送与父母,剩下的兄弟两人在堂里吃着。恰好三房的阿叔过来催房子;匡超人向阿叔作揖下跪,说出理由,病人移了床,不得就好,如今赶紧请医生替父亲医,若是父亲好了,尽快让房给阿叔;就算父亲是长病,不得就好,那就该料理了房子搬走。一番话说得中听,又是委婉,又是爽快,三叔反倒没的话说,答应再耽搁些时日。

此后,匡超人卖的肉和豆腐,生意极好,不到日中就卖完了。把钱拿来家,伴着父亲算计。那日赚的钱多,就在集上买只鸡鸭或是鱼类来家,与父亲吃饭;因为太公是个痰症,不宜大荤,所以饮食特别注意,买这些东西,或是猪腰、猪肚,总是不断,医药更是不消说。太公的日子过得称心,病渐渐好了许多。这匡超人精神最足,上半天的生意,夜晚伴着父亲念文章,辛苦已极;但他中午得闲,还溜来门前同邻居们下棋。这日正下着棋,来了本村大柳庄的保正潘老爹,匡超人恭敬作揖,回答问话。潘保正上前,替他把帽子升了升,又拿起他的手来细细看了,说道:"二相公,不是我奉承你,我自小学得些麻衣神相[①],你这骨骼是个贵相。只到二十七八就会交上好运,妻财子孙都是有的。现今印堂颜色有些发黄,不日就有个贵人星照命。"又把耳朵边捏着看看道:"却也还有个虚惊,不大碍事。此后运气,一年好过一年。"

[①] 麻衣神相:宋代钱若水为举子时,在华山遇见一个穿麻衣的道人,看着钱若水,看了好久,说:"急流中勇退人也。"后来钱若水做枢密副使,果然能急流勇退,辞官返乡。后世相术中的麻衣法就依托此事为名。

匡超人不信,潘保正说是日后自然会应验。

(三)回禄之灾贵人扶助

　　三房里催房,限定三天不搬,就叫人来摘瓦。匡超人心里着急,还瞒着父亲。过了三日,天色晚了,正服侍太公出了恭起来,太公睡下,他读文章,忽听得门外一片大响,几十个人吆喝。心里疑惑,莫不真是三房里的叫人来摘瓦下门?顷刻之间,几百人声喊起,一派红光,把窗纸照得通红。匡超人叫声:"不好了!"开门出看,竟是本村失火,一家人一齐跑出来道:"不好了!快些搬!"他哥哥睡得迷糊,爬了起来,只顾他一副上集的担子,里面的东西又零碎,芝麻糖、豆腐干、腐皮、泥人、小孩吹的箫、打的叮当、女人戴的锡簪子……抓着这件,掉了那件。糖和泥人,断的断了,碎的碎了,弄得一身臭汗,才一总捧起来往外跑。那火头已是望见有丈把高,火团子一个个往天井里滚;他嫂子抢了一包被褥,衣裳鞋脚,抱着哭哭啼啼,反往后走。老奶奶吓得两脚软了,一步也挪不动。那火光照耀得四处通红,喊声大震。匡超人心想救人要紧,忙进房去,抢一床被在手,把太公扶起,背在身上,先背出来到门外空着;又飞跑进来,一把拉了嫂子,背她向门外走;又把母亲扶了,背在身上。才得出门,那火已到门口,几乎封住了出路。

　　好在父母、嫂嫂,都已救出,再寻他哥时,已不知吓得躲到哪里去了。那火轰然燃烧,足足烧了半夜,一村人家房子,被烧成空地。匡超人无处存身,幸得潘保正向庄南庵里和尚说情,借间屋住,保正回去,又送了饭菜与他压惊。直到下午,他哥才寻了来，反怪兄弟不帮他抢东西。匡超人见不是事，托保正就在庵旁路口，租了半间房，搬去住下。幸得本钱还带在身边，依旧地杀猪、磨豆腐过日子，晚间点灯念文章，太公因这一吓，病添得重了些，匡超人虽是忧愁，读书还是不歇。

那晚读到二更多天，忽听窗外锣响，许多火把簇拥着一乘官轿过去，后面一片马蹄之声，原来是本县知县经过，没想到知县这一晚就在庄上住下，心中叹息道："这样乡村地面，夜深时分，还有人苦功读书；实为可敬，只不知这人是秀才？还是童生？何不就传保正来一问？"传了潘保正来，才知是新遭火灾匡家的二儿子，只是个少年生意人。知县听罢惨然，吩咐道："我这里发一个帖子，你明日拿去，致意这匡回说：我此时也不便约他来会，现今考试在即，叫他报名来应考。如果文章会作，我自然会提拔他。"

次早清早，知县回衙，保正叩送了回来，飞跑来到匡家，说道："恭喜！"匡超人问是何事，保正帽子里取出个单帖来，递与他，上面写着："侍生李本瑛拜。"匡超人见是本县县主的帖子，吓了一跳，保正忙将老爷好意，叫去应考，要注意抬举的一番意思说了，又说："我前日说你气色好，并有贵人星照命，今日不就是应验了吗？"匡超人喜从天降，捧着帖子去向父亲说了，太公也欢喜。到晚他哥回来，看见帖子，又把这话向他哥哥说了，他哥还不肯信。

过了几天，县里果然出告示考童生，匡超人买卷应考；考过了，取了复试。匡超人又买卷伺候。知县坐堂，头一个点名的就是他，知县叫住他问道："今年多少年纪了？"匡超人道："童生今年二十二岁。"知县道："你文章是会作的，这回复试更要用心,我少不得照顾你。"匡超人磕头谢了,领卷下去,复试结果,竟取了第一名案首。见知县时,知县问知家里苦楚,封出二两银子来相赠,叮嘱加意用功,府考、院考之时,还要资助他的旅费。匡超人谢了出来,回家告诉父亲,太公捧着银子,在枕上望空磕头,谢了本县老爷,直到这时,他哥子才信了。

乡下人大家约着,送个贺份来家,太公吩咐借庵里请了一天酒。残冬已过,宗师按临温州。匡超人叩辞知县,知县又送二两银子。府考、院考考了出来,恰好知县上辕来见学道,在学道前下了一跪,说道:"卑职这次取的案首匡回,是个孤寒之士,而且是孝子。"将他行孝之事,细细说了。学道道:"士先器识而后辞章。果然内行克敦,文辞都是末艺;昨看匡回的文字,理法虽略有未清,才气是极好的。贵县请回,领教便了。"

自从匡超人回上府去应考,匡太公屎尿仍在床上,去了二十多天,就如去了两年一般,每天眼泪汪汪,望着门外。那一天向老奶奶说:"第二个去了这些时,还不回来,不知他可有福气,挣着进一个学?这早晚我若是死了,就等不到他在眼前送终!"说罢又哭,老奶奶正劝着,忽听门外一片吵闹,一个凶神般的人,赶着匡大打了来,说是在集上占了他摆摊的位置。匡大不服,红着眼向那人乱嚷乱叫,那人把匡大担子夺下,筐子踢坏,零碎东西,撒了一地。匡大要拉他去见官。口里说道:"县主老爷,现同我家老二相与,我不怕你,我同你见官去!"太公听了,忙教他进来,吩咐他莫与人口舌相争,况且占人的摊子,原是不对,就该央人好好说话,不可吵闹。匡大哪里肯听,正吵得不可开交,亏得潘保正来了,把那人说了几句,那人嘴才软了。

只见大路上两个人,手里拿着红纸帖子,走来问道:"这里有一个姓匡的吗？"保正认得是学里的门斗，说道："好了，匡二相公恭喜进学了！"门斗进门，向床上的太公道了恭喜。把报帖升起来。上写着："捷报贵府相公匡讳迥，蒙提学御史学道大老爷，取中乐清县第一名入泮。联科及第。本学公报。"太公欢喜，叫老奶奶烧起茶来，就把匡大担里的食物装了两盘，又煮了十来个鸡子，请门斗吃着。潘保正又拿了十来个鸡子来贺喜，一总煮了出来，留着潘老爹陪门斗吃饭。饭罢，太公拿出二百文来做报钱，门斗嫌少，潘老爹帮着说话，添了一百文才走。

直到四五日后，匡超人送过宗师回来，穿着衣巾，拜见父母。嫂子在火灾后住回娘家，拜见哥哥，他哥见他中了相公，更加亲热。潘保正替他收齐了份子，择个吉日贺学，又借在庵里摆酒，此番共收了二十多吊钱，宰了两头猪和鸡鸭之类，吃了两三日酒。连和尚也来奉承。匡超人同太公商议，把剩下的十几吊钱，把与他哥，又租了两间屋，开了个小杂货店，接了嫂子回来，也不分在两处吃了，每日赚些小钱做家里用度。忙过几日，进城谢知县，知县此番便和他分庭抗礼，留着吃了酒饭，拜作老师，事毕回家，又拜了学师。太公吩咐买个牲醴，到祖坟上去拜奠。

（四）流浪客结交假斯文

那日上坟回家，太公觉得身体不大爽利，从此病一日重似一日。匡超人同哥商议，把自己往日那几两本钱，替太公准备后事，店里照旧不动。那日，太公自知不济，叫两个儿子都到眼前，吩咐道："我这病，眼见得望天的日子远，入地的日子近！我一生是个无用的人，土地房产都没留传你们！第二的侥幸进了一个学，

八、匡超人前恭后

将来读书，会上进一层，也不可知。但功名到底是身外之物，德行才是最要紧的。我看你在孝悌上用心，极是难得；千万不可因后来日子略过得顺利些，就添出一肚子的势利见识来，改变了做人的态度。我死之后，你一满服，就急急地要寻一门亲事，总要穷人家的儿女，万不可贪图富贵，攀结高门。你哥是个混账人，你要到底都敬重他，就和奉事我的一样才是。"兄弟两个哭着听了，太公瞑目而逝。祖茔安葬，满庄的人，都来吊孝送丧。

那天从坟上奠了回来，潘保正走来，告诉他县里老爷出了事，上面委温州府二太爷来摘印。匡超人进城去看，只见百姓要留好官，鸣锣罢市，围住摘印的官要夺回印信，关了城门，闹成一片。匡超人不得进城，又过了三四日，潘保正来报道："昨日安民的官下来，百姓散了，上司叫查此次纠众闹事为首的人。衙门里有两个没良心的差人，就把你也密报了，说老爷待你甚好，留官夺印，为首的一定有你。依我之意，你不如到外府去躲避些时日！"匡超人惊得手慌脚忙，与保正商议要去杭州，潘保正道："你去杭州，我有个分房兄弟，行三，人都叫他潘三爷，现在布政司里充当书吏。我写个信与你带去，你去寻着了他，凡事叫他照应，他是个极慷慨的人，不会错的。"匡超人嘱咐哥嫂家里事务，洒泪拜别母亲，潘保正直送上大路才回去。

匡超人在温州赴杭州的船上，认识了在杭州开头巾店，专门作诗的景兰江。到了杭州，又由景兰江介绍认识了作诗的盐商赵雪斋。约好以后要雅集相叙，分韵作诗。到文瀚楼来找马二先生，已是回处州去了。文瀚楼主人认得他，留他在楼上住。次日去找潘三爷，又出差去了。寻来豆腐桥大街景家方巾店，景兰芳不在，左右店邻说一定是出去探春，寻花问柳，作诗去了。匡超人走过

儒林外史：书生现形记

两街，远远望见景兰江同着两个戴方巾的人并行，赶上去相见作揖。景兰江替他介绍，一个麻子是支剑峰，一个胡子是浦墨卿，都是诗会里的人。当下酒店小酌，谈起赵雪斋，今日在家宴请一位奇客，这客人姓黄，是宁波府鄞县知县，与赵雪斋同年同月同时出生。两人际遇不同，赵家是两个儿子，四个孙子，两老夫妇齐眉，却是个布衣；黄公中了进士，做的是知县，却是三十岁就断了弦，而今妻室儿女全无。两般际遇不同，到底要家室之乐好，还是仕宦得意好？匡超人说还是做赵先生好！浦墨卿说宁肯中进士，不要全福。支剑峰说赵爷虽差着一个进士，但而今他的大令郎已经高进了，将来名登两榜，少不得封诰乃翁。浦墨卿笑道："这又不然，先前有一位老先生，儿子已做了大位，他还要科举，点名时监临不肯收他，他把卷子掼在地下，狠狠地说：'为这个小畜生，害得我戴个假纱帽！'这样看来，儿子的进士，到底当不得自己的进士。"

景兰江道："众位先生所讲，中进士是为名，还是为利？"众人道："是为名。"景兰江道："可知赵爷虽不曾中进士，外边诗选中刻着他的诗几十处，行遍天下，哪个不晓得有个赵雪斋先生，只怕比进士享名更多哩！"说罢，哈哈大笑。众人一齐道："这果然说得畅快！"一齐干了酒。匡超人听了，才知天下还有这一种道理。

文瀚楼的主人来约匡超人批文，匡超人应允了，主人随即搬了许多考卷文章上楼来。议定由文瀚供应伙食、茶水、灯油，二十天里批出三百多篇，刻出来时，封面就用匡超人的名号。

匡超人大喜，当晚点起灯来，不住手地批，四更之前，已经批出了五十篇。批到第四天，景兰江拿着诗会名人的诗稿来请教，

八、匡超人前恭后

说是做过冢宰①的胡老先生公子胡三先生今朝小生日，同人都在那里聚会，约匡超人一起去。路上走着，景兰江告诉他说，这胡三虽然好客，却是胆小，先年冢宰公去世之后，他关着门不敢见人，又时常被人骗，被骗了还没处说，最近这几年全亏结交了诗会的各位，帮他立起门户，热闹起来，才没有人敢欺他。匡超人问："冢宰公子，怎的有人敢欺？"景兰江道："冢宰是过去的事了，他家眼下没人在朝，自己不过是个秀才。俗语说死知府不如一只活老鼠，谁来理他，如今人情势利，倒是赵雪斋先生诗名大，府司院道现任官员都来拜他，人家见他家门口，今日是一把黄伞的轿子来，明日又是七八个红黑帽子吆喝了来，不由得不敬不怕。所以近来人见他的轿子，三日两日就到胡三公子家去，疑猜三公子也有些势力，就是三公子门首住房子的钱，也给得爽快得多了。"

在胡府又见着在京师工作的金东崖先生，贡生严致中先生，还有建德乡榜卫体善先生，老明经石门随岑庵先生。谈起文来，卫先生道："近来的选事，益发坏了！"随先生道："正是。前科我两人该选一部，振作一番的。"卫先生道："前科没有文章！"匡超人忍不住问道："请教先生，前科墨卷，到处都有刻本的，怎的没有文章？"卫先生道："所以说没有文章者，是没有文章的法则。"匡超人道："文章既是中了，就是有法则了，难道中式之外，又另有个法则？"卫先生道："长兄，你原来不知。文章是代圣贤立言，有一定的规矩，比不得那些杂览，可以随手乱作的。所以一篇文章，不但看得出这本人的富贵福泽，并可看出国运的盛衰，各朝各代，都有法则，一脉流传，有个主灯。比如

---

① 冢宰：吏部尚书。

主考中出一榜人来，也有合法的，也有侥幸的，必定要经过我们选家批了出来，这篇就是传文了。若是这一科无可入选，只叫没有文章。"随先生道："长兄，所以我们不怕不中，只是中了出来，这三篇文章必要见得人，不然，只能算是侥幸，一生抱愧！"又问卫先生道："近来那马静选的三科程墨，可曾看见？"卫先生道："正是他把个选事弄坏了，因他在嘉兴蘧太守家走动，讲究杂学杂览，对文章理法全然不知，一味胡闹，好墨卷也被他批坏了！所以我看了他的选本，叫子弟把他的批语涂掉了读。"

胡家一直到晚，不得上席，要等赵雪斋，直等到一更天，赵先生的一乘轿子，有两个轿夫跟着，前后四支火把，飞跑了来，下轿同众人作揖道谢有累久候。胡家筵开三席，席散各自归家。

匡超人在六日之内，把三百多篇文章都批完了，然后把在胡家听来的一番道理，作了个序文在上面。书店里的人拿去看了，回来夸匡超人比马二先生批得又快又细。封出二两选金送来，又说将来各书坊都要来请先生，生意多着哩。匡超人心下也不免高兴得意。

诗会来约，西湖上雅集作诗，匡超人不会作诗，连夜拿一本诗法入门来看，凭他的聪明，看了一夜，早已会了，次日拿起笔就作，自觉比景兰江等人的不差。到了约期，众人上船，赵雪斋还不曾到，内中不见严致中，问时方知他家中为立嗣之事，有着家难官事，现在已经平复，他亡弟的那一房，仍旧立他大房的第二个儿子承继，家私三七分开，他亡弟严监生的妾，自分了三股家私过日子。

船到花港，胡三公子上去借花园吃酒，那管园的竟然不肯，胡三公子发了急，那人也不理。景兰江背地里问，那人道："胡三爷是出名的悭客，他一年里有几席酒照顾我？我为什么奉承他？

八、匡超人前恭后

去年借了这里,摆了两席酒,一个钱也不给,去的时候也不叫人扫扫地,还把煮饭剩下的两升米叫小厮背了回去,这样的大老官乡绅,我不奉承他!"说得没法,众人只得到于公祠。份子钱都在三公子身上,三公子拉着景兰江去采购,匡超人跟去。到了鸭子店,三公子怕鸭不肥,拔下耳挖来戳戳脯子上肉厚,方才叫景兰江讲价钱买了,因人多,又买了几斤肉,两只鸡,一尾鱼和一些蔬菜。还要买些肉馒头,那馒头三个钱一个,三公子只给他两个钱一个,就同馒头店里的吵了起来,景兰江劝解,不买馒头了,买了些面带回来下着吃。来到庙里,交与和尚收拾,支剑峰道:"三老爷,你何不叫个厨役伺候?为什么自己忙?"三公子吐舌道:"厨役,那就太费了!"又称了一块银,叫小厮去买米。忙到下午,赵雪斋轿子才到,取出二钱四分银子,交与三公子。酒菜已齐,众人分韵作诗。分韵已定,又吃了几杯酒,散了各自进城。胡三公子叫家人取了食盒,把剩下来的骨头骨脑,一些果子,装在里面,又向和尚查剩下的米,也装起来。送了和尚五分银子的香资,自己押着家人,挑担进城。匡超人与支剑峰、浦墨卿、景兰江同路,四人高兴,一路勾留得进城迟了,已是昏黑。景兰江催大家快些走,支剑峰已是大醉,口发狂言道:"何妨?谁不知我们西湖诗会名士?况且李太白穿着宫锦袍,夜里还走,我们放心走!谁敢来?"正在手舞足蹈高兴,忽然前面一对高灯,又是一对提灯,上面的字是"盐捕分府",那分府坐在轿里,一眼看到支剑峰,叫人传他过来,问道:"支锷,你是本分府盐务里的巡商,怎么黑夜吃得大醉,在街上胡闹?"支剑峰醉了,把脚不稳,跌跌撞撞,口里还说:"李太白宫锦夜行。"那分府见他还戴了方巾,说道:"衙门巡商,从来没有生监充当的。你怎么戴这个帽子,左右,锁起来!"

浦墨卿上来帮着说了几句，分府怒道："你既是生员，如何黑夜酗酒？也带着，送到儒学里去！"景兰江见不是事，悄悄在黑影里把匡超人拉了一把，从小巷里溜了。

（五）潘三爷见不得人的事

次日去问支、浦两位的事，还好不严重。众人分韵的诗作出来，看那卫先生随先生的诗，连"且夫""尝谓"都写在内，其余就是文章批语上采下来的字眼，匡超人拿自己的诗与大家比，自觉不差。过了半个多月，出差的潘三爷回来了，到文瀚楼来见匡超人，知道匡超人与一般诗人为伍，大大不以为然。他告诉匡超人，这般人都是有名的呆子，那姓景的开头巾店，本来有两千银子的本钱，被他一顿诗作得精光，如今借作诗为由，逢人借钱，人见人怕。那姓支的是盐务里的一个巡商，假冒斯文，吃醉了在街上吟诗，如今连巡商都革了，将来只好穷得淌屎。潘三邀匡超人上饭店，饭店里见是潘三爷，屁滚尿流，鸭和肉都拣上好极肥的切来；海参杂脍，加味用重作料。酒饭已毕，出来也不算账，只吩咐一声："是我的。"那店主人连忙拱手道："三爷请便，小店知道。"

潘三把匡超人带回家，家里正开着赌场，当下走了进去，拿出两千钱来，说是匡二相公放与众人的，今日打的头钱，都归匡二相公，就叫匡超人坐着收取头钱。

原来这位潘自业潘三爷，交游广阔，神通广大，做的都是令人咋舌的事。匡超人来后，做了他的文笔助手。一连几件事做将出来。头一件，是乐清县大户人家逃出一个使女荷花，被一班光棍抓着在茅家铺轮奸，钱塘县衙门快手捉住了光棍，知县王太爷

八、匡超人前恭后

把光棍每人打十板子放了，令解差黄球将荷花解回乐清。而乡下有个姓胡的财主，看上了丫头荷花，商量若是有法买下这丫头来，情愿出几百两银子。潘三爷找解差黄球来商议，说好连使费一总由胡家出二百两银子。潘三道："我家现住着一位乐清县的相公，他和乐清县的太爷最好，我托他去人情上弄一张回批来，只说荷花已经解到，交与原主人领回。我这里再托人向本县弄出一个朱签来，到路上将荷花赶回，交与胡家。"黄球答应去了。

第二件事是郝老二来求潘三爷，有个乡下人施美卿，将亡弟媳妇卖与黄祥甫，银子都兑了，弟妇要守节，不肯嫁，施美卿只好吩咐对方硬抢，没想到抢错了，把施美卿自己的老婆抢了去，隔着三四十里路，等到知道弄错，已是睡了一晚。施美卿来要回老婆，黄祥甫不肯，施美卿告了状，黄祥甫也要告，却因讲亲的时节，不曾写过婚书，没有凭据，而今要写一个，还有衙门里的事，都要拜托潘三爷料理，有几两银子送来作使费。

潘三起了一个婚书稿，叫匡超人写了，把与郝老二看，叫他明日拿银子来取去。又设计个公文回批，叫匡超人写了。家里有的是豆腐干刻的假印，拿来盖上，又拿出朱笔，叫匡超人写了个赶回文书的朱签。办完了事，两处都送了银子来，潘三拿二十两递与匡超人，匡超人欢喜接了，遇便也托带些回家去，与他哥子添些本钱。书坊各店，也有些文章请他选。潘三一切事都找他，分几两银子，匡超人身上渐渐光鲜起来，听了潘三的话，和那些名士少来往了。

住了将近半年，宗师按临绍兴，有个金东崖在京师里当差，挣得有钱，想要儿子进学，他儿子金跃，却是个文字不通的。想要找个替身代考，托了李四来找潘三。潘三道："替考的人在我，

· 121 ·

衙门打点也在我,你只叫金家的拿五百两银子,兑出来封在当铺里,另外拿三十两银子给我作盘费,我包他有一个秀才。若是进不得学,五百两一点也不动。这样可妥当吗?"李四道:"这样,没话可说了!"

潘三带着匡超人来绍兴府,次日,李四带着那童生金跃来会了一会,潘三打听到宗师挂牌考会稽了,三更时分,把匡超人化装成差役。五鼓之后,学道三炮升堂,匡超人手持水火棍,跟着一班军牢夜役,吆喝了进去,排班站立,点到童生金跃,便不归号,悄悄站在黑影里。匡超人退下来与那童生彼此换过衣帽。那童生执着水火棍归队,匡超人捧卷归号,作了文章,交卷出去,神不知来鬼不觉。发案时,那金跃高高进了。潘三拿出二百两银子以为笔资,做媒为他娶了在抚院衙门当差郑老爹的三女儿,招赘在郑家。翁婿见面,原来就是昔年回乡同船的人,新婚之夜,见新娘端正,好个相貌,匡超人满心欢喜。

满月之后,郑家屋小不便,潘三替他在书店左近典了四间屋,价银四十两,又买了家具之类,搬进去请邻居,所存的银子已是一空,亏得潘三帮衬,办得便宜。又亏得书店托选两部文章,有几两选金,又有样书,卖了将就度日,一年有余,生下一个女儿,夫妻相得。

那日门口闲站,忽见一个青衣大帽的人,一路问来,问这里可是乐清匡相公家。原来匡超人的老师,前任乐清县知县的李本瑛,因为被参发审,审出来所参各款都是虚情,依旧复任,其后进京,授了给事中[①],寄信来约门生进京,要照顾提拔他。匡超

[①] 给事中:官名,清代属都察院,与御史同为谏官,又称给谏。

人留来人吃了酒饭,写了禀告说:"蒙老师呼唤,不日整理行装,即来趋教。"

(六) 得意的先儒匡子

宗师按临温州,匡超人回乡去应岁考。考过宗师着实称赞,取在一等第一;又把他题了优行,贡入太学肄业。宗师起马,送过了,匡超人回杭州,和潘三商量,要回乐清乡里去挂匾,竖旗杆。到织锦店里织了三件补服:自己一件,母亲一件,妻室一件。制备停当,又在各书店里约了一个会,每店三两,各家又另送了贺礼来。

正要择日返家,景兰江来告,潘三昨晚被拿了,已经下在监里,匡超人大惊道:"哪有此事,我昨日午间还见他,怎么就拿了?"景兰江道:"我一个舍亲在县里当刑房,今早是他的小生日,满座的人谈的都是此事。竟是抚台的访牌下来,县尊三更天出差去拿,怕他走了,前后门都围了起来,拿到后县尊不曾问什么,只把访着劣迹的款单攒了下来叫他自看,他看了也没辩,只朝上磕了几个头,县尊叫送监寄内号,同大盗在一处。"两人同去找景兰江的亲戚蒋刑房,借出了潘三款单来看,那款单上开着十几款:包揽欺隐钱粮若干两,私和人命几案,短截本县印文及私动朱笔一案,假雕印信若干颗,拐带人口几案,重利剥民、威逼平人身死几案,勾串提学衙门买嘱枪手代考几案……匡超人不看便罢,一看款单,不觉嗖的一声,魂从顶门出去了。

匡超人心想这些事与自己多有牵连,日前唯有远走高飞,躲去京师里避祸。和娘子说自己如今贡了,要去京里做官,把娘子送回乐清与母亲同住。娘子不肯下乡，哭喊吵闹，亏得丈人郑老爹来劝，方才雇船动身，匡超人把房子卖了，托妻舅送妹子到家，写信与他哥说："将本钱添在店里，逐日支销。"

匡超人来到京师，拜见李给谏，给谏大喜，问他说道："贤契，现今朝廷考取教习，学生料理，包管贤契可以取中，你就来住在我处……"匡超人搬来，又过了几时，给谏问可曾婚娶。匡超人心想，老师是位大人，在他面前说出丈人是抚院当差的，恐会惹他看轻，只得答道："不曾！"想不到第二天晚上，李府的一位老管家就来提亲，李大人的一位外甥女，从小抚养在李府，今年十九岁，才貌出众。李大人有意招匡爷为甥婿，一切费用，俱是李府备办，不消费心。匡超人吓了一跳，若是说明回绝，显然说谎；若是允了，又觉得与理不合。转又想到，戏文上说的蔡状元招赘牛相府，传为佳话，这又有何妨？即便就应允了。

给谏大喜，择吉完婚，张灯结彩，倒赔数百金装奁，把外甥女嫁与匡超人。那一日大吹大擂，匡超人纱帽圆领，金带皂靴，拜了给谏公夫妇，一派细乐，引进洞房，揭去头巾，见那新娘子辛小姐美貌非凡，人物标致，嫁妆齐整。匡超人满心欢喜。

自此珠围翠绕，燕尔新婚，享了几个月的天福，匡超人考取了教习，要回本省地方取结。只得别过辛小姐回浙江，一到杭州，先去看旧丈人郑老爹，只见郑老爹夫妇痛哭，客座上坐的，便是他的令兄匡大。惊问之下，才晓得是郑氏娘子下乡，生活不便，得病去世。匡超人听了落下泪来，问后事是怎么办的？匡大说已把预备给娘用的衣衾棺木，先与弟妇用了，如今暂厝在庙后，等匡超人回来下土。匡超人道："还不仅是下土的事哩。我想如今我还有几两银子，大哥拿回去，在你弟妇厝基上，替她多添两层厚砖，砌得坚固些，也还得过几年。她是个诰命夫人，到家请会画的，替她画个像，把凤冠补服画起来；逢时过节，供在家里，叫小女儿烧香，她的魂灵也欢喜。哥将来在家，也要叫人称呼老爷；凡事立起体统来，不可自己倒了架子。我将来有了地方，少不得连哥嫂都接到任上，同享荣华的。"匡大被他这一番话，说得眼花缭乱，浑身都酥了，一总都依他说。

匡超人将几十两银子递与他哥。住在郑家，过了三四日，景兰江同刑房的蒋书办来访，见郑家房子浅，要邀到茶室去坐。匡超人口气与前不同了，口虽不说，意思不肯到茶室，景兰江揣知其意，约去酒楼接风，好冠冕些。酒楼上景兰江问道："先生，你这教习的官，可是就有得选的吗？"匡超人道："怎么不选？像我们这正途出身的，考的是内廷教习；每天教的，多是勋戚人家的子弟。"景兰江道："也和平常教书一般的吗？"匡超人道："不然！不然！我们在里面，也和衙门一般，公座朱笔墨砚，摆得停当。我早上进去升了公座，那学生们送书上来，我只把那日子用朱笔一点，他就下去了。学生都是荫袭的三品以上的大人，出来就是督抚提镇，都在我跟前磕头；像这国子监的祭酒，是我的老师，他就是现任中堂的儿子。中堂是太老师，前日太老师有病，满朝问安的官都不见，单只请我进去，坐在床沿上谈了一会儿出来。"

蒋刑房等他说完，慢慢提起，潘三哥现在监里，听说匡超人回来，想要会会叙叙苦情。匡超人表示，现在的身份，比不得做秀才的时候，既是替朝廷办事，就要依着朝廷的赏罚，若是去到监里，那就是赏罚不明了。蒋刑房说你先生并不是本城地方官，只是去看看朋友，有什么赏罚不明？匡超人道："二位先生，这

儒林外史：书生现形记

话我不该说，因是知己面前不妨。潘三哥所做的这些事，便是我做地方官，我也是要访拿他的，如今倒反去监里看他，难道说朝廷处分他不对？这就不是做臣子的道理了。况且我在这里取结，院里、司里都知道的，如果去监里一走，传得上边知道，就是小弟一生官场之玷，这个如何可行？费你蒋先生的心，多多拜上潘三哥，凡事心照。若是小弟侥幸，这一回去就得个肥美地方，到任一年半载，那时带几百两银子来帮衬①他，倒是不值得什么！"两人见他说得如此，不再相劝，吃完散讫，蒋刑房自去监里回复潘三。

  匡超人取定了结，包船到扬州，上得船来，中舱两位客人，一位年老的是做幕客的牛布衣，另一位中年的冯琢庵，是上京会试的举人。匡超人说了姓名，冯琢庵道："先生是浙江选家，尊选有好几部，弟都是见过的。"匡超人道："我的文名也够了！自从那年到杭州，至今五六年。考卷墨卷、房书行书，名家的稿子，还有四书讲书，五经讲书，古文选本，家里有本账，共是九十五本。弟选的文章，每一回印出来，书店一定要卖掉一万部，山东、山西、河南、陕西、北直的客人，都争着买，只愁买不到手。还有个抽稿，是前年刻的，而今已经翻刻过三副版。不瞒二位先生说，这五省读书的人，都在书案上香火蜡烛供着'先儒匡子之神位'。"牛布衣笑道："先生，你误会了，所谓先儒，是已经去世的儒者；如今先生尚在，哪可如此称呼？"匡超人红着脸道："不然，所谓先儒者，乃先生之谓也。"牛布衣不和他辩，冯琢庵又问起操选政的另一位马纯上如何。匡超人道："这也是弟的好友。

---

① 帮衬：帮助，赞助。

这马纯兄理法有余,才气不足,所以他的选本也不甚行。选本总是销售量为主,若是不行,书店就要赔本,唯有小弟的选本最行,连外国都有卖的。"

【解析】

(一)匡超人的孝思,马二先生的义助、教导,都是《外史》中正面揄扬的笔触。

(二)温州张姓秀才忤逆,被父亲检举到官府,两兄弟竟然用钱买通销案,可见当时伦常之变,人情浇薄。初期的匡超人孝亲,勤勉上进,谦逊待人,十分可爱,能得人缘。相反的是他哥不顾老父有病,分开另吃;替兄弟接风,有吃食居然说不要告诉老爹,自私愚昧,使人觉得可厌。

(三)匡超人在火灾时表现得机智孝友;太公训斥匡大,不可占人摊位,是一种不偏私的正义表现。

(四)匡太公临死的嘱咐:功名身外之物,德行才是最要紧的;儿子能在孝悌上用心极好,千万不可因得意而改变为势利;娶亲不可攀结高门;哥哥虽然混账,但长幼有序,必须尊重。这些话都是作者假太公之口表现为人立身行事的根本。卖头巾的景兰江、盐商赵雪斋、巡商支剑峰,都不是读书人,却要冒充附庸风雅,作诗印诗,希图出名。卫体善、随岑庵虽是读书人而观念固陋。胡三公子的小气吝啬,可笑可鄙。

(五)卫、随两位的诗作低劣,名不副实。潘三爷虽有义气,但专走歪路,包揽词讼,伪造文书,包赌,枪手替考……尽做坏事。匡超人耳濡目染,渐渐地同流合污改变了。

（六）太公临终的担心嘱咐，不幸而言中，匡超人：得意忘形，停妻再娶，攀结高门，做了官返回杭州，也变得会胡乱吹牛自夸，不念惜年潘三相助的旧情，势利现实，与前判若两人，甚至吹牛吹得错了，自称先儒。

九、真假牛布衣

（一）小牛郎求名冒姓氏

前文提到过的名士牛布衣，一直流浪在外，在各处权贵人家做清客。自从那次船上与匡超人、冯琢庵相识作别之后，牛布衣独自来到芜湖，在浮桥口的甘露庵里作寓，日间出去寻访朋友，晚间灯下吟哦诗词。老和尚与他甚是相得，没想到后来牛布衣病倒了，医治无效。那日牛布衣请老和尚进房来，说道："我离家千余里，客居在此，蒙老师父照顾，如今眼见得不济了。家中并无儿女，只有一个妻子，年纪还不上四十岁；我同来的一个朋友进京会试去了，老师父就是至亲骨肉一般。我这床头箱内有六两银子，我死后烦请老师父备棺，棺材上写'大明布衣牛先生之柩'暂寻空地寄放，不要烧化，若能遇着故乡亲戚，把我的遗体带回去，死在九泉，也是感激。"又拿出两本书来，递与老和尚道："这两本是我生平所作的诗，虽没有什么好，却是一生结交的人都在上面，舍不得淹没了，也交与老师父，若有幸遇着个后来的人，替我流传了，我死也瞑目。"

挨到晚上，气断身亡，老和尚大哭一场，装殓入棺，念了往生咒，就把庵里一间堆柴的屋腾出来停柩。过了几日，老和尚又请了吉祥寺八众僧人，来替牛布衣拜了一天的"梁皇忏"。此后老和尚早晚课诵，一定去牛布衣柩前添一些香，洒一些泪。

前街上有个十七八岁的少年牛浦郎,父母去世,祖父开着个小香蜡店,晚间常到庵里来,映着琉璃灯念书。老和尚看了喜欢,许给他要送他两部诗稿。过了几日,老和尚下乡去念经。牛浦郎想着:"老师父有什么诗,却不肯与我看,哄我想得发慌……"又想:"三讨不如一偷。"寻到床上一个枕箱,找着两本锦面线装的书,上写"牛布衣诗稿",见那题目上都写着"呈相国某大人""怀督学周大人""娄公子偕游莺脰湖分韵,兼呈令兄通政""与鲁太史话别""寄怀王观察",其余某太守、某司马、某知府、某少尹,不一而足。浦郎自想,这些都是现在老爷的称呼,可见只要会作两句诗,并不一定要进学中举,就可以同这些老爷们往来。何等荣耀!想着同是姓牛,何不就冒他之名。

次日,又在店里偷了几十个钱,走来吉祥寺前,找刻图书的郭铁笔刻两方印章,一方阴文"牛浦之印";一方阳文"布衣"。郭铁笔将眼上下把浦郎一看,问道:"先生便是牛布衣吗?"浦郎答道:"布衣是贱字。"郭铁笔慌忙作揖请坐,奉茶,说道:"久闻牛布衣大名,失敬失敬,尊章镌上献丑,笔资也不敢领,此处也有几位朋友,仰慕先生,改日同到贵寓拜访。"

浦郎怕他去庵里看出真相,忙说邻郡一位官员约去作诗,明早就行,以后回来再谋相聚。

他的祖父牛老儿与间壁开米店的卜老爹相好,那天谈起牛浦郎,每天出门讨赊账,讨到三更半夜还不回来,担心这小厮情窦初开,莫要在外胡混,淘坏了身子,以后老祖父没人送终。卜老说出个主意,愿意把领养在家的外孙女嫁与牛浦郎,彼此不争财礼妆奁,只要做几件衣服就行。况且两家一墙之隔,打开一个门就挣了过来,连轿夫钱都可以省的。

九、真假牛布衣

　　当下说定，卜家的两位舅大人卜诚、卜信代为张罗一切，简简单单地就娶了亲。牛浦也有好些时日不曾去庵里，那日偶然经过，看见庵外拴着有五六匹马，坐着三四个官差，牛浦不敢进去。老和尚在里面一眼看见，连忙叫他进去，吩咐道："京师里九门提督①齐大人，打发人来请我去京里报国寺做方丈。我本不愿去，只因先前有个朋友死在我这里，他有个朋友到京会试，我今借这个便，到京寻着他这朋友，好把他的灵柩运回原籍，也好了这番心愿，我以前说有两本诗与你看，就是他的。在我枕箱之内，你自开箱去拿，还有一些被褥零碎器用，都托小檀越②代为照应。"

　　老和尚走后，牛浦郎取一张白纸，贴在庵前，写下五个大字"牛布衣寓内"。每天来此走走。

　　又过了一个月，他祖父牛老儿盘账，发觉本钱已是十去其七，气得说不出话来，到晚牛浦回家，问他又问不出一个所以然来，口里只管之乎者也胡扯。牛老儿一气成病，七十岁的人，元气衰了，又没有药物补养，病不过十日，寿尽归天。牛浦夫妇大哭，亏得卜老过来料理，一场丧事下来，负债累累，逼得只好卖房子还债。卖了房子之后，牛浦小两口没处住，卜老又在自己家里腾出一间房子，叫他两口儿搬来住下。

　　不觉已是除夕，卜老叫牛浦郎在房里立起牌位来，祭奠老爷。新年初一，叫他去坟上烧纸钱，吩咐道："你去坟上向老爹说，我年纪老了，这天气冷，我不能亲自来与亲家拜年。"卜老直到初三才出来拜年，想着死去的亲家，又多吃了些年货，回来就病

---

　　① 九门提督：清步军统领，掌京城九门禁卫，称为九门提督。九门是正阳、崇文、宣武、安定、德胜、东直、西直、朝阳、阜成。

　　② 檀越：佛家称人，如"施主"。

倒了。那日天色已晚，卜老爹睡在床上，看到窗眼里钻进两个人来，走到跟前，手里拿着一张纸，递与他看，卜老惊怪，告诉家人，家人都说不曾见有生人进来。卜老爹接纸在手，竟是一张花边批文，上面三十五个人名，都用朱笔点了。头一名牛相，就是他亲家，末一名是他自己——卜崇礼。正待要问，眼睛一眨，人和批文俱都不见。

卜老爹亲见地府钩牌，即把两个儿子媳妇叫来，吩咐遗言，把方才见到钩批的情形说了："且喜我和亲家是同一票，他是头一个，我是末一个！他已是去得远了，我要赶上他去。"说毕身子一挣，倒在枕上，已是断气。

幸好后事都是现成的，丧期中牛浦陪客，也有几个念书的人与他来往，初时卜家还觉得新鲜，后来来得勤些，一个生意人家，只见这些"之乎者也"的人来讲呆话，甚觉可厌。

（二）借用官势奚落舅丈人

那天，牛浦在庵门前里拾起一张帖子，上面写道："小弟董瑛，京师会试，于冯琢庵年兄处，拜读大作，渴欲一晤识荆①，奉访尊寓，未遇为怅，明早幸能少留，以便趋教，至祷。"看时知道是来访牛布衣的，帖上既有"渴欲识荆"，那就是不曾会过。牛浦心想："何不就认作牛布衣，和他相会？"又想道："他说在京会试，一定就是一位老爷，且叫他来卜家会我，吓吓卜家弟兄两个……"

---

① 识荆：初次识面的敬辞。《李白与韩朝宗书》："生不用封万户侯，但愿一识韩荆州。"

九、真假牛布衣

主意已定，写了个帖子："牛布衣近日馆于舍亲卜宅。尊客过问，可至浮桥南首大街卜家米店便是。"贴在门上。回家对卜诚、卜信说道："明日有一位董老爷来拜。他是就要做官的人，我们不好轻慢，如今要借重大爷，明晨把客座收拾干净，还要借重二爷，捧出两杯茶来。这都是对大家脸上有光的事，拜托帮忙。"

卜家两弟兄，听说有官来拜，也觉得喜出望外，一齐答应了。第二天清早，卜诚起来，扫地布置，寻出一个捧盘，两个茶杯，两张茶匙，又剥了四粒桂圆，一杯里放两个，伺候停当。等到早饭时候，一个青衣人，手持红帖，一路问了下来，道："这里可有一位牛相公？董老爷来拜。"卜诚道："在这里。"接了帖子，飞跑进来报告。

牛浦迎出，轿子已落在门首。董孝廉①下轿进来，头戴纱帽，身穿浅蓝色缎圆领，脚下粉底皂靴，三绺胡须，白净面皮，约有三十多岁光景。行礼分宾坐下。董孝廉先开口道："久仰大名，又读佳作，思慕至极，原以为先生老师宿儒，不料这般青年，更加可敬。"牛浦道："晚生山鄙之人，胡乱笔墨，蒙先生同冯琢翁过奖，抱愧实多。"卜信捧出两杯茶，从上面走下来，送与董孝廉。董孝廉接了茶，牛浦也接了。卜信直挺挺站在堂屋中间。牛浦打躬向董孝廉道："这仆人村野之人，不知礼节，老先生休要见笑。"董孝廉笑道："先生世外高人，何必如此计论俗套。"卜信听了，连颈脖子都羞红了，接过茶盘，骨都着嘴②进去。牛浦问道："老先生此番驾往何处？"董孝廉道："弟已授职县

---

① 孝廉：明清时举人的别称。
② 骨都着嘴：翘着嘴。

令,如今发来应天候缺,行李尚在舟中。因渴欲一晤,故而两次奉访。如今既已接教,今晚就要开船到苏州去了!"牛浦道:"晚生得蒙青目,尚未尽得地主之谊,如何是好?"董孝廉道:"先生,我们文章情谊,何必拘泥俗情?弟此去若是派得了地方,就可奉迎先生到署,早晚请教。"说罢,起身要去。牛浦说要来船上道别,董孝廉行色匆匆,辞谢不必。当下打躬作别。

牛浦一回来,卜信气得满脸通红,数说道:"牛姑爷,我再不济,也是你的舅丈人,长亲!你叫我捧茶去,这也罢了,怎么当着董老爷的面讥讽我?"牛浦指出错误,官府来拜,规矩该换三遍茶,又不能从上头往下走,应从下往上送。卜信道:"我们生意人家,也不要这老爷们来走动!没借什么光,反惹他笑话!"牛浦道:"不是我说,若不是我在你家,你家就一两百年也不会有个老爷走进这屋里来!"卜诚道:"就算你认识个老爷,你自己到底不是老爷!"牛浦道:"凭你向哪个说去,是坐着同老爷打躬作揖的好,还是捧茶给老爷吃,走错路,惹老爷笑的好?"卜信道:"别恶心了,我家不稀罕这样的老爷!"牛浦道:"不稀罕吗?明日向董老爷说,拿帖子送去芜湖县,先打一顿板子!"两个舅丈人一齐叫了起来:"反了!反了!外孙女婿要送舅丈人去打板子!我家养活你这一年多来,不见你领情,反而如此!也罢,就和你去县里讲讲,看是打谁的板子?"当下两人把牛浦扯到县门口,恰好遇着郭铁笔,过来打圆场。卜诚道:"郭先生,自古'一斗米养个恩人,一石米养个仇人。'这竟是我们养着他的不是了!"郭铁笔问明所以,也说牛浦的不是。

当下扯到茶馆,说妥了外孙女还是由卜诚、卜信两个养着,牛姑爷搬出来自己过日子。牛浦搬来甘露庵,没有吃用,把老和

九、真假牛布衣

尚的法器都当了，闲着无事，去看郭铁笔，郭铁笔不在店里，柜上见有一部"新缙绅"。揭开一看，看到淮安府安东县新补的知县董瑛，字彦芳，浙江仁和人。牛浦心想："是了！我何不去寻他？"走回庵里，卷了被褥，把和尚的一座香炉，一架磬，拿去当了二两多银子，当作路费上路。

（三）认了一个叔祖公

牛浦先到南京，换便船去扬州，那天看见江沿上歇着一乘轿，三担行李，四个长随。轿里走出一个人来，头戴方巾，身穿沉香色夹袖长袍，粉底皂靴，手拿白纸扇，花白胡须，约有五十多岁，一双刺猬眼，两个颧骨腮。那人吩咐船家道："我是要到扬州盐院大老爷里去说话的，你们小心伺候，到了扬州，另外有赏，若有一些怠情，就拿帖子送去江都县，重重处罚！"船家诺诺连声。于是把牛浦拉上船去，安在烟蓬底下。开行之后，被那包船的人发现，船家赔着笑说是小的们所带的一份酒资，幸好那人并未生气，反教牛浦进舱。牛浦拜问老先生尊姓，那人道："我吗？姓牛名瑶，草字叫着玉圃。我本是徽州人，你姓什么？"牛浦道："晚生也姓牛。祖籍本来也是新安。"牛玉圃不等他说完，便接口道："你既然姓牛，五百年前是一家，我和你祖孙相称吧，你从此就叫我叔公好了！"

牛浦见他如此体面，不敢违拗，问他去扬州有什么公事，牛玉圃大言说自己与八轿的官，相交得极多，扬州的万雪斋，就看重自己相与官府多，有些声势，所以每年请去，送几百两银子，聘做代笔。

儒林外史：书生现形记

  船到仪征，牛玉圃带着牛浦去大观楼吃素菜，楼上先坐着一个戴方巾的人。两人见了欢喜叙旧，牛玉圃叫侄孙牛浦上前叩见，介绍说是他二十年拜盟的老弟兄，常在衙门里共事的王义安老先生。当下三人吃着素饭，牛、王两位老友谈着往事。正说之间，楼梯走上两个头戴方巾，穿着破烂的秀才来，一眼看见王义安，一个说道："这不是丰家巷婊子家掌柜的乌龟王义安吗？"另一个道："怎么不是他，他居然敢戴了方巾在此胡闹！"不由分说，走上来，一把扯掉方巾，劈脸就是一个大嘴巴，打得乌龟跪在地上，磕头如捣蒜。牛玉圃上来扯劝，被两个秀才啐骂："你一个衣冠中人，同这乌龟坐着一桌吃饭，不知道也罢了，既知道了还敢来劝，连你也是该死！还不快滚！"牛玉圃见势不妙，拉着牛浦悄悄溜了。这里两个秀才，要送乌龟去见官，乌龟急了，腰里摸出三两七钱碎银子来送与两位相公做好看钱，这才罢了，放他下去。

  到了扬州，牛玉圃住在子午宫，第二天拿出一顶旧方巾和一件蓝绸袍来，叫牛浦穿了，带他去见东家万雪斋。到了万府，十分的气派。主人万雪斋出来，头戴方巾，手摇金扇，身穿茧袖长袍，脚下朱履，见礼之后，万雪斋问："玉翁为什么在京耽搁了这许久？"牛玉圃道："只为我的名声太大了，一到京住在承恩寺，就有许多人来求，要我写字、作诗，求教的日夜打发不清，好不容易打发清了，国公府里徐二公子知道小弟到了，一回两回打发管家来请。他那管家都是锦衣卫指挥五品的前程。我只得到他家盘桓了几天，临别再三不肯放，我说是雪翁这里有要紧事等着，才勉强辞了来，二公子也仰慕雪翁尊作，诗稿是他亲笔看的。"袖口里拿出两本诗来，递与万雪斋，万雪斋问："这一位令侄孙多少贵庚了？大号是什么？"牛浦答应不出，牛玉圃道："他今

九、真假牛布衣

年才二十岁,年幼不曾有号!"

万雪斋正待揭开诗本来看,医生宋仁志来为他第七个妾看病,主人去和医家斟酌。这里牛玉圃领着牛浦各处参观,牛玉圃问:"方才主人问你话,你怎么不答应?"牛浦正要答话,一脚踏空,半截身子掉下塘去。湿淋淋地拉起来,牛玉圃恼了,骂道:"你原来是个上不得台盘的人!"叫小厮先送他回去,回到子午宫,道士来问可曾用饭,又不好说没有,只得说是吃了,足足饿了半天。

第三天万家来请,牛玉圃不带牛浦去,牛浦跟道士去旧城,茶馆里坐谈,道士问:"牛相公,你和这位令叔祖,可是亲房的?他老人家一向在这里,却是不见你相公!"牛浦道:"也是路上遇着,叙起来联宗的。我一向在安东县董老爷衙门里,那董老爷真好客,记得我初到他那里时,帖子才送进去,他就连忙叫两个差人出来请我的轿。我不曾坐轿,却骑了个驴。我要下驴,差人不肯,两个人牵了我的驴头,一路走上去,走到暖阁上,走得地板咯噔咯噔的一路响。董老爷已开了宅门,自己迎了出来,同我手挽着手走了进去,留我住了二十多天。我要辞他回来,他送我十七两四钱五分细丝银子,送我出到大堂上,看着我骑上了驴,口里说道:'你到处若是得意,就罢了;若不得意,再来寻找。'这样的人真是难得!我如今还到他那里去。"

问起东家万雪斋是个什么前程,道士冷笑道:"万家,只有你令叔祖敬重他罢了!若说做官,只怕纱帽满天飞,飞到他头上,还有人摭①了他的去哩!"牛浦说:"这万家既非倡优、隶卒,怎会如此?"道人说出万家的秘密:"这万雪斋自小是大盐商万有

---

① 摭:取。

旗程家的书童，主子程明卿见他聪明，十八九岁时提拔他料理盐务司上零碎事情，叫作小司客。他做小司客每年聚几两银子，赎了身出来。置产做盐生意，生意又好，发成了十几万的家财，万有旗程家已经折了本钱，回徽州去了，所以没人说他这件事。去年万家娶妇，是个翰林的女儿，费了几千两银子，大吹大打，执事灯笼摆了半条街，好不热闹，不想他主子程明卿清早一乘轿子抬了来，坐在厅里，万雪斋走出来，不由得跪下磕头，当时就兑了一万两银子出来，才糊弄了过去，不曾破相出丑。"

（四）发人阴私遭逐打

万雪斋的七姨太生病，医生说是寒症，药里要用一个"雪蛤蟆"。扬州买不到，听说苏州还寻得出来，拿三百两银子托牛玉圃办，牛玉圃叫牛浦去走一趟，牛浦不敢违拗。当晚牛玉圃替他饯行，楼上吃着。牛浦道："方才遇见了敝县的李二公，他说万雪斋先生同叔公算是极好的了，但也是笔墨相与，他家的银钱大事，还是不肯相托。这万东家生平有一个心腹朋友，叔叔只要说出与这人相好，万东家就会诸事放心，一切都托叔公。不但叔公发财，连我做侄孙的将来都有好日子过。"牛玉圃问是何人，牛浦道："是徽州的程明卿先生。"牛玉圃笑道："这是我二十年拜盟的朋友，我怎么不认得，我知道了。"

次日牛浦带银上船去苏州。万家请酒，牛玉圃去时，见着了两位盐商，一位姓顾，一位姓汪。酒席头一碗上的是"冬虫夏草"。万雪斋请客人吃，说这样稀奇外方来的东西，扬州城里甚多，偏偏就寻不出一个雪蛤蟆来，如今已托玉翁的侄孙到苏州寻去了。

九、真假牛布衣

汪盐商道："这种稀奇的东西，苏州也未必会有，恐怕要到我们徽州旧家人家去寻，或者能有！"万雪斋道："这话不错，一切东西都是我们徽州出的好。"顾盐商道："不但东西出得好，就是人物也是出在我们徽州。"牛玉圃忽然想起，问道："雪翁，徽州有一位程明卿先生，是相好的吗？"万雪斋听了，满脸绯红，答不出话来。牛玉圃还没看出不妥，又说："这是我拜盟的好弟兄，前日还有信与我说，不日就要到扬州，少不得要与雪翁叙一叙。"万雪斋气得两手冰冷，一句话也说不出。顾盐商道："玉翁，自古'相交满天下，知心能几人！'我们今日且吃酒，那些旧话也不必谈它了！"

当晚勉强终席散去。牛玉圃回到下处，好几日不见万家来请。那天万家突然送来一函，说是仪征王汉策舍亲令堂太亲母七十大寿，请先生作寿文并大笔书写，望即命驾。牛玉圃到了仪征，找到了王汉策，王汉策道："我这里就是万府下店，雪翁昨日有信来，说尊驾为人不甚端方，又好结交匪类，自今以后，不敢劳驾了！"送一两银子，叫他请便。牛玉圃大怒，把银子丢在楼上，说要自去找万雪斋理论，王汉策劝他莫去，去时东家也必然不肯会见。牛玉圃无奈，只得自寻饭店住下，从饭店里走堂的口中探知，原来是不知万雪斋的忌讳，无意中挑出徽州程家那话来，故而恼羞成怒。牛玉圃这才省悟道："罢了，我上了这小畜牲的当了。"

次日叫船去苏州寻牛浦，上船后盘缠不足，长随辞去了两个，只剩两个粗汉子跟着，找到苏州虎丘药材行，牛浦正坐在那里，道是雪蛤蟆还不曾有，牛玉圃说镇江有一个人家有了，快把银子拿来同着去买。当下押着牛浦，拿了银子，一同上船，走了几天，到了龙袍州，是个没人烟的所在，牛玉圃圆睁两眼，大怒道："你可晓得我要打你哩！"牛浦惊慌道："做孙子的又不曾得罪叔公，为什么要打我呢？"牛玉圃道："放你的狗屁！你弄的好乾坤！"当下不由分说，叫两个粗汉把牛浦衣裳剥尽，鞋帽不留，一根绳子捆起，臭打了一顿，抬着往岸上一掼，那一只船扯起篷来去了。

牛浦被这一掼，掼得个发昏，又因掼倒在一个粪窖子前，一动就会滚进粪窖，只得忍气吞声，动也不敢动。过了半日，幸好有江船经过，船上客人来出恭，牛浦大喊救命。那客人问他因何如此，牛浦道："我是一个秀才，安东县董老爷请我去做馆，路上遇见强盗打劫……"那客人姓黄，就是安东县人，家里做着小生意，是戏子行头经纪，当下救了牛浦，取来衣物，与他穿戴，带到船上启行。

谁知牛浦被剥衣服，在大日头下捆晒了半日，又受了粪窖子里熏蒸的臭热，一到船上，就害起痢疾来，一天到晚拉稀，只得坐在船尾，两手抓着船板由他泻，泻到三四天后，就像是一个活鬼。听得舱内客人悄悄商议道："这个人料想是不好了，如今趁他还有口气，送上岸，若是死了，就费力了。"那位黄客人不肯。牛浦屙到第五天上，忽然闻到一阵绿豆香，向船家道："我想要口绿豆汤吃。"满船人都不肯，他说："是我自家要吃，死而无怨。"众人没奈何，只得靠岸买了些绿豆来煮一碗汤，给他吃过，肚里响了一阵，屙出了一泡大屎，登时病就好了。扒进舱来，谢了众人，睡下安息。养了两天，渐渐复原。

到了安东，就住在黄客人家，黄客人替他买了一顶方巾，添了件把衣服，一双靴，穿着去拜董知县，董知县见了果然欢喜，留了酒饭，要留他在衙门里住，牛浦不肯，还是住在黄客人处。黄家见他果然同老爷相与，十分敬重。牛浦三日两日进衙门走，借着讲诗为名,顺便"撞两处木钟"①弄起几个钱来。黄家又把第四个女儿,招了他做女婿,就在安东,快活过日子。

(五) 还我的丈夫来

想不到董知县升任去了,接任的向知县也是浙江人。交代时问董知县有什么事托他,董知县道:"只有个作诗朋友,住在贵治,叫作牛布衣。老寅台清目一二,足感盛情。"向知县应诺了。董知县来到京师,吏部投文,次日过堂掣签。这时冯琢庵中了进士,寓处就在吏部门口不远。董知县来拜,冯主事迎着坐下,董知县只说得一句:"贵友牛布衣在芜湖甘露庵里……"还不曾说出一番交情,也不曾说到后来安东县的一番经过。只见长班进来跪禀道:"部里大人升堂了。"董知县连忙辞别,到部就掣了一个贵州知州的签,匆匆束装赴任,不曾再会冯主事。

冯主事过了几时,打发一个家人寄家书回浙江绍兴,吩咐带着十两银子,到家乡找着牛布衣相公的夫人牛奶奶,告诉她牛相公现在芜湖甘露庵,银子赠予牛奶奶做盘缠,催她去找丈夫。这家人果然不负所托,找到了牛家,交代了话。牛奶奶接着银子,心里凄惶起来,想道:"他恁大的年纪,漂流在外,又没有儿女,怎生是好!我不如趁着这几两银子,去到芜湖找他回来。"主意已定,就将两间破房子锁了,拜托邻居照管,自己带着侄子,搭船一路来到芜湖,找到了甘露庵,里面荒凉残破不堪,只有一个又哑又聋的老道人,问他可有一个牛布衣,他手指着前头的一间屋。

---

① 撞木钟:蒙骗,用诈欺手段以骗取请托行贿者的财物。

牛奶奶寻去，只见屋里停着一具棺材，棺上的魂幡也不见了，材头的字，被屋漏处雨淋得字迹剥落，只有"大明"两字。牛奶奶见了，不觉心惊肉颤，毫毛根根都竖起来，问那道人："牛布衣莫不是死了？"道人摇手指着门外，不得要领，牛奶奶又去庵外沿街细问，一直问到吉祥寺郭铁笔店里，才知是去安东董老爷任上了。

牛浦招赘在安东黄客人家，门上贴一个帖，上写道："牛布衣代做诗文。"这一日来了一个芜湖县的旧邻居，叫作石老鼠，是个有名的无赖，因他停妻再娶，就来讹诈要借几两银子，牛浦不肯，石老鼠要拉他上衙门。当下两人揪扭来到县门，遇见县里两个头役，认得牛浦，上前来劝。石老鼠掀牛浦的底，牛浦指石老鼠是有名的光棍。几个头役好说歹说，垫出几百文给石老鼠，又吓他牛相公现与老爷相与最好，莫要自讨没趣，那石老鼠不敢多言，接钱谢了自去。

牛浦谢了众人回家，只见一个邻居来报："你刚出门，就有一乘轿子，一担行李，一个堂客来到，你家娘子接了进去。这堂客说她就是你的前妻，要和你见面，在那里同你家黄氏娘子吵得狠，娘子托我来寻，叫你快些回去。"牛浦一听，恍若掉进冷水盆里的一般，心下明白，准是石老鼠这个奴才，把芜湖卜家的前头娘子贾氏撮弄来闹，没奈何，硬着头皮回家。到了家门口一听，里面吵闹的不是贾氏娘子的声音，是个浙江人。走了进去，与那妇人对面，彼此都不认得。黄氏道："这便是我家的了，你看看可是你的丈夫？"

牛奶奶问道："你这位怎叫作牛布衣？"牛浦道："我为什么不是牛布衣，但我不认得你这位奶奶。"牛奶奶道："我便是

九、真假牛布衣

牛布衣的妻子。你这厮冒了我丈夫的名字,在此挂招牌,分明是你把我丈夫谋害了!我怎能与你干休!"牛浦道:"天下同名同姓的也多,怎见得就是我谋害了你丈夫?"牛奶奶道:"怎么不是!我从芜湖甘露寺一路问来,说在安东。你既冒我丈夫之名,就要还我丈夫!"

当下哭喊,叫跟来的侄子将牛浦扭着,牛奶奶上轿,一直喊来县前喊冤,向知县叫补了状,第三日午堂听审。牛奶奶告状是为谋杀夫命事,向知县叫牛奶奶上去问,牛奶奶把从浙江寻到芜湖寻到安东的事说了一遍,"他现挂着我丈夫的招牌,我不问他要丈夫,向谁要?"

向知县问牛浦,牛浦说:"不但不认得这妇人,也并不认得她丈夫。"向知县问牛奶奶道:"眼见得这牛生员叫作牛布衣,你丈夫也叫作牛布衣。天下同名同姓的多,他自然不知道你丈夫的踪迹,你还是到别处去寻访你的丈夫吧。"牛奶奶哭哭啼啼,定要求向知县替她申冤,缠得向知县急了,说道:"也罢,我这里差两个衙役,把你这妇人解回绍兴,你去本地告状去,我哪管这种无头的官事——牛生员,你也请回去吧。"说罢,就退了堂。两个解役,把牛奶奶又解回到绍兴去了。

【解析】

(一)甘露僧的义气,卜老与牛老的友谊,卜老的义气与友情的感怀,表现方外、市井之人的可敬。郭铁笔的见识浅陋,对牛浦冒称牛布衣,居然不察。

(二)做官的董瑛也是见识浅,不察假冒。牛浦借官势奚落两位舅丈人,是势利小人气量狭窄、报复心理的表现。

(三)牛玉圃狂妄自夸,底牌揭露,竟和妓院乌龟王义安为友;见到万雪斋时,又借吹牛而自抬身价。牛浦向道士说谎(安东县的优遇),是企图消除他被牛玉圃压制而生不平衡。

(四)牛浦陷害牛玉圃,是小人的报复,牛玉圃终被自己吹牛说谎的习惯所害,这番出了差错,触犯了万雪斋见不得人的忌讳,砸破了饭碗,可说是自作自受。黄客人不肯抛弃垂死的牛浦,义行可敬。

(五)牛浦停妻再娶,势利恶劣。石老鼠敲诈,表现恶棍行径。向知县偏袒斯文,对可以查究的官司敷衍,不曾尽到为官的职责。这是当时官僚乡愿的又一明证。

十、鲍家梨园行的沧桑

（一）倪老爹贫穷卖子

就因为牛奶奶寻夫的事，传闻安东县向知县相与作诗文的，放着人命大事不问。上司访闻，送到按察使院里。这按察使姓崔，是太监的侄儿，荫袭①出身。这天灯下看文稿，阅到安东县知县向鼎许多事故，指名严参。按察使自己看了又念，念了又看。灯烛影里，门下的一个戏子鲍文卿，跪下求情：他是并不认得这位向知县，但自七八岁学戏，在师父手里念的就是他作的曲子。这位老爷是个天才，大名士，如今二十多年，才做得一任知县，好不可怜，如今这事被参，想这事也是敬重斯文之意，不知可否求大老爷免了他的参处？按察使道："想不到你竟有爱惜才人之念，你有此意，难道我倒反不肯？如今免了他这一个革职，但是要叫他知道是你救他，叫他好好地谢你一番。"鲍文卿磕头谢了，按察使吩咐小厮去向幕宾说："这安东县不要参了。"

过了几日，果然差个衙役拿着封信，把鲍文卿送到安东县。向知县看了信，大吃一惊，忙叫快开宅门请鲍相公进来。向知县迎了出去，鲍文卿跪下请安，知县双手夹扶，要同他叙礼，他不肯。向知县道："你是上司衙门的人，况且与我有恩，怎么如此拘礼？快

---

① 荫袭：由先世勋绩而叙官。

儒林外史：书生现形记

请起来，好让我拜谢。"鲍文卿道："虽是老爷格外抬举小的，但这关系朝廷体统，小的断然不敢。"立着垂手回了几句话，退到廊下，向知县只好叫管家来陪他。次日向知县备了酒席道谢，他不敢坐，没奈何只得把酒席发下去，叫管家来陪他吃了。向知县写了谢按察使的禀帖，封了五百两银子谢他。他一厘也不敢受，说是朝廷颁与老爷们的俸银，小的贱人，若是用了，一定会折死。向知县不好勉强，因把他这些话，又写禀帖禀按察使，按察使知道了，说他是个呆子，也就罢了。过了一阵，按察使升了京堂①，把他带进京去。不想一进京，按察使崔公就病故了。鲍文卿失了靠山，他本是南京人，就只得收拾行李回到南京来。

这南京乃是太祖皇帝建都的所在，里城门十三，外城门十八，穿城四十里，沿城一转，足有一百二十多里。城里几十条大街，几百条小巷，都是人烟凑集，金粉楼台。城里一道河，东水关到西水关，足有十里，便是秦淮河。水满的时候，画船箫鼓，昼夜不绝，城里城外，琳宫梵宇，碧瓦朱甍②，在六朝时，是四百八十寺，到如今，何止四千八百寺！大街小巷合共起来，大小酒楼有六七百座，茶社有一千余处。不论你走到哪一处僻巷里面，总有一个地方悬着灯笼卖茶，插着时鲜花朵，烹着上好的雨水，茶社里坐满了吃茶的人。到晚来，两边酒楼的明角灯，每条街十足有数千盏，照耀如同白日，走路的人，可以不带灯笼。秦淮河在有月色的时候最妙，当夜色已深，就有那细吹细唱的船摇来，凄清委婉，动人心魄。两边河房里住家的女郎，穿了轻纱衣服，头上

---

① 京堂：清制都察院、通政司、詹事府以及其他诸卿寺的堂官都称为京堂。后来兼用为三四品官的虚衔。

② 甍：屋脊。

十、鲍家梨园行的沧桑

簪了茉莉花,一齐卷湘帘,凭栏静听,所以灯船鼓声一响,两边卷帘窗开,河房里焚的龙涎沉速香一齐喷出来,和河里的月色烟光,合成一片,望着如天山仙人。还有那十六楼官妓,新妆炫服,招接四方游客,真乃是朝朝寒食,夜夜元宵。

鲍文卿住在西门,水西门与聚宝门相近。这聚宝门当年说每日进来有百牛千猪万担粮,到这时更是不止了。鲍文卿到家与妻子相见,他家本是几代的戏行,如今仍做这行营业。鲍文卿去戏行总寓旁边的茶馆里会会同行。看到他同班唱老生的钱麻子,戏班同行里的黄老爹,都打扮得像读书人的模样,心中大大不以为然。

鲍文卿想找几个孩子,组班学戏,又有乐器待修,这天找到个修补乐器的倪老爹,约了来家修补,酒楼招待用饭,问起倪老爹像是个斯文人,不知因何做上这修理之事?倪老爹叹口气道:"长兄,我从二十岁上进学,到而今做了三十七年的秀才,就坏在读了这几句死书,百无一用!一天穷似一天,儿女又多,没奈何只得借手艺糊口。"问起他家里,老妻还在,六个儿子,死了一个,四个都因没有吃用,卖在他州外府,如今家里只留下一个小的,看来衣食欠缺,留他在家里,跟着饿死,不如放他一条生路,卖与人去。

鲍文卿道:"老爹要把小相公卖与人,若是卖到他州别府,就如那几个相公一样,不能见面了。如今我四十多岁,生平只有一个女儿,没有儿子。你老人家若是不弃,把小令郎过继与我,我送二十两银子与老爹,抚养他成人。平日逢时过节,可以到老爹家里来。等后来老爹事业发达了,我依旧把他送还。"倪老爹喜出望外,一口答应。过了几天,鲍家备一席酒,倪老爹带了儿子来,写立过继文书,凭着左邻开绒线店的张国重,右邻开香蜡店的王羽秋做中,言明倪霜峰将年方一十六岁的第六子倪廷玺,过继与鲍文卿,改名鲍廷玺。

这鲍廷玺甚是聪明伶俐。鲍文卿因他是正经人家儿子,不肯叫他学戏,送他读了两年书,帮着当家管戏班。到十八岁时,倪老爹去世,鲍文卿又拿出几十两银子来,替他料理后事,叫鲍廷玺披麻戴孝,送倪老爹入土,自己去一连哭了好几场。自此之后,鲍廷玺着实得力。她娘不疼他,只疼女儿、女婿。鲍文卿说他是正经人家儿女,比亲生的还疼些,每天带在身边。那天长县杜老爷府上邵管家来找,说是老太太七十大寿,要定二十本戏,鲍文卿带着鲍廷玺,领了班子,去到天长杜府做戏,做了四十多天,回来足足赚了百多两银子,欢喜不尽。

(二) 义不受贿的老戏子

那天街上,只见对面来了一把黄伞,两对红黑帽,一柄遮阳,一顶大轿。知是外府的官经过。遮阳到时,上面写着"安庆府正堂"。轿里的官,看见了鲍文卿,吃了一惊,原来是安东县的向老爷。

向老爷约去相见,鲍文卿叫儿子在外候着,自己进到河房来,向知府已是纱帽便服,迎了出来,笑着说道:"我的老友到了。"告诉鲍文卿,在安东做了两年,又到四川做了一任知州,转了个二府,今年才升来安庆府做知府。问起别后情形,鲍文卿报告了,叫进鲍廷玺来相见,留着用饭,向知府自去上司衙门,回来后拿出二十两银子交与鲍文卿,约他半月后带着儿子来安庆相会。

鲍文卿回来与妻子商议,把戏班子暂托给女婿归姑爷和教师

十、鲍家梨园行的沧桑

金次福,自己收拾行李衣服,准备一些南京的土产——头绳、肥皂之类——带去安庆与衙门里各位管家。搭船去安庆,船上有两个人就是安庆府里的书办,一路奉承鲍家父子两个,买酒买肉请吃。晚上人静,悄悄向鲍文卿说:"有一件事,只求太爷批一个'准'字就可以送你二百两银子。又有一件事,县里问下来,只求太爷驳下去,这件事,可以送你三百两。"鲍文卿推辞道:"不瞒二位老爹说,我是个老戏子,乃是下贱之人,蒙太老爷抬举,叫到衙门里去,我是何等之人,敢在太老爷眼前说情?"那两个书办怕他不信,说是只要答应,上岸先兑五百两银子。鲍文卿笑道:"我若是喜欢银子,当年在安东县曾赏过我五百两银子,我不敢受。自己知道是个穷命。须是骨头里挣出来的钱才做得肉①。我怎肯瞒着太老爷拿这项钱?况且他若有理,绝不肯拿出几百两银子来买人情。若是准了这边的情,就要叫那边受屈,岂不是丧了阴德?依我的意思,不但我不敢管,连二位老爹也不必管他。自古道:'公门里好修行。'你们服侍太老爷,凡事不可坏了太老爷的清名,也要各人保着自己的身家性命。"一番话,说得两书办毛骨悚然,不敢再提行贿的事儿。

到了安庆,向知府吩咐他父子搬到书房里住,每天同自己亲戚一桌吃饭,又拿布替父子两个里里外外做衣裳。做主把自家王总管的小女儿,许给鲍廷玺,那王总管的儿子小王,已由向知府替他买了个部里书办名字,五年考满,便可选得一个典史②杂职。鲍文卿感激答应,衙门里打首饰、缝衣服、做床帐被褥、糊房,

---

① 做得肉:能得实惠。
② 典史:明代的知县属官,管文移出纳、盗贼等事。

打点王家招女婿，吉期之日，鲍廷玺插花披红，身穿绸缎衣服，脚下粉底皂靴，先拜父亲，吹打着迎过那边去拜了丈人、丈母，舅爷小王穿着补服出来陪妹婿，吃过三遍茶，请进洞房和新娘交拜合卺。次日拜见老爷大人，夫人另有重赏。衙门里摆了三天喜酒，无一个人不吃。

看看过了新年，向知府要下察院去考童生，向鲍文卿父子道："我今去考童生，这些小厮，若是带去巡视，他们就要作弊。你父子是我心腹人，替我去照料几天。"

鲍文卿领命，父子两个在察院里巡场查号，见那些童生，也有代笔的，也有传递的，大家丢纸团，掠砖头，挤眉弄眼，无所不为。到了抢粉汤包子的时候，大家推成一团，跌成一块，鲍廷玺看不上眼。有一个童生，推说要出恭，走到察院土墙跟前，把土墙挖个洞，伸手要到外头去接文章，被鲍廷玺看见，要揪他过来见太爷。鲍文卿拦住道："这是我小儿不知世事。相公，你一个正经读书人，快归号里去作文章。倘若太爷看见，那就不便了。"忙拾起些土来把那洞补好，把那童生送进号去。

考试已毕，发出案来，怀宁县的案首叫季萑。他的父亲是个武两榜，前来拜谢向知府，知府设席相留，就由鲍文卿作陪，说起鲍朋友协助巡场，生意虽属梨园，颇多君子之行，季守备肃然起敬。三四日后，请鲍文卿到他家去吃酒。考案首的儿子出来陪坐，是一个美貌少年，号叫苇萧，鲍文卿着实称赞，这季少爷好个相貌，将来前途不可限量。

（三）道台老友题铭旌

在安庆又过了几个月，没想到那王家女儿难产死了。鲍文卿自己也添了个痰火症，动不动就要咳嗽半夜，想要辞了向太守回家，又不好说。恰好向太爷升了福建汀漳道；鲍文卿借此告辞，向太守封出一千两银子来给他，说道："文卿，你在我这里一年多，并不曾见你说过半个字的人情。替你娶房媳妇，又没命死了。我心里着实过意不去。而今这一千两银子送与你，拿回家去，置些产业，娶一房媳妇，养老送终。我若做官到南京来，再接你相会。"鲍文卿不肯受，向道台道："而今不比当初了。我做府道的人，不穷在这一千两银子。你若不受，把我当作什么人？"鲍文卿这才不敢违拗，磕头谢了。

父子两个回到南京，把这银子买了一所房子，两副行头，租与两个戏班子穿着，剩下的，家里盘缠。又过了几月，鲍文卿的病渐渐重了，自知不起，那日把妻子、儿子、女儿、女婿，都叫来床前，吩咐他们："同心同意，好好过日子，不必等我满服，就娶一房媳妇进来要紧。"说罢，瞑目而逝。合家恸哭，料理后事，停灵在家，开丧时四个总寓的戏子都来吊孝。鲍廷玺又请阴阳先生寻定了地，要择日出殡，只是没人题铭旌①。

正踌躇间，只见一个青衣人飞跑来问："这里可是鲍老爹家？"问他何事，那人道："福建汀漳道向太老爷来了，轿子已到了门前。"鲍廷玺慌忙出门跪接，向道台道："我陛见回来，从这里过，正要会会你父亲，不想已做故人，你引我到柩前去。"鲍廷玺哭着

---

① 铭旌：丧具之一，用以识别死者。

跪辞,向道台不肯,一直走到柩前,叫着:"老友文卿!"恸哭了一场,上香作揖。鲍廷玺的母亲,出来拜谢。向道台问何时出殡?谁人题的铭旌?鲍廷玺道:"小的和人商议,说铭旌上不好写。"向道台道:"有什么不好写?取纸笔过来!"当下取笔濡墨,一挥而就:

皇明义民鲍文卿享年五十有九之柩。赐进士出身中宪大夫福建汀漳道老友向鼎拜题。

写毕递与鲍廷玺,吩咐送亭彩店去做,晚上向道台又打发一个管家,拿着一百两银子,送来鲍家,为丧葬之需。

(四) 王太太的结婚闹剧

过了半年,戏班子里的教师金次福来找鲍老太,替鲍廷玺做媒。问是哪一家的女儿,金次福道:"是内桥胡家的女儿,胡家是布政使司①衙门,起初把她嫁了安丰管典当的王三胖。不到一年三胖死了。这客堂才得二十一岁,出奇的人才,因她年纪小,又没儿女,所以娘家主张嫁人。王三胖留给她足有上千的东西,大床一张,凉床一张,四箱四橱。箱子里的衣裳盛得满满的,手都插不下去,金手镯有两三副,赤金冠子两顶,珍珠宝石,不计其数,还有两个丫头——一个叫荷花,一个叫采莲——跟随都嫁了来。"一番

---

① 布政使司:官名,明代分全国为十三承宣布政使司,设左右布政使各一人,掌一省之政,朝廷有德泽禁令之承流宣布以下于有司。

十、鲍家梨园行的沧桑

话说得鲍老太满心欢喜,吩咐归姑爷去问问。

归姑爷找到做媒的沈天孚,沈天孚的老婆也是媒婆,有名的沈大脚。沈天孚说了实话,道是这堂客是娶不得的,说道:"她是布政使司胡偏头的女儿。偏头死了,她跟着哥们过日子。她哥不成材,赌钱吃酒,把布政使的缺都卖掉了。因她有几分颜色,满十七岁上就卖与北门桥来家做小。她做小不安本分,人叫她新娘,她就要骂,要人称呼她太太。被大娘知道,一顿嘴巴子,赶了出来。其后嫁了王三胖。王三胖是一个候选州同,她真正是太太了。她做太太又做得太过了:把大呆的儿子、媳妇,一天要骂三场;家人、婆娘,两天要打八顿。这些人都恨她。不到一年,三胖死了。儿子疑惑三胖的东西都在她手里,那日进房搜,家人婆娘又帮着出气,这堂客有见识,预先把一匣子金珠首饰,一总倒在马桶里。那些人在房里搜了一遍,搜不出来,又搜太太身上,也搜不出银钱来。她就借此大哭大喊,喊到上元县堂上去出首儿子。上元县把儿子责罚了一顿,劝她分房另住,守也好嫁也好都由她。当下处断,另分几间房子,在胭脂巷住。就为她名声大,没有敢惹,这事已有七八年了,她怕不也有二十五六岁,对人只说二十一岁。"

归姑爷问她手头是否有千把银子,沈天孚说这几年也花费了,金珠首饰衣服,怕还有值得五六百银子。归姑爷心想,果然有五六百银子,我丈母心里也欢喜了。若说女人会撒泼,我哪怕磨死倪家这小孩。当下重托沈天孚,沈天孚回来和沈大脚说,沈大脚摇头道:"天老爷!这位奶奶可不好惹的,她又要个官,又要有钱,又要人物齐整——又要上无公婆,下无小叔、姑子。她每天睡到日中才起来,横草不拿,竖草不拈,每天要吃八分银子药。她又不吃大荤,头一日要鸭子,第二日要鱼,第三日要荠儿菜、

· 153 ·

儒林外史：书生现形记

鲜笋做汤。闲着没事儿，还要橘饼、龙眼、莲米搭嘴。酒量又大，每晚要炸麻雀、盐水虾，吃三斤百花酒。上床睡下，两个丫头轮流捶腿，捶到四更鼓尽才歇。鲍家只是个戏子——戏子家有多大汤水，敢娶这位奶奶去？"

沈天孚叫他妻子多架空①些。沈大脚来到胭脂巷，王太太正在裹脚，两只脚足足裹了三顿饭时才裹完；然后又慢慢流头、洗脸、穿衣服，直弄到日头偏西才清白。沈大脚把鲍家大夸一顿，说是水西门大街鲍府，鲍举人家，广有田地，正开着字号店，千万贯家私，本人二十三岁，上无父母，下无兄弟，是个武举人，扯得动十个力气的弓，端得起三百斤的制子。

王太太道："沈妈，料想你也知道我是见过大事的，不比别人。想着当初到王府上，才满了月，就替大女儿送亲，送到孙乡绅家。那孙乡绅家三间大敞厅，点了百十支大蜡烛，摆着糖斗糖仙。'吃一看二眼观三'的席，戏子细吹细打，把我迎了进去，孙家老太太，戴着凤冠，穿着霞帔，把我奉在上席正中间，脸朝下坐了。我头上戴着黄豆大珍珠的拖挂，把脸都遮满了，一边一个丫头，用手来替我分开了，才露出嘴来，吃他的蜜饯茶。唱了一夜戏，吃了一夜酒。第二日回家，跟去四个家人婆娘，把我白绫织金裙子上弄了一点灰，我要把她们一个个都处死了，她四个一齐走进来跪在房里，把头在地板上磕得扑通扑通响，我还不开恩饶她们哩。沈妈，你替我说这事，须要十分的实，若有半些差池，我手里不能轻轻地放过了你。"沈大脚道："这个何消说？我生来就是'一点水一个泡'的人，比不得媒人嘴。若是扯了一个字的谎，明日

---
① 架空：夸大。

十、鲍家梨园行的沧桑

太太访出来,我自己把这两个脸巴子送来给太太掌嘴。"

次日,沈天孚告诉归姑爷,堂客已肯,只是说明没有公婆,不要叫鲍老太自己来下插定①。归姑爷回报丈母说:"这堂客手里有几百两银子是真的,只是性子不好,会欺负丈夫,这是两口子的事,我们管他做什么?"鲍老太道:"这不必管,现今这小厮傲头傲脑,也要娶个辣燥些的媳妇来制着他才好!"将这事告诉鲍廷玺,鲍廷玺道:"我们小户人家,只是娶个穷人家的女儿做媳妇好,这样的堂客,娶了来,恐怕会淘气。"被鲍老太一顿臭骂道:"倒运的奴才!没福气的奴才!你到底还是那穷人家的根子,开口就要说穷,将来少不得要穷断你的筋!像她有许多箱笼,娶进来摆摆房也是热闹的!你这奴才,知道什么?"

骂得鲍廷玺不敢再说。次日,备了一席酒,请沈天孚、金次福为媒。鲍老太拿出四样金首饰,四样银首饰来,交与沈天孚,沈天孚扣下四样,只拿四样首饰,叫沈大脚去下插定。

那边接了,择定十月十三日过门,到十二日,把那四箱、四橱和盆桶、锡器、两张大床,先搬了来。两个丫头坐轿跟着来。第二天到晚上,一乘轿子,四对灯笼火把,娶进门来,进房撒帐,说四言八句。拜花烛,吃交杯盏,不必细说。五更鼓出来拜堂,听说有婆婆,就惹了一肚子气,出来使性掼气磕了几个头,拜毕,就往房里去了。

丫头一会儿出来要雨水煨茶与太太喝,一会儿出来叫拿炭烧着了进去,与太太添着沉速香,一会儿出来到厨下叫厨子蒸点心做汤,拿进房与太太吃。两个丫头,川流不息地在屋前屋后走,

---

① 插定:订婚用的定礼。

叫得太太一片响。鲍老太听了道:"在我这里叫什么太太!连奶奶也叫不得,只好叫个相公娘罢了!"丫头进房去把这话对太太说了,太太就气了个发昏。南京的风俗,新媳妇进门,三天就要去厨下,收拾一样菜,发个利市,这菜一定是鱼,取"富贵有余"的意思。当下鲍家买了一尾鱼,烧起锅来,请相公娘上锅。王太太坐着不动,戏班里钱麻子的老婆来劝,太太忍气吞声,脱了锦缎衣服,系上围裙,走到厨下,把鱼接在手中,拿刀刮了三四刮,拎着尾巴,往滚汤锅里一掼。溅了钱麻子老婆一脸的热水,连一件二色的缎衫子都弄湿了,吓了一跳。王太太丢了刀,噘着嘴,往房里去了。

到第四日,鲍廷玺领班子去做夜戏,进房来穿衣服。王太太看他这几日戴的都是瓦楞帽子,并无纱帽,心里疑惑他不像个举人,问他:"这晚间你到哪里去了?"鲍廷玺道:"我做生意去!"太太还以为他去字号店里算账,一直等到五更鼓天亮,他才回来。太太问道:"你在字号店里算账,为什么算了这一夜?"鲍廷玺道:"什么字号店?我是戏班子里管班的,领着戏子去做夜戏,才回来。"

太太不听则已,一听怒气攻心,大叫一声,往后便倒,牙关紧咬,不省人事。鲍廷玺慌了,忙叫两个丫头拿姜汤灌了半日。灌醒过来,大哭大喊,满地乱滚,滚散了头发,一会儿又扒到床顶上去,大声哭着,唱起曲子来。原来气成了一个"失心疯"。吓得全家人又好恼又好笑。正闹着,沈大脚手里拿了两包点心,走来房里贺喜。才走进房,太太一眼看见,上前就一把揪住,把她揪到马桶跟前,揭开马桶,抓一把屎尿,抹了她一嘴一脸。众人扯开,沈大脚走出堂屋,又被鲍老太指着脸臭骂了一顿。

（五）大哥哥找到了小弟弟

请医生来看，说是一肚子的痰，正气又虚，要用人参、琥珀，一剂药要四钱银子。自此以后，一连害病两年，把些衣服、首饰，全花费完了；两个丫头也卖了。归姑爷同大姑娘和鲍老太商议道："他本是螟蛉之子，又不中用。如今弄了这疯女人来，在家闹到这种地步。将来我们这房子和本钱，还不够他吃人参、琥珀！不如将他们赶出去！"鲍老太听信女儿、女婿的话，要把他两口子赶出去。鲍廷玺慌了，央求邻居王羽秋、张国重来说情，要鲍老太分些本钱与他做生意，老太道："他当日来的时候，只有头上几茎黄毛，身上还是光光的，而今我养活他这么大，又替他娶过两回亲。况且他那死鬼老子，也不知累了我家多少。他不能补报也罢了，我还有什么贴他的。"说来说去，说得老太转了口，许给他二十两银子，自己去住。

鲍廷玺接了银子，哭哭啼啼，搬了出去，在王羽秋店后借一间住。只得二十两银子，要办戏班弄行头，是弄不起，想要做个别的小生意，又不在行，只好"坐吃山空"。把这二十两银子吃得快光了，太太的人参、琥珀药也没得吃了，病也不大发了，只是在家坐着哭泣咒骂。

那一天，王羽秋问他：是不是有个哥哥在苏州？鲍廷玺说老爹只有我一个儿子，并没有哥哥。王羽秋道："不是鲍家的，是你那生身之父，三牌楼倪家。"鲍廷玺说："倪家虽有几个哥哥，自小就被卖出，不知下落。"王羽秋说方才有人找问，说是"倪大太爷找倪六太爷"。鲍廷玺惊道："我倪家，正是第六。"

• 157

少顷只见那人又来找问。王羽秋指着鲍廷玺道："这位便是倪六爷！"那人腰间拿出红纸帖，鲍廷玺接着，只见上面写着："水西门鲍文卿老爹家过继的儿子鲍廷玺，本名倪廷玺，乃父亲倪霜峰第六子，是我的同胞的兄弟，我是倪廷珠。找着是我的兄弟，就同他到公馆来相会。要紧！要紧！"

一问来人，原来是大太爷跟班的阿三，大太爷现在苏州抚院衙门里做相公。鲍廷玺这一下，喜从天降，同着阿三来见哥哥，来到抚院公馆前，茶馆相候，只见阿三跟着一个人进来，头戴方巾，身穿酱色缎袍，脚下粉底皂靴，三绺髭须，约有五十岁光景。阿三指着道："便是六太爷了！"鲍廷玺忙走上前。那人一把拉住道："你就是我六兄弟了！"鲍廷玺道："你就是我大哥哥！"两个抱头大哭。

倪廷珠告诉兄弟，自己一直在京，二十多岁就学了幕，在各衙门做馆，各省找寻几个弟兄，都不曾找着。五年前同一位知县去广东上任，在三牌楼找着旧时老邻居，才知六弟已过继鲍家，父母俱已去世。如今跟着这位姬大人，宾主相得，每年送束修一千两银子。前几年在山东，今年调来苏州做巡抚。这是故乡了，所以赶紧来找弟弟，找着时就要用积蓄买一所房子，兄弟两家一起过日子。

问鲍廷玺是否已婚，鲍廷玺道："大哥在上……"便把过继鲍家，鲍老爹恩养，向太爷衙门里招亲，前妻王氏难产死了，回到南京，鲍老爹去世，娶了如今这个女人，被鲍老太赶了出来……经过情形，说了一遍。倪廷珠说不妨，一同来看弟媳，王太太拜见大伯，此时衣服、首饰都没有了，只穿着家常打扮。倪廷珠荷包里拿出四两银子来，道与弟妇作拜见礼。王太太看见有这样一个体面的大伯，

十、鲍家梨园行的沧桑

不觉忧愁减了一半。倪廷珠吃了一杯茶起身，约好暂回公馆，稍停就来。鲍廷玺和太太商议准备酒饭，要买板鸭和肉，王太太道："呸！你这死不见识面的货！他一个抚院衙门里住着的人，他没见过板鸭和肉？自然是吃了饭才来，哪会稀罕你这几样东西吃！如今快称三钱分六银子，到果子店里装十六个细巧围碟子①来，打几斤陈年百花酒候着他，才是道理。"

到了晚上，果然一乘轿子，两个"巡抚部院"灯笼，阿三跟着，他哥哥来了。身边带的七十多两银子，拿出来，一包包交与鲍廷玺道："这些你且收着，我明日就要同大人往苏州去。你从速看下一所房子，价银或是二百两、三百两都可以，你同弟妇搬进去住着，你就收拾了到苏州衙门里来。我和姬大人说，把今天束修一千两银子都支了与你，拿到南京来做个本钱，或是买些房产过日子。"

鲍廷玺收了银子，留着他哥吃酒，说着一家父母兄弟分离苦楚的话，说着又哭，哭着又说。

过了半月，看定了一所房子，在下浮桥施家巷，三间门面，一路四进，是施御史家的。价银二百二十两，成了议约，付押金二十两。择吉搬了进去。搬家的那天，邻居送礼，归姑爷也来行人情，出份子。鲍廷玺请了两天酒，又替太太赎了些头面衣服。太太身子又有些娇病起来，隔几日要个医生，要吃八分银子的药。那几十两银子，渐渐将完，鲍廷玺收拾上苏州寻他大哥。

那天到了仪征，遇见了昔年向知府时取中的季苇萧，告诉鲍

---

① 围碟：旧时整桌的筵席，必有十二或十六的碟子，中盛水果、蜜饯等，叫作"围碟"。

儒林外史：书生现形记

廷玺说,向道台升任之后,管家王老爹不曾跟去福建,就在安庆住着,王老爹的儿子,也就是昔年鲍廷玺的妻舅,后来选了典史,典史的女儿嫁与季苇萧,两家就结了亲。这番因盐运司荀玫荀大人,是季守备的文武同年,故而来此看看年伯。谈了一会儿,约好鲍廷玺去苏州回来,再到扬州来相聚。

鲍廷玺上船,一直来到苏州,阊门上岸,劈面撞见跟他哥哥的小厮阿三,阿三前走,后面跟着一人,挑了一担三牲银锭纸马。鲍廷玺问大太爷在衙门里吗,阿三道:"六太爷来了!大太爷自从南京回来,进了衙门,打发人上京去接太太,去的人回来说,太太已于前月去世。大太爷这一着急,得了重病,不多几日,就归天了。大太爷的灵柩现在城外厝着,今日是大太爷的头七,小的送这三牲纸马到坟上烧纸去。"

鲍廷玺听了这话,两眼大睁着,说不出话来,慌问道:"怎么说!大太爷死了!"阿三道:"是大太爷去世了。"鲍廷玺哭倒在地,阿三扶了起来,当下不进城了,就同阿三到他哥哥厝基的所在,摆下牲醴,浇奠了酒,焚起纸钱,哭道:"哥哥,阴魂不远,你兄弟来迟一步,就不能再见大哥一面!"说罢,又恸哭起来。

【解析】

(一)鲍文卿挽救了向鼎的被参革,守着自己的身份不肯越分,不受酬谢;义助贫士倪老爹,收留倪廷玺为螟蛉,他的人格行事,正是作者所标榜平民高洁人物的代表。

(二)鲍文卿正义拒贿,反劝书办改正,是为平民高洁人物风骨的高度表现;由此也可看出天下乌鸦一般黑,衙门贿赂风行,积弊已深。鲍父子参与监考一段，可见科场舞弊的严重，而鲍文卿不予检举，保留读书人颜面，给予改过机会，不但宅心仁厚，更是"积极导正胜于消极制裁"，是最自然、最合理的有效处置。

（四）向鼎亲题铭旌，自称老友，证明了朋友之义，无阶级身份的限制。归老爷促成鲍廷玺和王太太的婚姻，是为讨好丈母娘；陷害鲍廷玺，为的是财产利益的争取。沈大脚的架空，媒人口舌，全无实话，旧时代的婚姻悲剧痛苦，这类人物的罪恶极大。现在虽已随着旧时代过去了，仍能使读者回顾而惊心。

（五）鲍老太赶走螟蛉，情义全无，同时也显示了旧时代家庭纷争的症结。倪廷珠多年寻找各位弟弟，使人感动。

十一、莫愁湖名士盛会

（一）饿得死人的南京城

话说鲍廷玺死了兄长，失了靠山，盘缠用尽，阿三也辞了他往别处去了。想着没法，只好把新做准备见抚院用的一件袍子，当了两把银子，先到扬州寻季姑爷再说。到了扬州，找着了季苇萧，正在尤家招亲，鲍廷玺知道他在安庆已有妻室，问他如今怎的又婚，季苇萧指着厅上对联："清风明月常如此，才子佳人信有之。"说道："我们风流人物，只要才子佳人会合，一房两房，何足为奇？"问起他的费用，方知他一到扬州，他的年伯两淮盐运使[①]荀玫就送了一百二十两银子，又派在瓜州管关税。看样子要在这里过几年，所以又娶一个亲。

在季苇萧婚礼中，见到扬州城的许多名士，作诗写字的辛东之、金寓刘，两位名士大骂盐商。辛先生道："扬州这些有钱的盐呆子，实在可恶！就如河下兴盛旗冯家，有十几万两银子，从徽州请了我上来，住了半年，我说：'若要我承情，就一总送我两三千银子。'他竟一毛不拔！我后来向人说：'冯家这银子该给我的，将来他死的时候，这十几万两银子一个也带不去！到阴司里，是个穷鬼。阎王要盖森罗宝殿，那四个字的匾少不得是请我写，至

[①] 盐运使：明代置都运使，从三品，掌盐运之事。

少也得送我一万银子。我那时就把几千与他用用也未可知，何必如此计较！'"

金先生道："这话一点也不错！前日不多时，河下方家来请我写一副对联，共是二十二个字。他叫小厮送了八十两银子来谢我，我叫他小厮来，吩咐他道：'拜你家老爷说：金老爷的字，是在京师王爷府里品过价钱的：小字是一两一个，大字十两一个。我这二十二个字，平买平卖，时价值二百二十两银子。你若是二百一十九两九钱，也不必来取对联。'那小厮回家去说了，方家这畜牲，卖弄有钱，竟坐了轿子到我住处来，把二百二十两银子与我。我把对联递与他，他——他——两把把对联扯碎了！我登时大怒，把银子打开，一总都掼在街上，给那些挑盐的、拾粪的去了！"

鲍廷玺问道："我听说，盐务里这些有钱的，到面店里，八分一碗的面，只呷一口汤，就拿下去赏与轿夫吃。这事可是有的？"辛先生道："怎么没有？"金先生道："他哪里是当真吃不下！他本是在家里泡了一锅锅巴吃了，才到面店去的。"众人听了大笑。

闹房时，又来了一位道士诗人来霞士，和芜湖来的刻印名手郭铁笔。其后又来了一位方巾服阔服、古貌古心的宗穆庵，路过闻知，特来进谒，谈了一会儿辞去。鲍廷玺要回南京，季苇萧送了五钱银子的旅费，又写下一封信，托他带去南京，交给同姓不同宗的安庆人季恬逸，告诉他不能来南京相会，劝他快回安庆，南京这地方是可以饿得死人的，千万不可久住。

鲍廷玺回到南京，把苦处告诉了王太太，被太太臭骂了一顿。施御史来催房价，没银子，只好把房子退还施家。没处存身，太太只好在内桥胡姓娘家，借了一间房子，搬进去住着。

(二) 为出名选文刻书

鲍廷玺找到了季恬逸,交给他季苇萧的信。这季恬逸因为穷,没有寓所,每天拿八个钱,买四个吊桶底①分两顿吃,晚上在刻字店一个案板上睡觉。这日见了信,知道季苇萧不来,越发慌了,他没旅费回安庆,整天吃了饼,坐在刻字店里出神。

那一天早上,连饼也没得吃了,只见外面走进一个人来,头戴方巾,身穿元色长袍,拱手坐下,那人问:"这里可有选文章的名士吗?"季恬逸道:"多得很!卫体善、随岑庵、马纯上、蘧駪夫、匡超人,我都认得,还有前日同我在这里的季苇萧,都是些大名士,你要哪一个人?"那人道:"我姓诸葛,名佑,字天申,盱眙县人。有二三百银子,想要选一部文章,烦先生替我寻一位来,我好同他合选。"

季恬逸请他坐着,自己走上街来找,心想这些人虽常在这里,却是散在各处,这一会儿要找时偏就一个不见,管他的,如今只往水西门一路走去,遇到哪个就抓了,先混些东西吃吃再说。走到水西门口,看到一人,押着一担行李进城,认得是安庆的名士萧金铉,喜出望外,急忙拉着回来与诸葛天申相见。当下诸葛天申请客吃饭,季恬逸饿慌了,尽力吃了一饱。

三人一齐去找寓所,找到一处庙里,和尚道:"房子甚多,都是各位现任老爷常来作寓的……"看了房子,问租金时,和尚一定要三两银子一月,讲了半天,诸葛天申已经出到二两四了,

---

① 吊桶底:是一种油饼。

和尚还不点头,还装腔作势骂小和尚:"不扫地!明日下浮桥施御史老爷来此摆酒,看见了成什么样?"萧金铉见他可厌,就说:"房子不错,只是买东西路远了些。"老和尚呆着脸道:"在这儿住的客,若是买办和厨子是一个人做,那就不行了。至少得要两个人伺候着才行!"萧金铉笑道:"将来我们在这里住,不但买办、厨子要用两个人,还要牵一头秃驴,给那买东西的人骑着来往,更走得快!"骂得那和尚干瞪眼。

后来找到了僧官,用每月二两银子租金租定了房,住定了吃饭。诸葛天申是乡下来的,不认得香肠,说是猪鸟①,又说腊肉;又不认得海蜇,说道:"这嘣脆的是什么东西,倒好吃!再买些嘣脆的来吃吃!"当晚住下,季恬逸没有行李,萧金铉匀出一条褥子来,给他在脚头盖着睡。

过几天,僧官庆祝新任请客,从应天府尹衙门的人到县衙门的人,约有五六十。客还未到,道人慌忙来报:"那龙三又来了!"僧官走进去,只见椅上正坐着一人,一副乌黑的脸,两只黄眼睛珠,一嘴胡子,头戴一顶纸剪的凤冠,身穿蓝布女褂,白布单裙,脚底下大脚花鞋。那人见了僧官,笑容可掬,说道:"老爷,你今日喜事,所以我一早就来替你当家!"僧官叫他快把女衣脱了,他道:"老爷,你好没良心!你做官到任,不打金凤冠与我戴,不做大红补服与我穿,我做太太的人,自己戴了个纸凤冠,不怕人笑也罢了,你怎么还要叫我去掉?"僧官道:"龙老三!玩笑是玩笑,虽然我今日不曾请你,你要上门来怪我,也该好好走来,为什么这种样子?"那龙老三不听,走进僧官房里,坐得安稳,

---

① 猪鸟:猪的生殖器。

吩咐小和尚，叫拿茶来给太太吃。客人们看了好笑，府书的尤书办、郭书办来了，劝龙三莫要在此胡闹，萧金铉主张大家拿出几钱银子来与他，叫他快走，那龙三耍赖，哪里肯去。

幸好司里的董书办、部里的金东崖来了。金东崖一见就骂："你是龙三？你这狗头，在京里拐了我几十两银子溜走，怎么今日又在这里装怪讹诈，实在可恶！"叫跟来的小子："把他的凤冠抓掉，衣服扯掉，赶了出去！"龙三见是金东崖，这才慌了，自己脱了凤冠、女衣，说道："小的在此伺候。"不敢再闹，谢了出去。

客人们坐下谈话，董书办说出，两淮盐运使荀玫大人已因贪赃拿问，就是近三四天的事。可见祸福旦夕难料，令人嗟叹。客人们陆续到来，其后进来三位戴方巾的和一位道士，内中一位戴方巾的问谁是季恬逸，然后从袖中取出书信，原来是季苇萧托带来的，四人就是辛东之、金寓刘、郭铁笔、来霞士，当下都被僧官主人留下，看戏吃酒。

此后这般名士，各人都找到了寓所，来道士去神乐观寻他师兄，郭铁笔在报恩寺门口租了一间房，开印章店。季恬逸、萧金铉、诸葛天申三位，在寺门口聚升楼包伙，每天要吃四五钱银子。文章已经选定，叫了七八个刻字匠来刻，又赊了百十桶纸来，准备刷印。四五个月之后，诸葛天申那二百多两银子已所剩无几，每天仍在店里赊着账吃。季恬逸是饿怕了的，又开始有点担心起来了。

（三）江南数一数二的才子

隔壁和尚家来了新客，是大有名的天长社公孙十七老爷，姓杜，

十一、莫愁湖名士盛会

名倩,字慎卿。诸葛天申等人见着,那时正是春暮夏初,天气渐暖,杜公孙穿着莺背色的夹纱袍,手摇丝扇,脚踏丝履,走了过来。近前一看,面如傅粉,眼若点漆,温恭尔雅,飘然有神仙之概。这人是有子建①之才,潘安之貌,是江南数一数二的才子。诸葛天申向季、萧两位道:"去年申学台在敝府合考二十七州县诗赋,就是杜十七先生的首卷。"杜慎卿笑道:"那是一时应酬之作,何足挂齿?况且那天小弟正病着,进场还带着药物,只是草草塞责而已。"萧金铉道:"先生尊府、王谢风流,各郡无不钦仰。先生大才,又是尊府'白眉'②,今日幸会,一切要求指教。"

杜慎卿谦逊着,进房来看选文,看了好一会儿,放在一边。忽然翻出萧金铉的一首诗来,看了点点头道:"诗句是清新的。"萧金铉正好立即向他请教。杜慎卿道:"如不见怪,小弟也有一点意见。诗以气体为主。如尊作这两句:'桃花何苦红如此?杨柳忽然青可怜!'岂不是加意做作了些,如在上一句添个'问'字,'问桃花何苦红如此?'就是《贺新凉》③中间一句好词。如今先生把他作了诗,下面又勉强对了一句,就觉得索然无味了!"一番话把萧金铉说得透身冰冷。季恬逸道:"先生如此谈诗,若与我家苇萧相见,一定相合。"杜慎卿道:"我也曾见过苇萧的诗,才情是有些的。"

次日,杜慎卿写帖来约:"小寓牡丹盛开,薄治杯茗④,屈三

---

① 子建:三国时曹植,字子建。
② 白眉:三国蜀汉马良,兄弟五人,并以常为字,皆有才名,而以良为最。良眉中有白毛,故云:"马氏五常,白眉最良。"此处是夸杜慎卿是杜家兄弟中最好的一位。
③ 贺新凉:词牌名。
④ 杯茗:酒茶。

儒林外史：书生现形记

兄到寓一谈。"在杜寓见到了鲍廷玺，上的菜果然不俗，是江南时鱼，樱桃竹笋，清清疏疏的九个盘子，酒是永宁坊上好的橘酒。点心之后，又是雨水煨的六安毛尖茶。杜慎卿酒量甚大，不甚吃菜，点心只吃了一片软香糕。茶酒清淡，萧金铉提议分韵作诗，杜慎卿嫌诗社老套太俗，就由鲍廷玺吹笛，一个小小子拍着手唱李太白清平调，真是穿云裂石之声，三人停杯细听，吃到月上时分，照耀得牡丹花色越发精神，又有一树大绣球，好像一堆白雪。三人不觉手舞足蹈起来。杜慎卿也颓然醉了，老和尚走来，放一串鞭炮来醒酒，杜慎卿大笑。

诸葛天申等三人商议要请杜慎卿，约去聚升楼，杜慎卿勉强吃了一块板鸭，登时就呕吐起来，吃饭时用茶泡一碗饭，吃了一会儿，还吃不完，递与小小子拿下去吃了。饭后去雨花台，山顶上望着城内万家烟火，那长江如一条白练；琉璃塔金碧辉煌，照人眼目。杜慎卿在亭前，太阳地里看见自己的影子，徘徊了大半日。草地坐下，杜慎卿发表议论，说"夷十族[①]"的话是不对的，永乐皇帝振作，比建文皇帝的软弱要好得多，又说方孝孺[②]拘泥，被斩并不冤枉。坐到日色西斜，只见两个挑粪桶的，挑着两担空桶，歇在山上，这一个拍着那一个的肩头道："兄弟，今天的货卖完了，我和你去永宁泉吃一壶水，回来再到雨花台看落日！"杜慎卿笑道："真是'菜佣酒保，都有六朝烟水气'，

[①] 十族：明清的律例九族是直系亲以自本身上推而父、祖、曾、高、再自本身下推而子、孙、曾、玄为止，旁系亲以自本身横推而兄弟、堂兄弟、再从兄弟、族兄弟为止。十族是九族再加门生。

[②] 方孝孺：明代学者，以明王道、致太平为己任。成祖即位，因不肯替成祖起草诏书而被杀，并灭十族。

一点也不错。"

(四) 杜慎卿看到的妙人

后来季苇萧也来了,和杜慎卿见面,极为投合。季苇萧同着王府里的宗先生来拜,谈起和杜慎卿父亲同年的宗子相,宗先生说是一家的弟兄辈。杜慎卿讨厌他一开口就是纱帽,背地向人说,敝年伯宗子相一定不会认他这么一个潦倒的兄弟。

杜慎卿要娶太太,沈大脚来做媒,讲的是王家十七岁的姑娘,王姑娘还有一位标致会唱的兄弟王留歌。季苇萧向杜慎卿道贺,杜慎卿愁着眉道:"太祖高皇帝说:'我若不是妇人生,天下妇人都杀尽!'妇人哪有一个好的?小弟的性情,是和妇人隔着三间屋就闻见她的臭气,这是为了要得子留后,无可奈何!"

郭铁笔来求见,一见面就说许多仰慕的话:"尊府是一门三鼎甲,四代六尚书,门生故吏,天下都散满了,督抚司道,在外头做,不计其数;管家们出去,做的是九品杂职官——季先生,我们自小听说的;天长杜府老太太生这位太老爷,是天下第一个才子,转眼就是一个状元。"说罢,袖子里取出锦盒,刻好了的两方"台印",双手递来,杜慎卿收下了。送客出去,回来对季苇萧说:"他一见我就有这些恶劣的奉承,也亏他访问得真确!"季苇萧道:"尊府之事,何人不知?"

杜慎卿与季苇萧谈得投机,渐渐谈到他对"情"的观念,不喜男女之情,重视同性之情,举出汉哀帝喜欢董贤,要将天下禅让给他,是为独得了情的真义,就是尧、舜揖让也不过如此,可惜无人了解。季苇萧问他,生平可曾遇着一个同性知心的情人?季苇萧道:"假使天下有这样一个人,又与我同生同死,小弟也就不会这样多愁善感了!只为缘分太浅,遇不着一个知己,所以对月伤怀,临风洒泪!"季苇萧说,可在梨园行中去找。杜慎卿道:"苇兄,你这话更外行了,要去梨园中求知己,就如爱女色的去青楼中求一个情种,岂不大错?这种事要相遇于心腹之间,相感于形骸之外,方是天下第一等人!"又拍膝嗟叹道:"天下终无此一人,老天辜负了我杜慎卿万斛愁肠,一身侠骨!"说着,掉下泪来。

季苇萧道:"你也莫说天下没有这个人,小弟就曾遇见一个少年,是一个道人。这人生得飘逸风流,是个美男子,但又不像妇人。我最不赞成像女人的美男子,如果要像女人,不如去看女人了!天下原有另一种美男,只是人不知道!"杜慎卿拍桌道:"你说得对极了。你再说说看,这个人怎么样?"季苇萧道:"他是如此的妙人,多少人想结交他,他却轻易不肯对人一笑!却又是十分爱才,小弟因为多了几岁年纪,在他面前,自觉不配,所以不敢痴心妄想和他结交。长兄,去和他会会看如何?"

季苇萧故作神秘,写好一个小纸包,上面写着"敕令"两字,交给杜慎卿,教他去到神乐观前,才准拆开来看。杜慎卿一心会见妙人,第二天一早起来,洗脸擦肥皂,换上一身新衣,身上又多熏了香,坐轿来到神乐观前,取出纸包拆开来看,上面写着:

至北廊尽头一家桂花道院,问扬州新来的道友来霞士便是。

杜慎卿来到桂花道院,访问来霞士,道人去请,去了一会儿,只见楼上走下一个肥胖的道士来,头戴道冠,身穿沉香色袍,一副油晃晃的黑脸,两道重眉,一个大鼻子,满腮胡须,大约五十多岁。见面请问,知是天长杜府,那道士满脸堆下笑来,说道:"我们桃源旗领的天长杜府的本钱,就是老爷尊府,小道不知老爷到省,应该先来拜谒,如何反劳老爷降临?"忙教人,快煨新鲜茶,捧上果碟来。

杜慎卿心想:"这人一定是来霞士的师父了。"问道:"有位来霞士,是令徒?还是令孙?"那道人道:"小道就是来霞士。"杜慎卿吃了一惊,说道:"哦!你就是来霞士!"自己心里忍不住,拿衣袖掩着口笑。道士不知是什么意思,殷勤招待,又在袖里摸出一卷诗来请教,慎卿没奈何,只得勉强看了一看,吃了两杯茶,起身辞别。道士还要拉着手送到大门,问明住处,说是明日就要来拜望。杜慎卿上了轿,一路忍笑不住,心想:"季苇萧这狗头,如此胡说。"

回到寓所,萧金铉同着辛东之、金寓刘、金东崖来拜,辛东之送一幅大字,金寓刘送一副对子,金东崖把自己编的"四书讲章"送来请教,好不容易都应酬过了。杜慎卿鼻子里冷笑,向仆人们说道:"一个衙门当书办的人,居然也敢来讲究四书,圣贤的书,是这样的人能讲的吗?"

娶妾之后,季苇萧来贺,笑问:"你见到妙人了吗?"杜慎卿道:"你这狗头,该记下一顿肥打!"季苇萧道:"怎的该打?我原说的是美男,不像女人,你看到的难道不是吗?"正说着,只见来道士同鲍廷玺一齐来贺喜,两人越发忍不住笑。

(五)逞风流盛会莫愁湖

杜慎卿想出个新鲜主意,和鲍廷玺商议,借莫愁湖湖亭,把南京一百三十多班戏班子全约来,旦角们一个做一出戏,由杜慎卿和季苇萧评审，列出一榜，把色艺双绝的取在前列公布，凡是参加演出的，每人酬谢五钱银子，荷包一对，诗扇一把。当下拟好通知，由鲍廷玺去分别传告。又取了百十把扇子，分别由名士们拿去书写。商定请客名单，宗先生、辛东之先生、金东崖先生、金寓刘先生、萧金铉先生、诸葛天申先生、季恬逸先生、郭铁笔先生、僧官老爷、来道士、鲍廷玺老爷，连同二位主人，一共十三位名士。

新娶的娘子兄弟王留歌来看姐姐，杜慎卿拉住他细看，果然标致，姐姐比不上他，就把湖亭做会的计划告知。留歌道："有趣，那日我也来串一出！"当晚酒宴，鲍廷玺吹笛，来道士打板，王留歌唱了一曲"碧霞天长亭饯别"，音韵悠扬，众人大醉而散。

到了盛会那天，湖亭摆宴，宾客齐聚，戏子们装扮起来，一个个亭前走过。这时湖亭轩窗四起，一转都是湖水围绕，微有熏风，吹得波纹如谷，亭外一条板桥，戏子们装扮起来，都是簇新的包头，极新鲜的褶子，打从板桥上过来，杜慎卿同季苇萧二人，暗用纸笔做了记号。少顷打动锣鼓，轮流出来做戏。有的做"请宴"，有的做"窥醉"，有的做"借茶""刺虎"，各具佳妙，王留歌也扮了一出"思凡"。

到了晚上，点起几百盏明角灯来，高高下下，照耀如同白昼，歌声缥缈，直上云霄。城里那些衙门做事的，开字号商行的，有钱的人，听说莫愁湖大会，都雇了湖中打鱼的船，搭了凉篷，挂了灯，撑到湖中左右来看。看好时齐声喝彩，直闹到天明才散。

过了一天，水西门口挂出一张榜来：第一名芳林班小旦郑魁官，第二名灵和班小旦葛来官，第三名王留歌。其余共六十多人，都取在上面。鲍廷玺带了郑魁官来寓叩谢，杜慎卿又取二两银子，托鲍廷玺去银匠店里打造一只金杯，上刻"艳夺樱桃"四字，特

十一、莫愁湖名士盛会

别奖赏给郑魁官,各班戏子都把荷包、银子、汗巾、诗扇领了去。那些小旦,取在前十名的,与他相好的大老官看了榜都洋洋得意,也有约去家里吃酒的,也有酒店庆贺的,彼此热闹,足足吃了三四天的贺酒。自此传遍了水西门,轰动了淮清桥,使得这位天长杜十七老爷,名震江南。

【解析】

(一)季苇萧停妻再娶,还说是才子风流,卑劣可笑。由辛东之、金寓刘口中说出扬州盐商的豪奢、浅薄、欺人,可见当时社会风气的败坏。

(二)季恬逸挨饿一节,写出了落魄文士的可悲。租房时和尚的对话,连方外之人也一样势利。僧官请客时龙三的讹诈胡闹,恶棍丑态鲜活呈现。

(三)杜慎卿说诗赋首卷是病时之作,表面谦逊,其实正是一种自夸,上馆子吃一块板鸭就呕吐,看似脱俗其实做作。雨花台上亭前,在太阳地看见自己的影子,徘徊了大半天,正表现这位名士公子十分自怜。

(四)杜慎卿口说讨厌女人,做出来的行为是娶妾,矛盾。郭铁笔的奉承肉麻,杜慎卿说他访得真确,还是一种自高的心理。书办金东崖附庸风雅,编"四书讲章",杜慎卿批评说圣贤的书不是这样的人能讲的,观念浅陋。圣贤的书人人可讲,只要是讲得对,圣贤是并不会计较讲者的身份阶级的。

· 173

十二、不应征辟的真处士

（一）寻银子远去天长县

杜慎卿的莫愁湖大会，看在鲍廷玺眼里，见他慷慨，想要求他资助几百两银子，仍旧组起一个班子来做生意过日子。每天在河房里效劳，杜慎卿看出了他的心事，那天告诉他，家中虽有几千现成的银子，但却留着不敢动，因为估计自己一两年里科举会中，中了就得用钱，如今为鲍廷玺设想，要介绍一个人来让鲍廷玺去投奔。鲍廷玺道："除了老爷，哪里还有这一个人？"

杜慎卿道："你听我说，我家共是七大房。这做礼部尚书的太老爷，是我五房的，七房的太老爷是中过状元的。后来一位大老爷，做江西赣州府知府，这是我的伯父。赣州府的儿子是我第二十五个兄弟。他名叫仪，号叫少卿，只小我两岁，也是个秀才。我那伯父是个清官，家里还是祖宗留下的一些田地，伯父去世之后，也不到一万银子的家私。我那兄弟是个呆子，就像有十几万似的，一听人家向他说苦，他就大把捧出来给人……"鲍廷玺求老爷写个介绍信，杜慎卿回道："这信写不得，他做大官，是要独做，我若写信，他就会说我已经照顾了你，他就赌气不照顾了。"

当下指示鲍廷玺，先去找杜少卿的管家王胡子。杜少卿有个毛病，但凡说是见过他家太老爷的，就是一条狗他也是敬重的。王胡子那奴才好酒，须得买些酒叫他吃得高兴，叫他在主子面前

十二、不应征辟的真处士

说鲍廷玺是太老爷极欢喜的人，那杜仪自然就会给银子了。杜仪不欢喜人叫他"老爷"，要叫他"少爷"。他还有个毛病，不喜欢在他面前说人做官，说人有钱，像鲍家受过太爷恩惠的事，在他面前都不能说。总要说天下只有他一个杜仪是大老官，肯照顾人。若是问起认不认得杜慎卿，也要说不认得。

鲍廷玺遵照指示，启程去天长县，路上遇见韦四太爷谈起杜府，韦四太爷道："我同他家做赣州府的太老爷自小同学拜盟，极是相好。他家兄弟虽有六七十个，只有慎卿、少卿两个招接四方宾客，其余的闭门在家，守着田园做举学。这两个都是大江南北有名的，慎卿虽是雅人，我还嫌他带着点姑娘气；少卿确实是个豪杰。我也是要去少卿那里，正好同路。"

到了天长，鲍廷玺先去拜望管家王胡子。韦四爷来到杜府，杜少卿出来恭迎老伯，韦四太爷问起娄焕之，杜少卿说娄老伯近来多病，已将他的令郎、令孙接来侍奉汤药，谈起这位娄翁，在杜府已有三十多年。杜少卿道："自从先君赴任赣州，把舍下全交给娄老伯管理，先君从不过问。娄老伯除年修金四十两，其余不沾一文。收租之时，亲自去乡里佃户家，佃户备两样菜，老伯要退去一样只吃一样。凡他令郎、令孙来看，只许住两天，就打发回去，盘缠之外，不许多有一文。临行还要搜身，怕管家们私自送他银子。收来的租稻利息，遇有舍下穷困亲友，娄老伯就极力相助。先君知道也不问。有人欠先君银钱的，娄老伯见他还不起，便把借契烧去。到如今他老人家两个儿子，四个孙子，家里仍然赤贫如洗，所以小侄过意不去。"韦四太爷叹息道："这真是古之君子了！"

家人王胡子来禀，领戏班的鲍廷玺来叩见少爷，杜少卿本来不见，听王胡子说这是昔年太老爷着实喜欢，曾许诺要照顾他的人，登时高兴接见。鲍廷玺进来，看这位少爷：头戴方巾，身穿玉色夹纱袍，脚下珠履，面皮微黄，两道剑眉，好像画上关夫子的眉毛。当下叩见，杜少卿留他住下。

杜少卿吩咐去后门外请张相公来，少刻请来一人，大眼睛，黄胡子，头戴瓦楞帽，身穿大阔布衣服，扭扭捏捏，进来作揖坐下。与韦四太爷，鲍廷玺互道姓名，他是张俊民，略通医理，现正为杜府请着替娄太爷看病。张俊民道："晚生在江湖上胡闹，不曾读过什么医书，看的症却不少。近来蒙少爷的教训，才知书是该念的，所以一个小儿不教他学医，从先生读书，作了文章，拿给杜少爷看，将来再过两年，叫小儿出去考个府县考，骗两回粉汤包子吃，将来挂招牌，就可以称'儒医'了！"说得韦四太爷哈哈大笑。

北门汪盐商家生日，请了县主老爷，来请杜少卿作陪，杜少卿发牢骚，说要请就请县里暴发的举人、进士去陪，自己哪有工夫替人家陪官，一口拒绝了。韦四太爷指出，杜家有一坛陈酿，算算至今，足有九年零七个月。杜少卿寻了出来，打开坛头，舀出一杯来看，那酒竟和面糊一般，喷鼻发香，韦四太爷说一定要另加他酒方可吃得，约好明天吃上一天。

次日鲍廷玺起来，知道少爷亲自在娄太爷房中侍病，娄太爷吃的粥和药，少爷要自己看过才送与娄太爷吃！少爷奶奶自己煨人参，一早一晚，不是少爷就是奶奶，亲自送人参去。娄太爷也不过只是太老爷的门客，如此养在家里，当祖宗看待，早晚亲自服侍，实在出奇。

杜少卿的朋友臧荼臧三爷，字蓼斋，前来约少卿，说本县王

十二、不应征辟的真处士

知县是臧荼的老爷,说过了好几次仰慕杜少卿的话,今日特来约少卿去一会儿。杜少卿道:"像这拜知县做老师的事,也只好让三哥你们做,不要说先曾祖、先祖,就是先君在日,这样的知县不知见过多少!他果然仰慕我,为什么不先来拜我,倒叫我去拜他?况且我倒运做了个秀才,见了本处知县,就要称他老师,王家这一宗灰堆里的进士,他拜我做老师我还不要,我为什么要去会他?今日北门汪家请我去陪他,我也是不去!"

臧三爷道:"正是为此,昨日汪家已向王老师说明是请你作陪,王老师才肯到他家,为的就是要会你。"杜少卿道:"三哥,你这位贵老师,总不是什么尊贤爱才,不过想人拜门生,受些礼物!叫他把梦做醒些!况我家今日寻出来九年半的陈酒,汪家哪有这样好吃的东西。"

当下留下臧荼。用的是杜府的金杯、玉杯,坛子里舀出酒来,韦四太爷捧着金杯,吃一杯,赞一杯,连声道:"好酒!好酒!"

正吃之间,杨裁缝送来新做的秋衣一箱,裁缝走来天井,双膝跪下磕头,放声大哭,杜少卿惊问,杨裁缝说母亲突得暴病而死,棺材衣服,一无着落。杜少卿问要多少银子,裁缝说小户人家,怎敢多,少则四两,多则六两。杜少卿惨然道:"父母大事,不可草草,否则将来就是终身之恨。至少也得买一口十六两银子的棺材,连同衣服、杂费,少不了二十金。我这里没有现银,也罢,这一箱衣服,也可以当得二十多两银子,王胡子,你就拿去同杨司务当了,一总把与杨司务去用。"又吩咐裁缝道:"杨司务,这件事你不可记在心里,忘记就好。你不是拿我的银子去吃酒赌钱,这是母亲身上的大事。谁无父母?这是我应该帮助你的。"

杨裁缝同王胡子,抬着衣箱,哭哭啼啼去了。韦四太爷赞道:

"世兄，这事真是难得！"鲍廷玺吐着舌道："阿弥陀佛，天下哪有这样的好人！"

（二）大少爷的豪举

韦四太爷又住了一日，辞别要走，杜少卿雇好了轿夫，拿了一只玉杯和赣州公的两件衣服，亲自送给韦四太爷，说道："先君拜盟的兄弟，只有老伯一位了，此后要求老伯常来走走，小侄也要常到镇上向老伯请安。这玉杯送给老伯带去吃酒用，先君的两件衣服，送与老伯穿着，就如看见先君的一般。"

韦四太爷走后，杜少卿缺钱用，叫王胡子来商量卖田，一宗田本值一千五百两，乡人贪便宜杀价，只肯出一千三百两。杜少卿急着要用钱，吩咐王胡子卖了。那天王胡子卖了田拿银子回来禀报："他这银子，九五兑九七色的，又是市平，比钱平小一钱三分半，他内里又扣去他那边中人用二十三两四钱银子，文书用去二三十两，这都是我们本家要去的。如今银子在此，拿天平来请少爷当面兑。"杜少卿道："哪个耐烦你算这些疙瘩账，既拿来，又兑什么，收了进去就是了！"

杜少卿暗地叫娄太爷的孙子来，交给他一百两银子，叫他瞒着不让他祖父知道，带回去好做个小生意。娄太爷的孙子，欢喜接了。次日辞回家去，娄太爷果然叫只称三钱银与他做盘缠，打发去了。杜家公祠看祠堂的黄大来见，说是因为修屋，私用了坟山上的死树，不想被本家几位老爷知道，责罚黄大不该偷树，打了一顿，叫十几个管家来搬树，连房子都拉倒了，如今没处存身。杜少卿听了，又拿五十两银与黄大去修补房屋。

十二、不应征辟的真处士

臧三爷来帖,请杜少卿与鲍廷玺去吃酒,去到臧家入席,那臧荼斟酒一杯,奉与少卿,跪了下去,说道:"老哥!我有一事奉求!"杜少卿吓了一跳,连忙跪下去拉他,说道:"三哥!你疯了!这是做什么?"臧蓼斋道:"目前宗师考广州,下一棚就是我们,我前日替人家买一个秀才,宗师有人在这里揽这个事,我已把三百两银子兑与了他,后来他又说出来:'上面严紧,秀才不敢卖,倒是把考等第的,开个名字来可以补廪生。'我就把我的名字开了去。今年这廪是我补的了。但这买秀才的人家,事既不成,催着要退还三百两银子,我若没银还他,我这件事就要被揭穿,身家性命一起都完了!"

杜少卿道:"呸!我当是什么话,原来是这个事,也要大惊小怪,磕头礼拜的?这有什么要紧,我明天就把银子送来与你!"当下拿大杯来吃酒,杜少卿有点醉了,问道:"臧三哥,我问你,你一定要这廪生做什么?"臧蓼斋道:"你哪里知道!廪生一来中的多,中了就做官,就是不中,十几年贡了,朝廷试过,就是去做知县推官,穿螺蛳结底的靴,坐堂、洒签、打人。像你这样的大老官来打秋风,把你关在一间房里,给你一个月豆腐吃,蒸死了你!"杜少卿笑道:"你这匪类,下流无耻极了!"

第二天早上,叫王胡子送了一箱银子去。王胡子得了六两银子赏钱,回来在鲜鱼面店里吃面,张俊民来找他,商量着要用激将法让杜少卿出力,送张俊民的儿子应考。王胡子来书房,见了杜少卿,禀事之后说道:"眼见学院就要来考,少不得会找少爷修理考棚,这凤阳府的考棚是我家先太爷几千银子盖的,白白便利众人,少爷若是要送一个人去考,谁敢不依?"杜少卿道:"这话说得也是,学里的秀才,未见得就好过我家的奴才!"王胡子道:

"后门口张二爷的儿子读书，想要去考，但是冒籍，不敢去考。"杜少卿道："你去和他说，叫他去考。若有廪生多话，你就向那廪生说，是我叫他去考的！"王胡子应诺去了。

一天，臧三爷走来说道："县里王公坏了，昨晚摘了印，新官押着他就要出衙门，县里人都说他是个混账官，不肯借房子给他住，在那里急得要死！"杜少卿立刻叫王胡子来，吩咐道："你快去县前，叫工房进去禀王老爷，王老爷没有住处，请来我家花园里住。"王胡子连忙去了。臧蓼斋道："你从前连会他一会都不肯，今日又为何借房子与他住？况且他这事有拖累，将来百姓闹他，怕不连你的花园都拆了？"杜少卿道："先君有大功德在于乡里，人人知道。就是我家藏了强盗，也没有人来动我家的房子，这个老哥放心。至于这王公，他知道仰慕我，那就是他的造化了。我以前若去拜了他，就是奉承本县知县，而今他官已坏了，又没有房子住，我就该照应他。"

张俊民进来跪下磕头，说是他儿子应考的事，各位廪生先生听说是少爷吩咐，都没话说，但要张俊民捐一百二十两银子修学宫……杜少卿一口答应，替他出这一百二十两。

张俊民道谢去了。王胡子来报王老爷来拜，杜少爷和臧蓼斋迎了出去，见那王知县纱帽便服，进来作揖再拜说道："久仰先生，不得见面，如今弟在困厄之中，蒙先生慨然以尊斋相借，令弟感愧无地，先来道谢。"杜少卿道："老父台，小小事不必介意。房子原是空着的，就请搬过来便了。"臧蓼斋道："门生正要同敝友来候老师，不想反劳老师驾临。"王知县道："不敢，不敢。"

一连串的事儿，用了好些银子，王胡子暗地提醒鲍廷玺，若是再不赶紧开口，恐怕就来不及了。这天正吃着酒，鲍廷玺道："门

十二、不应征辟的真处士

下这里住着,看少爷用银子像淌水,连裁缝都是大捧拿了去,只有门下是七八个月的养在府里,白混些酒肉吃,一个大钱也不见。我想这样'干篾片'①也做不来,不如揩揩眼泪,到别处去哭吧。门下明日告辞。"杜少卿问他的心事,鲍廷玺连忙奉酒一杯,说道:"门下父子两个,都是教戏班子过日子,不幸父亲死了,门下消折了本钱,不能替父亲争口气。家里有个老母亲,又不能养活。门下是该死的人,除非少爷赏个本钱,才可以回家养活母亲。"杜少卿道:"你一个唱戏的梨园中人,却有思念父亲、孝敬母亲的心,这就可敬得很了,我怎能不帮你?"问他要多少银子,鲍廷玺把眼望着站在底下的王胡子,王胡子走上道:"鲍师父,这银子要用得多哩,连叫班子,买行头②,怕不要五六百两。少爷这里没有,只好将就弄几十两给你过江,舞起几个猴子来,你再跳。"杜少卿道:"几十两银子不济事,我今给你一百两银子,你拿去教班子,用完了,你再来找我。"鲍廷玺跪道谢,杜少卿拉住道:"只因娄太爷病重,要料理,不然,我还要多给你一些银子的。"

(三) 杜少卿破产移家

娄太爷的病,一日重一日,表示自己是有子有孙的人,自然要死在家里,杜少卿垂泪替他准备了后事所需的一切。娄太爷道:"这棺木衣服,我受了你的,你不要再拿银子给我家的儿孙。我只在三日内就要回去,坐不起来,只好用床抬了去。你明天早上,

---

① 干篾片:篾片,专事帮闲凑趣的门客。干篾片,是说做了帮闲而弄不到钱。
② 行头:演剧所用的衣物等。

到令先尊神主前祝告：说娄太爷告辞回去了。我在你家三十年，是你令先尊的知心朋友，令先尊去后，大相公如此侍奉我，我还有什么话说？你的品行、文章，是当今第一人，你生的这个小儿子尤其不凡，将来要好好教育他成个正经人物。但是你不会当家，不会交友，这家业是一定保不住了。

"像你这样做慷慨仗义的事，我心里喜欢，只是也要看来说话的是什么样的人。像你这样做，都是被人骗，没人会报答你的。虽说施恩不望报，但也不可如此贤良卑劣不明。你所结交的臧三爷、张俊民，都是没良心的人。近来又添一个鲍廷玺，他做戏的有什么好人？那管家王胡子，尤其是坏极了的。

"银钱是小事，我死之后，你父子事事要学你令先尊的德行，德行若好，就算没饭吃也不妨。你平生最相好的是你家的慎卿相公，慎卿虽有才情，也不是什么厚道人。你只要学你令先尊，将来就不会吃苦。你眼里又没有官长，又没有本家，这本地方也难住；南京是个大邦，以你的才情，到那里去，或者可以遇到知己，做出些事业来。这剩下的家产是靠不住的！大相公，你听信我言，我死也瞑目！"

杜少卿流泪道："老伯的好话，我都知道了！"吩咐雇人，抬娄太爷过南京，到陶红镇，又拿出百十两银子来，付与娄太爷的儿子回去办后事。送去娄太爷之后，没人再劝，越发放手用钱。手头紧了，叫王胡子再去卖田，两千多两银子随手乱用。用一百两银子，把鲍廷玺打发过江，王知县的事已清了，退还了房子，告辞回去。

杜少卿在家，又住了半年多，银子用得差不多了，想着把现住的房子并与本家，搬到南京去住，和娘子商议，娘子依了。有

十二、不应征辟的真处士

人劝他,他不肯听,足足闹了半年,房子归并妥了,除了还债赎当,还剩千多两银子,对娘子说:"我先去南京,找到了房子,再来接你!"

带着王胡子同小厮加爵过江,王胡子见不是事,拐了三十两银子溜了,杜少卿付之一笑。到了仓巷里外祖卢家,表侄卢华士出迎,书房摆饭,请出华士今年请的业师来,姓迟,名均,字衡山,细瘦通眉①,长爪,两眼炯炯有神,知他不是庸流,两人一见如故。

商议着要寻几间河房来住。一同来到状元境,书店里见着了马纯上、蘧駪夫、景兰江等名士。找着房屋掮客,在东水关看中了一处房子,回到仓巷卢家来写约。次日,一人在门外喊了进来:"杜少卿先生在哪里?"少卿正要出去看,那人已先进来,一把拉着少卿道:"你便是杜少卿?"杜少卿向他请教,那人道:"少卿天下豪士,英气逼人,小弟一见丧胆,不像迟先生老成持重,所以我一眼就能认出,小弟便是季苇萧。"谈起杜慎卿,给知他已加了贡,北上进京应试去了。杜少卿说要买河房,搬来南京,季苇萧拍手道:"妙!妙!我也寻两间河房,同你做邻居,把贱内接来与老嫂做伴,这买河房的钱就出在你!"杜少卿道:"这个自然。"

马纯上、蘧駪夫、景兰江来拜。谈了一会儿送出去,又是萧金铉、诸葛天申、季恬逸知道了消息,前来拜望。杜少卿写家书,打发人到天长去接家眷。次日正要回拜,郭铁笔同来道士来拜,郭铁笔送两方印章,来道士送诗作请教。跟着有了空,杜少卿才得便出去,回拜各位名士。

---

① 通眉:两眉相连。

一连在卢家住了七八天,和迟衡山谈些礼乐之事,很是投机。天长的家眷到了,搬进河房。次日,众人来贺。正是三月初旬,杜少卿备酒宴客,共是四席,季苇萧、马纯上、蘧骥夫、季恬逸、迟衡山、卢华士、景兰江、诸葛天申、萧金铉、郭铁笔、来霞士都到了。金东崖是河房邻居,也请了来。鲍廷玺打发新教的三元班小戏子上来磕头。客人到齐后,把河房窗子打开来。众客落座,或凭栏看水,或啜茗闲谈,或摆案观书,或箕踞①自适,各随其便。鲍廷玺带着他家王太太来问安,王太太见了杜娘子,着实小心不敢抗礼。杜娘子留她坐下。外面席面齐整,杜少卿出来,奉席坐下,吃了半夜酒才散。

(四)为适性豪杰辞征辟

娘子因初到南京,要去外面看看景致。杜少卿叫了几乘轿子,约卖花的堂客姚奶奶作陪,厨子挑了酒席,借清凉山姚园山顶的一个八角亭子摆席。上了亭子,观看那景致,一边是清凉山,高高下下的竹树;一边是灵隐观,绿树丛中,露出红墙来,十分好看。杜少卿带来一只赤金杯子,斟酒持杯,趁着春光融融,和气习习,凭栏流连痛饮。这日杜少卿大醉了,竟携着娘子的手,出了园门,一手拿着金杯,大笑着,在清凉山冈子上走了一里多路,背后三四个妇女,嬉笑相随。两边看的人目眩神摇,不敢仰视。

杜少卿回到河房,卢华士来说北门桥的庄表伯绍光先生明日要来访,杜少卿说绍光先生是自己师事的长辈,不能劳他先来,

---

① 箕踞:展开两足而坐,形状如箕。

十二、不应征辟的真处士

约好明日先去拜望。不料晚间娄焕文的孙子来报,祖父去世,杜少卿大哭了一场,吩咐连夜制备祭礼,次日清晨,赶去陶红镇致祭,在娄太爷柩前大哭了几次,拿银子做了几天佛事超度,一连住了四五日,哭了又哭。陶红镇上的人,人人叹息,都说天长县杜府厚道。杜少卿又拿了几十两银子,交与他儿孙买地安葬,娄家一门,拜谢大德。

回到家中,娘子告知有巡抚的差官同天长县的门斗[①],拿了一角文书来寻,正在奇怪,差官和门斗来见,差官道声:"恭喜!"门斗送上文书,拿出来看,上面写着:"巡抚部院李,为举荐贤才事,钦奉圣旨,采访天下儒修。本部院访得天长县儒学生员杜仪,品行端醇,文章典雅。为此饬知该县儒学教官,敦请该生即日束装赴院,以便考验,申奏朝廷,引见擢用。毋违速速!"杜少卿看了道:"李大人是先祖的门生,原是我的世叔,所以荐举我,我怎么敢当?但大人如此厚意,我即刻料理起身,到辕门去谢。"留下差官门斗,吃了酒饭,赠银打发先去。在家收拾,没有旅费,把一只金杯当了三十两,带一个小厮上安庆来。

到了安庆,李大人公出,等了几日才回来,见着之后,杜少卿一直谦辞,李大人执意要荐,留着住了一夜,拿出许多诗文来请教。次日辞别出来,这番旅费带得不多,又多住了几天,辕门上又被人要了些喜钱去,叫一只船回南京,船钱三两银子也欠着,一路遇上逆风,走了四五天才到芜湖。那船走不动了,船家要钱买米煮饭,杜少卿只剩下五个钱。

杜少卿想要拿衣服去当,心里烦闷,上岸走走,走来吉祥寺,

---

① 门斗:旧时学官的侍役。

茶桌上坐着,吃了一壶茶,肚里饿了,又吃了三个烧饼,一问要六个钱,连茶馆门都走不出。幸好遇见来霞士,付了茶钱,同来识舟亭。看见墙上贴着韦四太爷的诗,方知韦四太爷正在楼上,上楼相见。

韦四太爷问起,杜少卿把李大人荐举的事说了一遍,又道:"小侄这回旅费带少了,今日只剩下五个钱,方才茶钱还是来老爷付,船钱、饭钱都没有!"韦四太爷笑道:"好!好!今天你这大老官做不成了!但你是个豪杰,这样的事何必操心?且在我这里吃酒,我教的一个学生前日进了学,我来贺他,他谢了我二十四两银子,你在我这里吃了酒,看风转了,我拿十两银子给你去。"

三人吃酒,直到下午风转,杜少卿拿了韦四太爷的赠银,作别上船。顺风返回南京,到家告诉娘子路上的困窘,娘子听了好笑。

去会迟衡山,迟衡山说:"而今读书的朋友,只不过讲个举学,若会作两句诗赋,就算是极雅的了,放着经史上礼、乐、兵、农的事,全然不问!我本朝太祖定了天下,大功不差似汤、武,却全然不曾制作礼乐。少卿兄,你这番征辟了去,要替朝廷做些正经事,方不愧我辈所学。"杜少卿道:"这征辟的事,小弟已是辞了。正因为出去做不出什么事业,徒然惹高人一笑,所以宁可不出去的好。"

李大老爷吩咐天长县邓知县来请,杜少卿装病,穿一件旧衣,拿手帕包了头,躺在床上。娘子笑道:"朝廷叫你去做官,你为什么装病不去?"杜少卿道:"你好呆!放着南京这样好玩的所在,留着我在家,春天秋天,同你出去看花、吃酒,好不快活,为什么要送我到京里去?"邓老爷亲自来访,杜少卿叫两个小厮搀扶着,装出十分有病的样子,路也走不稳,出来拜谢知县,一拜在地下,

十二、不应征辟的真处士

就起不来。慌得知县连忙扶起,坐下就道:"朝廷大典,李大人专要借光,不想先生病得如此,但不知何时可以勉强就道?"杜少卿道:"治晚不幸大病,生死难保,这事是一定不能的了。总求老父台代我恳辞。"袖子里取出一张呈子来递与知县,知县不好勉强,只得收下,作别而去。

邓知县回到县里,备了文书:"杜生确系患病,不能就道。"申详了李大人。恰好李大人调了福建巡抚,这事也就此罢了。杜少卿躲过了征辟,心里欢喜道:"好了!我做秀才,有了这一场结局,将来乡试也不应,科岁也不考,逍遥自在,做些自己的事吧!"

【解析】

(一)杜慎卿表面淡泊,厌弃纱帽,而内心却热衷功名,直等到他向鲍廷玺说自己一两年里科举中,就要做官,虚伪面目揭开,原形显露。如此做作,难怪韦四太爷嫌他带着点姑娘气。指引鲍廷玺去杜少卿处,是一种"以邻为壑"的自私行为。少卿尊重韦四太爷、娄老伯,不肯趋炎附势陪县官,义助裁缝料理亲丧,表现他豪放耿介的个性。

(二)杜少卿(作者自况)豪放磊落性行的充分表现:对娄太爷后事、子孙生活的安排,资助管祠堂的黄大、臧三爷、张俊民,尤其以主动安排下任知县住处一节,表现雪中送炭,勇敢正直。相反的臧三爷替人买秀才,自己补廪生,为的是图谋不法之利,做官威风,难怪少卿要骂:"你这匪类,下流无耻极了!"张俊民就是以前的张铁臂,弃侠从医,扭扭捏捏假充斯文,串通王胡子,用激将法利用杜少卿出面,送冒籍的儿子去应考秀才,又向杜少卿诈骗银子。王胡子不忠于主,做尽坏事,和鲍廷玺等人合作来骗主人的银子。杜少卿性行虽然可敬可爱,但竟然不察宵小,误交损友,缺点明晰。作者明白剖出,其中有着他自己的忏悔。

(三)娄太爷临去的一番话,语重心长,对杜少卿极为切当:"德行若好,就算没饭吃也不妨。"是为少卿终生奉行的信念。劝他去南京发展,为其后杜少卿破产移家的先声。王胡子背主拐银逃走,当然是小人劣行。少卿置之一笑,正是豪杰宽博的胸怀。

(四)少卿为娄太爷料理丧事,是他为人的厚道,携眷游山,不怕批评,是他个性的豪放。装病不应征辟,为了自由不受拘束,无可厚非,但说:"我做秀才,有了这一场结局,将来乡试也不应,科举也不考,逍遥.自在,做些自己的事吧!"看来他要借着征辟光荣来推卸一些,自我的强化仍是不够,洒脱仍是不够。

十三、泰伯祠祭祀大典

（一）不可学天长杜仪

迟衡山有一个伟大的心愿，计划着要逐步实现，那天拿出个手卷来，对杜少卿说道："我们这南京，古今第一个贤人是吴泰伯①，却没有一个专祠，那文昌殿关帝庙到处都有。小弟的意思，约一些朋友，报资兴建一所泰伯祠，春秋两季，用古礼、古乐致祭，借此大家学习礼乐，造就出一些人才，也可以有助于政教。但是建造此祠，须要数千金。我今裱了一个手卷在此，愿捐的写在上面。少卿兄，你意如何？"杜少卿大喜说道："这是应该的！"接过手卷，放开来写下"天长杜仪捐银三百两"。迟衡山道："也不少了。我把历年做馆的束修节省出来，也捐二百两。"就写在上面，又叫："华士，你也勉力出五十两。"卢华士也写在卷上。迟衡山卷起手卷收着，另外再去找人捐资。

杜少卿因辞征辟，装病在家，有好一阵子不曾出来。这日鼓楼街薛乡绅家请客，迟衡山到了，马纯上、蘧駪夫、季苇萧都在座。又到了两位客：一个是扬州萧柏泉，名树滋；一个是采石余夔，字和声，两位都是少年名士。生得面如傅粉，唇若涂朱，举止风流、

---

① 泰伯：周太王长子，泰一作"太"，有弟仲雍、季历、季历的儿子姬昌，就是后来的周文王。泰伯知太王欲立季历以传姬昌，就和弟仲雍奔来南方荆蛮，断发文身，以让季历。太伯自号句吴，荆蛮人钦敬，相从者千余家，立为吴太伯。

芳兰竟体，有两个绰号，一个叫"余美人"，一个叫"萧姑娘"。隔了一会儿，六合的翰林院侍读高老先生到了，此人最喜欢戏班里做正生的钱麻子，看到席上没有钱朋友，连说："没趣，没趣！今日满座欠雅！"

席间谈话，谈到浙江许多名士，以及西湖上的风景，娄家兄弟结交宾客的故事。余美人道："这些事我还不爱，我只爱駬夫家的双红姐，说着都齿颊生香。"季苇萧道："你是个美人，所以就爱美人了。"萧柏泉则表示最喜修补纱帽，钦佩鲁编修公，可惜去世，不得请教。蘧駬夫慨叹鲁家表叔的豪华，如今不可得，季苇萧道："駬兄，这是什么话？我们天长杜氏兄弟，只怕更胜于令表叔的豪举！"迟衡山道："两位中是少卿更好。"高翰林道："诸位谈说的，可就是赣州太守的令郎？"迟衡山道："正是，老先生也知道？"

高翰林道："我们六合和天长是接壤之地，我怎会不知道？诸公莫怪学生说，这少卿是他杜家第一个败类！他家里上几十代行医，广积阴德，家里也挣了许多田产，到了他家殿元公发达了，虽做了几十年官，却不会寻一个钱来家。到他父亲，还有本事中个进士，做一任太守——已经是个呆子了，做官的时候，全不晓得敬重上司，只是一味希图着百姓说好，又逐日讲那些'敦孝悌、劝农桑'的呆话。这些话是教养题目文章里的辞藻，他竟拿着当了真，惹得上司不喜欢，把个官弄掉了！他这儿子就更胡说，混穿混吃，和尚、道士、工匠、叫花子，都拉着做朋友，却不肯结交一个正经人，不到十年，把六七万银子弄得精光，天长县站不住，搬来南京城里，天天携他妻子上酒馆吃酒，手里拿着一个铜杯子，就像讨饭的一样！想不到他家竟出了这样的子弟！学生在家里，

十三、泰伯祭大典

往常教子侄们读书,就以他为戒,每人读书的桌子上写一纸条贴着,上面写着'不可学天长杜仪'!"

迟衡山听罢,红了脸道:"近日朝廷征辟他,他都不就。"高翰林冷笑道:"先生,你这话又错了。他果然肚里通,就该科举得中!"又笑道:"征辟难道算得上是正途出身吗?"萧柏泉道:"老先生说的是。"向众人道:"我们后生晚辈,都该以老先生之言为法。"

席散,高翰林坐轿先去。众人一路走着,迟衡山道:"方才高老先生这些话,分明是骂少卿,不想倒替少卿添了许多身份,众位先生,少卿是自古及今难得的一个奇人。"马二先生却道:"高老先生方才的这些话,也有几句说的是。"

杜少卿家居,邻居金东崖拿了自己作的《四书讲章》来请教,指着一条问道:"先生,你说这'羊枣'①是什么?羊枣,即羊肾也。俗语说,只顾羊卵子,不顾羊性命。所以曾子不吃。"杜少卿笑道:"古人解经,也有穿凿附会的,先生这话,就太不像了。"

迟衡山、马纯上、蘧馱夫、季苇萧引着萧柏泉、余和声两位来见,喝酒清谈,谈起少卿所作的诗说,迟衡山请少卿发表他说诗的要旨。杜少卿道:"朱熹解经,自主一说,也是要后人参考诸儒的说法。如今去了诸儒,只依朱注,这就是后人的固陋,与朱子不相干的,小弟遍览诸儒之说,也有一二私见请教。就如《凯风》一篇,说七子之母想要再嫁,我心里不安,古人二十而嫁,养到第七个儿子都长大了,那做母亲的也该有五十多岁,哪还有想嫁之理?所

---

① 羊枣:即羊矢枣,曾皙所嗜,虽冒枣名,其实是柿类植物。

谓'不安其室'者，不过是因衣服饮食不称心，所以七子自认奉养不足，诗中表现惭愧，这一点前人不曾发现。"迟衡山点头道："有理。"杜少卿说道："《女曰鸡鸣》一篇，先生们以为如何？"马二先生道："这是《郑风》，只是说他不淫，还有什么别的说法？"迟衡山道："就是如此，也还不能得其深味。"杜少卿道："非也。但凡士君子横了一个做官的念头在心里，便先要骄傲妻子；妻子想做夫人，做不到，就事事不遂心，吵闹起来。你看这一篇中，夫妇两个，绝无一点心思想到功名富贵上去，弹琴饮酒，知命乐天，这就是三代以上修身齐家的君子，这一点前人也不曾说道。"蘧駪夫道："这一说果然妙了！"

杜少卿又道："据小弟看来，《溱洧》之诗，也只是夫妇同游，并不是什么淫乱。"季苇萧道："难怪前日同老嫂在姚园大乐，这就是你'弹琴饮酒，采兰赠芍'的风流了！"众人一齐大笑。

当下小饮，季苇萧多吃了几杯，醉了，说道："少卿兄，你真是绝世风流。依我看，你镇日同一个三十多岁的老嫂子看花饮酒，也觉得扫兴。以你的才名，又住在这样好的地方，何不娶一个标致如君，又有才情的，才子佳人，及时行乐？"杜少卿道："苇兄！岂不闻晏子云：'今虽老而丑，我固及见其姣且好也。'娶妾之事，小弟以为最伤天理，一个人多占一个妇人，天下必将多一个无妻之客。小弟如能为朝廷立法，人生须四十无子，方许娶一妾，此妾如不生子，便遣别嫁……"萧柏泉道："先生说得好一篇'风流经济'。"迟衡山叹息道："若宰相能如此用心，天下就可以致太平了。"当下吃完了酒，众人欢笑辞别。

十三、泰伯祭大典

(二) 僵尸动起来了

为了兴建泰伯祠的事,杜少卿与迟衡山一同来拜望前辈庄先生,这庄先生名尚志,字绍光,是南京累代的读书人家。绍光先生十一二岁就会作七千字的赋,天下闻名。此时年已四十,名满一时,他却闭户读书,不肯妄交一人,这一日听说杜、迟两人前来,欢喜出迎,两人看主人时,只见他头戴方巾,身穿宝蓝夹纱袍,三绺须髯,黄白面皮,出来恭敬作揖坐下。

庄绍光赞扬杜少卿力辞征辟,说出他自己也被征辟,浙江巡抚徐穆轩先生升了礼部侍郎,举荐了庄绍光,奉旨着庄尚志来京引见,看来只好去走一趟,谈起泰伯祠大事,约好等他回来细细斟酌。

晚间家里置酒,庄绍光与娘子作别,娘子道:"你往常不肯出去,今日为什么闻命就行?"庄绍光道:"我们与山林隐逸的不同,既然奉旨召我,君臣之礼是傲不得的。你放心,我一定回来,一定不会被'老莱子之妻'①所笑。"

庄绍光启程进京,路上遇见响马劫银,亲见萧昊轩大显身手。将到卢沟桥时,有一位客人追上来攀交,这人姓卢,名德,字信侯,湖广人氏,立志收藏本朝名人文集。国初四大家中,高启(青邱)②是被祸腰斩了的,文集散失,只有京师一个人家藏有,被卢信侯

---

① 老莱子之妻:老莱子,春秋楚人,至孝,年七十,常着五色斑斓衣做婴儿戏以娱亲。楚王欲召,老莱子之妻表示不应为人所制,离去,老莱子果然不应王召,随妻归隐江南。

② 高启:明代学者,有文武才,自号青邱子。后因所作上梁文触怒明太祖,被腰斩死。

· 193 ·

访得，亲来京师，重价购得。正待要回家去，闻朝廷征辟了庄绍光，倾慕庄先生是当代名贤，故来相见。庄绍光与他就客店同住一晚，谈了一夜，谈起高青邱文字，其中虽然并无毁谤朝廷的言语，但因太祖恶其为人，著作被禁，劝卢信侯应知国家禁令所在，不可不知避忌，这高青邱的文集就不看也罢。又指示读书一事，应当由博而返约，总以心得为主，约了以后来南京相见，次早分别。

庄绍光进得京师，住在护国寺，徐侍郎来拜。嘱他赶紧料理，恐怕三五日内就要召见。过了几天，内阁抄出圣旨来，庄尚志着于初六日入朝引见。

到了初六日五鼓，羽林卫士，摆列在午门之外，设了全副卤簿，用的是传胪仪制，各官都在午门外候着，只见百十道火把亮光，知道是宰相到了，午门①大开，各官从掖门进去。过了奉天门，进到奉大殿，里面一片天乐之声，隐隐听见鸿胪寺唱排班。净鞭三响，内官一队队捧出金炉，焚着龙涎香，宫女们持扇，簇拥着天子升了宝座。庄绍光戴着朝巾，穿了公服，跟在班末，高呼舞蹈，朝拜了天子。当下乐止朝散，那二十四个驮宝瓶的大象，不牵自走，真是壮观。庄绍光回到住处，徐侍郎来拜，叮嘱在寓静坐，恐怕不日又要召见。过了三天，又送了一个抄出的上谕来："庄尚志着于十一日便殿朝见，特赐禁中乘马，钦此。"

到了十一日那天，徐侍郎送庄绍光到了午门，别过，自在朝房等候。庄绍光独自走进午门，只见两个太监，牵着一匹御用的马，请庄绍光上骑，两个太监跪着坠镫②，候庄绍光坐稳了。

---

① 午门：北京紫禁城的正门，俗称五凤楼。
② 坠镫：侍候上马。

十三、泰伯祭大典

两个太监笼着缰绳,那扯手都是赭黄颜色,慢慢地走过了乾清门。到了宣政殿门外下马,殿门又有两个太监,传旨出来,宣庄尚志进殿。

庄绍光屏息进去,天子便坐在宝座,庄绍光上前朝拜了。天子道:"朕在位三十五年,幸托天地祖宗,海宇升平,边疆无事,只是百姓未尽温饱,士大夫亦未见能行礼乐。这教养之事,何者为先?所以特将先生起自田间。望先生悉心为朕筹划,不必有所隐讳。"庄绍光正要奏对,不想头顶心里一点疼痛,着实难忍,只得躬身奏道:"臣蒙皇上清问,一时不能条奏;容臣细思,再为启奏。"天子道:"既如此,也罢。先生务必为朕细心设计,只要是可行之事,宜于千古而又有便利于今世就行!"说罢,起驾回宫。庄绍光出了勤政殿,太监笼马送出午门,徐侍郎接着同去。

到了住处,除下头巾,发现里面有一只蝎子,庄绍光笑道:"小人原来就是此物,看来我道不行了!"次日卜筮,筮得一个"天山遁"。自言道:"是了!还是归隐最好!"就把教养之事,细细作了十策,又写了一道恳求恩赐还山的本章,从通政司送了进去。

此后庄征君之名,哄传京师,九卿六部的官,无一个不来拜望请教,搞得这位庄征君不耐烦,又只得上各衙门去回拜。大学士太保公向徐侍郎表示,想要庄征君拜在他门下,侍郎转告太保公雅意,那庄征君无意于官,婉拒了。又过了几天,天子在便殿向太保道:"庄尚志所上的十策,朕细看,学问渊深。这人可用为辅弼吗?"太保奏道:"庄尚志果是出群之才,蒙皇上旷典殊恩,朝野欣悦,但若不由进士出身,跻身公卿,我朝祖宗,无此法度,且开天下以幸进之心。恐有不妥!"天子叹息了一回,随教大学士传旨:"庄尚志允令还山,赐内帑银五百两,将南京玄武湖赐予庄尚志著书立说,鼓吹休明①。"

圣旨传出,庄征君午门谢恩,辞别了徐侍郎,收拾南返,满朝官员都来饯送,庄征君都辞了。叫了一辆车,出彰仪门来。那日天气寒冷,多走了几里路,找不到宿处。只得走小路,到一个人家去借宿,那家只有一间屋,一对七十多岁的夫妻住着,不幸老妻死了,没钱买棺,现停在屋里。庄征君无奈,只好将车停在门外,小厮露天睡在车上,庄征君与那老翁同睡一炕。

庄征君睡不着,到了三更之后,见那老妇人的尸首,渐渐动起来,庄征君大惊,细看那手也动起来了,像是要坐起来的样子。庄征君以为老妇人活了,忙去推炕里睡的老爹,推不醒他,十分奇怪,坐起来看时,那老翁竟然已是死了。再看那老妇人已站了起来,直着腿,白瞪着,竟是成了僵尸。庄征君连忙奔出门外,叫起车夫,把车顶着门,不放僵尸出来。他独自在门外徘徊,心中懊悔道:"我若坐在家里,不出来走这一番,今日也就不会受这一场虚惊!"又想道:"生死也是常事,毕竟我学养的义理不深,所以会害怕。"定神坐在车上,等到天明,看那僵尸倒了,一间屋里,横着两具尸体。庄征君心下感伤,两个老人家,穷苦如此。到前面市井,拿出几十两银子来买了棺木,市上雇人抬来,把两人殓了,又买了一块地,看着埋葬了,买些牲醴纸钱,自作一篇祭文,洒泪祭奠。一市上的人都来罗拜在地道谢。

到了台儿庄,换船来到扬州,在钞关住了一日,次日要行,岸上二十多乘轿子,都是两淮总商,前来拜候。内中就有萧伯泉,赞扬庄征君抱负大才,要从正途出身,不屑这征辟,这番见过皇上,

---

① 休明:德美而明。

今后鼎甲有望。庄征君谦逊谢了，表明绝无不屑征辟之意，只是志在山林。会过了这批人之后，跟着又是盐院来拜，盐道来拜，分司来拜，扬州府来拜，江都县来拜，把庄征君闹得急了，吩咐快快开船。当晚盐行总商凑齐了六百两银子来送行，没想到船已去得远了。

到了燕子矶，庄征君欢喜道："我今日又见江上佳丽了。"回家见了娘子，果然实践诺言，不曾留京做官，娘子也笑了，当晚准备酒洗尘。

第二天起，消息传开，先是六合高翰林来拜，跟着布政司来拜，应天府来拜，驿道来拜，上江二县来拜，本城乡绅来拜，搞得庄征君穿了靴又脱，脱了靴又穿。庄征君恼了，向娘子道："为什么住在这里和这些人缠？我们作速搬到湖上去受用！"连夜搬去玄武湖里。

这湖极宽阔，和西湖差不多，左边台城可望鸡鸣寺。湖中菱、藕、莲、芡，每年出产几千石。湖内七十二只打渔船，南京全城每早卖的都是这湖的鱼。湖中五座大洲，四座洲贮了图籍，中间洲上，一所大花园，赐予庄征君住，有几十间房子。园里合抱的老树，梅杏桃李，芭蕉桂菊，四时不断的花；又有一园竹子，有数万竿。园内轩窗四启，看着湖光山色，真如仙境。门口系一只船，便是到湖岸的交通工具，若是收了这船，外边飞也飞不过来。

庄征君住花园，同娘子凭栏看水，享受湖光山色，那一日卢信侯来访，留下备酒同饮，吃到三更时分，小厮来报，中山王府发了几百兵，上千支火把，把七十二只渔船都拿了，渡过兵来，已把花园团团围住。庄征君大惊，又有小厮来报，总兵大老爷求见，急忙迎出，方知是卢信侯家藏高青邱禁书，被人告发，闻知此人武勇,故而发兵来捉。庄征君道:"我明日叫他自己投案,如果走了,由我负责!"那总兵尊重庄征君,只得答应。

卢信侯知道了,果然自去投案。庄征君悄悄写了十几封信,打发进京,遍托朝里的大老,从部里发出文书来,把卢信侯放了,反把那检举的人问了罪。卢信侯来谢庄征君,又留在花园住下。

(三) 标准的真儒虞博士

庄征君、杜少卿、迟衡山三人,将秦伯祠祭祀所行的礼乐,商定得端正,跟着商议主祭之人,迟衡山道:"这所祭的是个大圣人,须是个圣贤之人来主祭,方为不愧。"说出一个了不起的人来。

应天苏州府常熟县有一乡村,叫麟绂镇,镇上二百多人家务农,只有一位姓虞的老秀才,在镇上教书,活到八十多岁去世。他儿子也是教书为业,中年尚无子嗣,去文昌帝君座前求,梦见文昌递一纸条与他,上写《易经》一句:"君子以果行育德。"果然就得了一子,取名育德,字果行。虞育德三岁丧母,父亲替他开蒙。其后镇上祁太公请虞太翁到家教读,教儿子读书,四年之后,虞育德十四岁,虞太翁得病去世,临危把儿子托与祁太公。祁太公道:"这虞小相公与众不同,如今先生去世,我就请他做先生教儿子的书。"自此十四岁的虞育德就在祁家教书,教的是祁家九岁的儿子。

常熟云晴川先生,古文诗词,天下第一,虞育德到了十七八岁,就随着学诗文。祁太公又教他地理、算命两项寻饭吃的本事,又劝他出去应考。虞育德果然买些考卷来看,到了二十四岁出去应考,就进了学。第二年被二十里外杨家村请去教书,每年三十两银子。

十三、泰伯祭大典

正月到馆，到十二月仍回祁家来过年。又过了两年，祁太公替他完婚，是虞太翁在世时定下的黄家姑娘。婚后两年，积得二三十两馆金，就在祁家旁边寻了四间屋，搬进去住。

虞育德三十二岁那年，没有馆教，娘子担心，他说："不妨，我教书坐馆，每年大约总是三十两银子。假使哪一年正月里说定只有二十两，我担心不够，到了四五月，少不得又会添两个学生，或是来请看文章的，有几两银子补足此数。假使哪一年多得几两银子，心里欢喜以为有余，偏偏家里就会有事，把这几两银子用完。由此可见一切都有定数，不必去担心。"

果然祁太公介绍，远村郑姓人家请去看葬坟。虞育德带了罗盘，用心看过，郑家谢他十二两银子。叫只小船回来，河中忽然遇见一人投河，急忙叫船家救起，问起情由，方知是庄稼人贫穷，父死无力殡葬，惶急寻死。虞育德送他四两银子，那人谢去了。虞育德回到家，下半年又有了馆，生了个儿子，因为感激祁太公，故而取名叫作感祁。

四十一岁那年乡试，祁太公说他多积阴德，必然高中。南京乡试回来，受了风寒，生病在家，发榜时果然中了举。病好之后，上京会试，不曾中进士。恰好常熟有一位大老康大人放了山东巡抚，约虞育德去任上，代作诗文，宾主甚是相得。衙里的同事尤资深拜为弟子。那年天子太诏求贤，康大人也想荐一位，尤资深要求康大人荐虞老师，虞育德说征辟不敢当，况且举荐全在康大人，若去求他，那就不是品行了。尤资深又出主意，道是求得康大人荐了，虞老师辞了官爵回来，更见高明。虞育德道："你这话又说错了，我若求他荐我，荐到皇上面前，我又辞官不做，可见求他举荐不是真心，辞官也不是真心，这算是什么呢？"

儒林外史：书生现形记

山东两年，进京会试不中，回江南来依旧教馆，一直到五十岁，再进京会试，这科就中了进士，殿试在二甲①，朝廷要将他选做翰林。哪知这些进士，也有五十岁的，也有六十岁的，履历上写了的都不实在，只有他写的实在年庚五十岁。天子见了，说道："这虞育德年纪老了，派他去一个闲官吧。"当下就补了南京国子监博士。

虞博士出京时，翰林院侍读有位王先生托他："南京国子监，有位贵门人，姓武名书，字正字，这人事母至孝，极有才情。老先生到彼，照顾照顾。"虞博士到了南京，参见了国子监祭酒李大人，回来公座升堂，监里门生拜见，就见着了武书。由武书口里得知，他是一个孤儿，乡居奉母，家贫艰困，母亲在时不能出来应考。其后母亲去世，丧葬之事，全仗天长杜少卿相助。现在武书正跟着杜少卿学诗。

武书因为家贫，一切衙门使费没有着落，所以还不曾为亡母申请表扬。虞博士一来，就主动替他办，而且告诉书办，上房使用，都由虞博士出。虞博士心仪庄征君、杜少卿，分别去拜。当年杜府殿元公在常熟，曾收虞博士的父亲为门生，殿元公是少卿的曾祖，所以少卿称虞博士为世叔。两人相见十分投契。虞博士去拜庄征君，不曾见着。杜少卿去玄武湖问，庄征君笑道："我因谢绝了这些冠盖，他虽是个小官，也懒得和他相见。"杜少卿道："这人大大不同，不但没有学究气，尤其没有进士气。他的襟怀冲淡。上而伯夷柳下惠，下而陶靖节一流人物。"说得庄征君霍然动容，就去回拜，两人一见如故。虞博士爱庄征君的恬适，庄征君爱虞博士的浑雅。

---

① 二甲：二等。

十三、泰伯祭大典

两人结成为性命之交。

虞博士为公子完婚，所聘就是祁太公的孙女，祁府陪了一个丫头过来，自此虞夫人才有使女可用。喜事完毕，虞博士把使女配给了姓严的管家，管家拿出十两子来交使女身价。虞博士道："你也要备些床帐衣服，这十两银子就算我与你的，拿去备办吧！"管家磕头谢了下去。

新春正月，虞博士到任后亲栽的红梅开花，在家约请杜少卿。正谈着，来了两个国子监学生，一个储信，一个伊昭，坐下吃了几杯酒，储信说要为老师发帖子做生日，收些份礼过春，虞博士说生日是在八月，此时不宜，伊昭说不妨，正月做了生日，八月还可再做，虞博士道："岂有此理，这就是笑话了，二位且请吃酒。"

虞博士对杜少卿道："少卿，前日中山王府里，就他家有个烈女，托我作一篇碑文，折了个礼金八十两在此，我今转托了你，把银子拿去，作看花买酒之资！"杜少卿道："这文难道老叔不会作？为什么转托我？"虞博士笑道："我哪有你的才情？还是你拿去作！"因在袖里拿出个节略来，递与杜少卿，叫家人把两封银子交与杜老爷家人带回去。

坐了一会儿，虞博士的表侄汤相公来见，虞博士到南京来，家里的几间房子托他住着照看。这会儿来见，老实报告，因为这半年没钱用，把那房子拆卖了，虞博士道："这怪不得你，今年没生意，家里也要吃用，没奈何卖了，又老远的路来告诉我做什么？"汤相公道："我拆了房子，就没处住，所以来同表叔商量，借些银子当几间屋住。"虞博士又点头道："是了！你卖了房就没处住，我这恰好还有三四十两银子，明日给你拿去，典几间房住也好。"那汤相公就不再说什么了。杜少卿告别之后，尹昭问老师跟杜少卿是什么关系，虞博士说是世交，少卿是个极有才情的。伊昭道："门生也不好说，南京人都知道他本是个有钱的人，而今弄穷了，在南京躲着，专好扯谎，骗钱，最没有品行！"虞博士问他什么事没品行，伊昭说他时常同着妻室上酒馆吃酒，所以人家都笑他。虞博士道："这正是他风流文雅之处，俗人怎能了解？"

储信道："这也罢了，倒是老师下次有什么有钱的诗文，不要寻他做。他是个不应考的人，作出来的东西也有限，怕会坏了老师的名。我们这监里有多少考得起来的朋友，老师托他们作，又不要钱，又好。"虞博士正色道："这倒不然，他的才名，是人人都知道的。作出来的诗文，无人不服。时常有人在我这里托他作诗，我还沾他的光。就如今日这银子一百两，我还留下二十两给我表侄。"两人这才不敢再说了。

第二天，应天府送下一个犯赌博的监生来，门斗来禀，问要将他锁在哪里，虞博士吩咐请他进来。那监生姓端，是个乡下人，走进来流泪下跪，诉说冤枉，虞博士留他在书房里，同他一桌吃饭，又拿出行李给他睡觉。次日到府尹处替他辩明了，将他释放，那监生叩谢道："门生虽粉身碎骨，也难报老师的恩。"虞博士道："这有什么要紧？你既是冤枉，我原该替你辩白的。"

那监生道："辩白固然是老师的大恩，只是门生初来收管时，心中疑惑，不知老师要怎样处置，门斗怎样要钱，把门生关到什么地方受罪。万想不到老师门生待作上客，门生不是收管，竟是来享了两天的福！这个恩典，叫门生怎能感激得尽？"

十三、泰伯祭大典

（四）盛世礼乐今朝重见

南京泰伯祠落成大祭，各地贤人、名士齐集，共襄盛举。那秦伯祠坐落在南门之外，几十层高坡上去，一座大门，左边是省牲之所。大门过去，一个大天井。又几十层高坡上去，三座门。进去一座丹墀。左右两廊，奉着从祀历代先贤神位。中间是五间大殿。殿上泰伯神位，面前供桌、香炉、烛台。殿后又一个丹墀，五间大楼，左右两旁，一边三间书房。

这次大祭，主祭的虞博士，亚献的庄征君，终献的马二先生，共三位。大赞的金东崖，副赞的卢华士，司祝的臧荼，共三位。引赞的迟均、杜仪，共二位。司麾的武书一位，司乐的季苇萧、辛东之、余夔，共三位。司玉的蘧駪夫、卢尔德、虞感祁，共三位。司帛的诸葛天申、景兰江、郭铁笔，共三位。司棱的萧金铉、储信、伊昭，共三位，司馔的季恬逸、金寓刘、宗姬，共三位。还有金次福、鲍廷玺二人领着司理各种仪礼器具、乐器的孩子，舞佾舞的孩子共是三十六人，总共执事七十四人。典礼全依古礼进行，庄严肃穆，一时盛况。南京城里城外，百姓扶老携幼，前来观看，欢声雷动，都说生长在南京，也有活了七八十岁的，从不曾看见过这样的古礼、古乐盛况。又有人说这位主祭的老爷是一位神圣临凡，所以引得万众争着来看。

大典之后，各地名士纷纷赋归。季苇萧、辛东之、金寓刘，来辞了虞博士，回扬州去了；马纯上和蘧駪夫来河房向杜少卿辞别，要回浙江，蘧駪夫看到张俊民和臧荼在座，识得这张俊民就是昔年用假人头骗娄家表叔的张铁臂，悄悄告诉了杜少卿，嘱他留神。

两人作别去后，杜少卿向张俊民道："俊老，你以前曾叫作张铁臂么？"张铁臂红了脸道："小时候有这个名字。"见被人识破，存身不住，过了几天，拉着臧蓼斋回天长去了。

萧金铉、诸葛天申、季恬逸三人欠了店账和酒饭钱，不能回去，来寻杜少卿。杜少卿替他三人赔了几两银子，三人各自回家去了。宗先生要回湖广，拿行乐图来请少卿题，少卿当面题了，送别了去。

武书来告诉杜少卿监里六堂会考，他考了一个一等第一，又说出一些有关虞博士的奇事，这回朝廷降旨，要甄别在监读书人，六堂会考，严禁作弊，搜查极是严格。有个习《春秋》的朋友，竟夹带了一篇刻印的经文进去，出恭的时候，糊里糊涂把经文夹在卷子里送上堂去。天幸遇着虞老师，揭卷看见，连忙拿了藏在靴筒里，巡视的人问是什么东西，虞老师说是不相干的。等那人方便了回来，悄悄递与他，叫他拿去写。那人吓得个臭死，发案考在二等，来谢虞老师，虞老师推说不认得，对他说："并没有这回事，想是你昨天认错了，并不是我。"武书亲眼看见此事，问老师为何不认，难道他还不该来谢？虞老师道："读书人全要养其廉耻，他没奈何来谢我，我若再认了，他就更无容身之地了。"武书问这位监生姓名，虞老师也不肯说，杜少卿赞道："这也是他老人家常有的事。"武书道："还有一件事更可笑，他家世兄陪嫁来一个丫头，许配给了姓严的管家。那奴才看见衙门清淡，没钱好赚，前日就辞了要去。虞老师不但不问他要丫头的身价，反而说道：'你两口子出去也好，只是房钱、饭钱都没有。'又给了他十两银子，打发出去，随即又把他荐在一个知县衙门里做长随。你说好笑不好笑？"杜少卿道："这些做奴才的，有什么良心！但老人家赏他银子，并不是有心要人说好，所以特别难得。"

【解析】

（一）迟衡山倡建泰伯祠，以隆礼制乐来挽救人心，杜少卿的赞助，两人的心志表现可敬。杜少卿反对娶妾，解诗能够不拘于旧注，发表创见，是他卓尔不群的优秀表现。高翰林批评少卿，说征辟不如正途出身，可见固陋。马二先生以为高翰林批评少卿也有几分说得是，那是他固执积习未除。金东崖将羊枣误为羊肾，浅陋可笑。

（二）太保公要延揽庄绍光拜在他的门下，朋比结党，显然搞小集团的私心；其后在皇帝面前阻挠重用庄绍光，党同伐异，卑劣可见。庄绍光知难洁身而退："我道不行"一句，点明了他的委屈失望；终于不受人制，不为老莱子之妻所笑，是他的高明之处；殡殓平民夫妇，义行足式；僵死一段自愧学养义理不深，尤其可见他能自省再进，素养浑雅。卢信侯只因一本禁书，就被数百名兵众围捕，反映清时文字狱的严重；庄绍光助他脱困，道义风范，不愧是读书明理的人。

（三）虞博士的真儒典型：知命不忧，以贫士所得助人殡葬；不肯求人荐举，不愿以辞征辟而自高，诚实不瞒年纪，甘做闲官，对管家、表侄的宽厚，以身作则，教导生徒，保留士子颜面，为他辩白，优待使之安心感激。从这许多事件中，可以了解虞博士的淡泊笃厚，不愧是作者笔下宣扬的第一等人。庄征君谢绝冠盖，几乎误失了虞博士这位性命之交，是他的疏忽。储信、伊昭两个读书人的恶劣，要替老师做生日收份子钱，还说正月做了八月还可再做，难怪被虞博士面斥为岂有此理的笑话；建议老师莫要找杜少卿代笔，是一种酸葡萄心理，为的是要老师照顾他两人，让他们得些好处。

（四）泰伯祠大祭，盛世礼乐重见，是为作者眷恋儒家至善社会的意识表现。诸葛天申、萧金铉、季恬逸，三人流落异地，得杜少卿义助还乡，显示士人在科举失意之后降志辱身、衣食不继的可悲。虞博士的管家势利求去，不以为忤，反替他安排工作；考场作弊，不予检举，保留士人的自尊，正如杜少卿所说，他做这些事纯是素养行为的自然表现，全无沽名钓誉的念头，所以特别难能可贵。

十四、奇女子和大将军

（一）不屈不挠的沈琼枝

话说上文介绍过的少年英雄萧云仙，做了江淮卫守备，其后奉到粮道文书，押粮赴淮。萧云仙上了船，到了扬州，正在钞关上挤马头，忽听得后面一只船上有人叫他，回头看时，竟是昔年在青枫城边荒地区教读的沈大年先生。喜出望外，问时方知沈先生将小女许嫁给扬州宋府，这番是送女完婚来的。当下行色匆匆，谈了几句，作别开船。沈先生领着他的女儿沈琼枝，落在大丰旗下店里，伙计通报盐商宋为富，宋家打发家人来说，老爷叫把新娘就抬到府里去，沈老爷留在下店住着款待。

沈先生见状不妙，说出这情形既不是择吉过门，很可能只是娶妾的样子，沈琼枝安慰父亲，既未立下文书，得他身价，怎肯就此不明不白地过去做小？如今不如先去到他家再见机行事。当下打扮起来，一乘轿子抬来宋府，门口果然毫无动静，只叫她下了轿，走水巷里进去。沈琼枝一直走到大厅，坐下说道："请你家老爷出来，我常州姓沈的不是什么'低三下四'[①]的人家！他既要娶我，为何不张灯结彩，择吉过门，把我悄悄地抬了来，当作娶妾的一般！我且不问他要别的，只叫他把我父亲亲笔写的婚书

[①] 低三下四：地位低微，或低声下气。

拿出来与我看！"

　　家人吓了一跳，报与宋为富，宋为富红着脸道："我们盐商人家，一年至少也娶七八个妾，都像这般淘气，那日子还能过？她既来了，不怕她飞上天去！"叫请新娘进房，自己暂且躲开。第二天叫下店兑五百两银子给沈老爷，叫他回去。沈先生一听这话，分明是拿女儿做妾，这还得了，立刻到江都县告了一状。哪知县看了呈子，说道："沈大年既是常州贡生，也是衣冠中人①，怎肯把女儿与人做妾？盐商豪横以至于此！"收了呈状。宋家知道了，急忙用钱打点，次日呈子批出来道："沈大年既将女儿琼枝许配宋为富为正室，何以自行私道上门？显系做妾可知，状词不准！"沈大年又补了一张呈子，知县大怒，说他是个"刁健讼棍"②。一张批，两个差人，押解他回常州去了。

　　沈琼枝在宋家过了几天，不见消息，想着对方一定是先安排了父亲，再来和自己纠缠，不如先离开他家，再作道理。将房里的金银器皿，珍珠首饰，打了一包，穿上七条裙子，扮着小老妈，买通丫鬟，五更时分，后门走出。想着若回常州，恐惹故乡人家耻笑，不如径去南京大地方见识见识。到了南京，住在利涉桥，挂起一个招牌，写着："毗陵女士沈琼枝，精工刺绣，写扇作诗。寓王府塘手帕巷内。赐顾者请认毗陵沈招牌便是。"

　　杜少卿在庄征君处，遇见了表叔庄濯江和他的儿子庄非熊，还有卢信侯。庄濯江就是庄征君的侄儿，也是个奇人，四十年前在泗州和人合本开典当铺，那合伙的人穷了，他就把自己经营的

---

① 衣冠中人：士大夫，缙绅。
② 刁健讼棍：刁顽，喜欢打官司的恶棍。

两万金和典当拱手相让。自己一肩行李，跨一头驴子，十数年来，往来楚越，转徙经营，又赚得数万金，才买了产业，独力替他尊人治丧，不要同胞兄弟出一个钱，老朋友死无所归，他就出钱殡葬。他又是庄征君父亲的学生，遵守师训，最是敬重文人。现在南京，拿着三四千银子，在鸡鸣山修曹武惠王庙。

沈琼枝自来南京，挂了招牌，也有来求诗的，也有来买斗方①的，也有来托刺绣的。一些好事的恶少，纷纷传闻，前来物色。这一日是七月二十九清凉山地藏王佛事胜会，南京满城大摆香花灯烛，沈琼枝烧香回来，后面跟着百十多个男人，恶少们跟着调戏，她就怒骂。被庄非熊看见，来告诉杜少卿。

杜少卿偕同武书一齐来访沈琼枝，沈琼枝看见两人气概不同，连忙拜了万福②，坐下介绍。沈琼枝道："我在南京半年多，凡到我这里来的，不是把我当作倚门之娼，就是疑我为江湖之盗。今见二位先生，既无狎玩我的意思，又无疑猜我的心肠。我平日听见家父说：'南京名士甚多，只有杜少卿先生是个豪杰。'这句话不错了，但不知夫人是否也在南京？"杜少卿道："拙荆③也同寄居在河房内。"沈琼枝道："我就到府去拜谒夫人，好将心事细说。"

沈琼枝来到杜府，在杜娘子面前双膝跪下，娘子大惊扶起，沈琼枝便把盐商骗她做妾，她拐了东西逃出来的事说了一遍，但恐盐商那边追踪而至，请杜家夫妇赐以援手，杜少卿慨然应允。

果然差人来捕，杜少卿检出自刻的诗集，又封了程仪四两银子，

---

① 斗方：一尺左右的书画。
② 万福：妇人裣衽行礼时多称万福。
③ 拙荆：向人称自己的妻。

武书写诗一首,都拿来赠予沈琼枝。带到县里,知县看她容貌不差,问她为何偷窃宋家银两潜踪来此。沈琼枝道:"宋为富强占良人为妾,我父亲告了他,他竟买通知县,把我父的状子判输了,这是我不共戴天之仇,况且我虽不才,也颇知文墨,怎肯嫁与市侩①做妾,故此逃了出来……"

知县以堂下槐树为题,试她才情,沈琼枝不慌不忙,吟出一首七言八句的律诗来,又快又好。知县叫原差到她下处取了行李来,当堂查点,看到杜少卿所赠的诗集,程仪、武书所题,知她也和本地名士唱和。签了批,备文吩咐原差将沈琼枝押回江都县。

这位知县与江都知县是同年相好,另外写了一封信,装入公文之内,托他开释此女,判还她的父亲沈大年,另行择婿婚配。一场才女的坎坷,总算能有差强人意的了结。

(二)汤家的三个汤包

沈琼枝被押回扬州,船上另有两个妓女——细姑娘和顺姑娘——被一个汉子送到仪征开妓院的王义安处。一进妓院,王义安吩咐两个粉头参见汤六老爷,看那六老爷时,头戴一顶破头巾,身穿一件油透的元色绸袍,脚底一双旧尖头靴,一副大黑麻脸,两只溜骨碌眼睛。洗手之际,自己把两只袖子只管往上勒,文不像文,武不像武。两个粉头过来奉承,六老爷把两个姑娘拉着,一边一个,同在板凳上坐着;拿一双黑油油的肥腿来搭在细姑娘腿上,把细姑娘雪白的手拿过来摸他的黑腿。吃过茶,拿出一袋

---

① 市侩:唯利是图的商人。

十四、奇女子和大将军

槟榔来乱嚼,渣滓淌出满胡满嘴,左右擦偎,都擦在两个姑娘的脸上,姑娘们拿汗巾来揩,他又夺过去擦胳肢窝。

王义安问边地有没有什么消息,六老爷道:"怎么没有?前天还打发人来,在南京做了二十首大红缎子绣龙旗,一首大黄缎子坐纛①。这一个月就要进京,到九月霜降时祭旗,万岁爷做大将军,我家大老爷做副将军,两人并排在一条毯上站着磕头。磕过了头,就做总督。"

有嫖客来会细姑娘,六老爷也不在乎,叫那嫖客出钱买酒菜来同吃,猜拳闹酒,六老爷哑着喉咙唱曲,叫细姑娘唱,细姑娘只是笑,不肯唱。六老爷道:"我这脸是帘子做的,要卷上去就卷上去,要放下来就放下来……"吓得细姑娘只得唱了几句。巡街的王把总进来,见六老爷在座,不便打官腔,一同坐下吃酒。

次日六老爷在妓院摆酒,替汤府两位公子饯行,往南京去应考。六老爷给的银子不够,妓院主人王义安忙说酒席情愿效劳。下午时分六老爷同大爷、二爷来,头戴恩荫巾,一个穿大红洒线袍,一个穿藕褐洒线袍,脚下粉底皂靴,带着四个小厮,大白天提着两对灯笼,一对上写"都督府",一对上写"南京乡试"。

席间汤大爷谈科场的事,说贡院前先放三炮开栅栏,又放三炮开大门,再放三炮开龙门。公堂摆香案,应天府尹行礼,站起来用两把遮阳遮脸,布政司书办跪请三界伏魔大帝关圣帝君进场镇压,请周将军进场巡场,放开遮阳,大人又行了礼。布政司书办跪请七曲文昌开化梓潼帝君②进场来主试,请魁星老爷进场来放

---

① 纛:军营里的大旗。
② 七曲文昌开化梓潼帝君:神名,掌文昌府事,司人间禄籍。

· 211 ·

光。请过了文昌,大人朝上打恭,书办跪请各举子的功德父母。说到这里,六老爷问什么是功德父母,二爷道:"功德父母是人家中过进士、做过官的祖宗,方才请了进来;若是那考老了的秀才和百姓,请他进来做什么?"大爷又说每号门前有红旗、黑旗,红旗下是给下场人的恩鬼蹲的,黑旗下是给下场的怨鬼蹲的。六老爷道:"像我们大老爷在边疆,积了多少功德,活了多少人命,大爷、二爷的恩鬼,只怕多得红旗下蹲不下!"大爷说了个场里怨鬼妓女报怨的事,害得那人卷子染墨,科举不成,又害大病。两个姑娘听了拍手答道:"大老爷作践姑娘,他若进场,我两个就是他的怨鬼。"笑闹一场,六老爷哑着喉唱小曲,大爷、二爷拍着腿也唱。

大爷、二爷在船上猜题,大爷道是去年老人家在贵州征服了一洞苗民,一定是这题,二爷道:"贵州的事就要在贵州科场出。"大爷道:"如果不是此题,那就只有求贤、免钱粮两题了。"两人到了南京,催家人准备考场用品:方巾、考篮、铜铫、号顶、门帘、火炉、烛台、烛剪、卷袋。又料理场中食物:月饼、蜜橙糕、莲米、龙眼肉、人参、炒米、酱瓜、生姜、板鸭。进场归号,考了出来,都累倒了,每人吃了一只鸭子,睡了一天。

鲍廷玺带了戏班来演戏叩贺。大爷、二爷又同他去访葛来官,大爷留在葛来官处喝酒吃螃蟹,没想到邻居外科周先生恼怒葛来官家的大脚三[①],不该把螃蟹壳倒在他家门口,大骂葛来官。正在吵闹,汤府管家来报,二爷和鲍廷玺在东花园鹫峰寺遇着流氓,把衣服都剥了,姓鲍的溜了,二爷被人关了起来。汤大爷急忙赶

[①] 大脚三:南京话,指大脚妇人。

去相救,救出二爷,对方看大爷雄壮,又打着"都督府"的灯笼,不敢招惹,各自散去。过了二十多天发榜,弟兄两个都没中,足足气了七八天,领出落卷来,汤由大爷三本,汤实二爷三本,文上都看不到一个红圈,两弟兄大骂考官不通。

(三)立功将军连降三级

贵州镇远府汤镇台处来函,说是生苗近日有蠢动迹象,叫两个儿子速来镇署。大爷、二爷启程,六老爷来送行,说道:"听说我们老爷出兵征讨苗民,苗人平定,明年朝廷必定开科,大爷、二爷一齐中了,我们老爷封了侯,那一品的荫袭,料想大爷也不稀罕,就求大爷赏了我,等我戴了纱帽,细姑娘也好怕我三分。"大爷道:"六哥!我挣一顶纱帽,单单去吓细姑娘,又不如把这纱帽赏与乌龟王义安了。"

六老爷带来一位叫臧歧的人,是杜少卿荐来的,一向在贵州做长随,贵州的山僻小路,他都认得。王汉策奉了东家万雪斋之命来见,托大爷、二爷在路上照应盐船,结果在江上盐船被抢,大爷、二爷叫朝奉向地方官衙告状,地方官彭泽县令反说不是抢劫,是押船的家人偷卖盐斤,将舵工等人恶打一番,亏得朝奉托人到汤少爷船上求情,汤大爷拿帖子来说,知县才装模作样放了人。

到了贵州镇远府,太守雷骥正与汤镇台商议,生员冯君瑞被金狗洞苗酋别庄燕捉去,勒索五百两赎金。雷太守主张由土司去苗洞晓谕,汤镇台主张用兵。意见不一,禀明上司,过了几日,总督批示下来:"仰该镇带领兵马,剿灭逆苗,以彰法纪。"

汤镇台接到批禀,即刻把府里兵房书办叫来,给他五十两大

儒林外史：书生现形记

银一锭，叫他在府里知会文中把"带领兵马"写作"多带兵马"。书办果然照办。汤镇台调动兵马。估计造反苗民的大本营在野羊塘，必须出奇制胜，幸得臧歧认得一条小路，从香炉山爬过去，从铁溪里抄到苗洞后面。那苗酋正在苗洞饮酒作乐，冯君瑞本是一个奸棍，娶了苗女为妻，翁婿两个，万想不到天朝兵马突至，措手不及，苗兵死伤过半，苗酋同冯君瑞从小路逃去别的苗洞。汤总镇会合各军后在野羊塘扎下营盘，估计苗酋夜晚会来劫营，吩咐准备。到晚上苗酋果然带领了竖眼洞的苗兵前来，扑了一空，中伏大败。

汤总镇大胜，回到镇远府，雷太守恭喜，问起苗酋别庄燕与冯君瑞的下落，汤镇台疏忽，未将首领擒得，心里难免不安。捷报上去，总督批示下来，果然是专问别庄燕、冯君瑞两名要犯："务须刻期拿获解院，以凭奏报朝廷。"汤镇台无计可施，幸得臧歧自称识生苗路径，请求前去打探。

臧歧去了九日，回来禀报，探得苗酋与冯君瑞现在白虫洞。镇远府有个风俗，说正月十八日，铁溪龙神嫁妹，那妹子生得丑陋，怕人看见，龙神派遣虾兵蟹将送嫁。这一天人家都要关门不许外出张看，若是违了神意，就有疾风暴雨，平地水深三尺，淹死人民无数。镇远府这一风俗相传已久，此时苗酋等计划在这一日，扮着鬼怪，混入镇远都督衙门来打劫报仇。

汤镇台听报，将计就计，预作布置，吩咐家丁装扮鬼怪，埋伏等待，果然别庄燕、冯君瑞中计，落网被擒。解到府里，雷太守请出王命旗牌、尚方剑[①]，将别庄燕和冯君瑞枭首示众。

---

① 尚方剑：皇帝用的剑。

十四、奇女子和大将军

报捷本章,送进京去,结果奉到上谕:"汤奏办理金狗洞苗民一案,率意轻进,糜费钱粮,则降三级调用,以为好事贪功者戒,钦此!"汤镇台看抄报,长叹一声。不久部文到了,新官到任,交代了之后,汤镇台带着两位公子,收拾打点回家。

回到仪征,六老爷一直迎到黄泥滩来,见面请了安,说说家乡的事。汤镇台见他油嘴油舌,恼了道:"我出门三十多年,你也长大成人,怎么学出这样的一副下流气质!"见他开口就是"禀老爷",汤镇台怒道:"你这下流,胡说!我是你叔父,你怎么不叫叔父,称呼老爷?"讲到两位公子身上,又见六老爷一直叫"大爷""二爷"。汤镇台更是大怒,骂道:"你这匪类!更该死了!你的两个兄弟,你不教训照顾他们,怎么反叫他们作什么大爷、二爷!成何体统?"把个六老爷骂得垂头丧气。

汤镇台自此,不去城里,不会官府,只在家中读书教子,过了三四个月,看公子们作的文章实在不行,想着要请个老师来教导。正好世侄萧柏泉来拜,看他美如冠玉,儒雅出众,说话伶俐,十分喜欢,萧柏泉知道世叔要请先生,介绍河县的一位明经先生,姓余名特,字有达,举业实在是好。汤镇台听了大喜,写了聘书,就命大公子同萧柏泉一齐去请。

萧柏泉叫汤大爷写个"晚生"帖子,将来余先生坐馆之后,再换门生帖。汤大爷道:"半师半友,只好写个'同学晚弟'吧!"萧柏泉拗他不过,只得拿了帖子,同着去见。见到余有达先生,把来意说了,余有达笑道:"老先生的二位公子高才,我老拙无能,岂能胜任?容我斟酌之后,再行奉复。"

次日余有达来萧柏泉处回拜,说是不能从命,问他缘故,余有达笑道:"他既然要拜我为师,怎么用'晚弟'的帖子拜我?

可见没有求教之诚……"萧柏泉不能勉强，只得回复汤镇台，另请别人去了。

（四）余大先生和余二先生

余有达的同胞兄弟叫余持，字有重，也是五河县的饱学秀才。这五河县人极是势利，巴结一家中过几个进士、选过两个翰林的彭家，还有一家徽州人姓方的，在五河开典当作盐行生意的。流行的话是"非方不亲，非彭不友"。只有余家兄弟，守着祖宗家训，闭户读书，和方家不是亲，和彭家不是友，所以亲友们虽不敢轻视他们，却也不知道敬重他们。

余二先生去凤阳应考凤阳八属儒学生员，结果考在一等第二名。余大先生去无为州，州尊十分念旧，明示有一桩案，如大先生说情，州尊就准，事后那人家可以出四百两银子，三个人分，大先生可以分得一百三十多两。大先生去会那人，那人姓风名影，竟是一件人命牵连的事，大先生为他说情，州尊准了，出来兑了银子，收拾返家，路过南京，顺道去看表弟杜少卿。杜少卿备酒接待，约武书来作陪。

席上谈起余大先生要寻地葬父母，谈起风水之说，五河县人最重此道，找到风水好的地方，就把父母的坟墓迁葬。杜少卿与武书两个大大反对，杜少卿道："为这事，朝廷该立一个法，但凡人家要迁葬，叫他到有司衙门递呈纸，风水师立下保证——棺材上有几尺水，几斗几升蚁，开了如果不对，带个刽子手，一刀把风水师的狗头砍下来。那迁坟的就依子孙谋杀祖父的律，凌迟处死，如此，这种歪风或者可以少见。"

十四、奇女子和大将军

　　住了几天,五河县余二先生托人带信来,叮咛大先生千万不可返家。原来是大先生在无为州收贿私和人命的事犯了,知州已经被参,公文上写错了,不是余特,而是余持,二先生挺身而出,上县去理论。朋友唐三痰劝他去找彭府三老爷说情,他不去,妻舅赵麟书劝他莫要代兄受过,他也不肯。幸好无为州的事,时间正是二先生在凤阳考试的时候,显然无法分身,不是一人,县里备文回复,恐是外乡光棍,顶名冒姓所为,文书回了去,那边不再来提,一件弥天大祸,总算是糊弄过去了。

　　余大先生返家,商议要葬父母,嫡堂兄弟余敷、余殷两个请客,话题还是离不开彭家方家。余殷道:"彭老四点了主考了,听说前日辞朝的时候,他一句话回得不好,皇帝把他拍了一下!"余大先生笑说,皇帝绝无拍臣子身子的事,余殷还红着脸辩说,彭老四现是翰林院大学士,离皇帝近,拍他也是可能的,谈起风水,余殷、余敷两个大吹法螺①,说了好多灵验之事。大先生与二先生商议,找到风水师张云峰,说不必讲什么发富发贵,只要地下干暖,无风无蚁就好。选地已定,还未安葬,那一夜对门突然失火,余家兄弟唯恐波及,急忙把父母灵柩抬到街上,火熄之后,依五河的风俗,灵柩抬出门,再抬进来,人家必穷,亲友都劝就此抬去山里,择日安葬,两兄弟商议,还是要依礼告庙②,备祭,辞灵,遍请亲友会葬,不可草率,宁肯穷死,也不愿违礼。此事哄传五河,都说余家弟兄是呆子,做出如此倒运之事。

　　余先生葬了父母之后,又到南京来,见着杜少卿、汤镇台,

---

① 大吹法螺:夸张吹牛。
② 告庙:告于祖庙。

虞博士任满就要离去，大家在庄濯江家设筵相送，庄征君、汤镇台、杜少卿、余先生、萧云仙、迟衡山、武书都到了。送了虞博士之后，杜少卿十分怀念感伤。不久余二先生来信，表弟虞华轩家要请大先生去坐馆。大先生返乡就馆，虞华轩设筵招待，席上有唐三痰的哥哥唐二棒槌，是个文举人，问大先生说，他有一个侄儿，与他一同中举，同榜同门，日前来拜，用的是"门年愚侄"的帖子，如今唐二棒槌要去回拜，可否用"门年愚叔"的帖？余大先生面斥人生在世，祖父当然要比科名要紧，叔侄之亲，怎能说同年同门，如此得罪名教，绝不可行。

那虞华轩也是个非同小可之人，瞧不起五河县人势利，奉承彭府、方府，故意作弄些势利小人。县里的元武庙破旧，虞华轩出钱修缮，节孝入祠时，方家气焰万丈，合城的人无不趋炎附势，只有余、虞两家，还能保持读书人的本色风度。只是叹息着五河县没有像虞博士那样的学者教导，以至于礼义廉耻，一总都灭绝了。

（五）王三姑娘之死

余大先生选了徽州府学训导，上任之后，年纪已花甲的老秀才王玉辉来拜，谈起志向，要纂三部书，嘉惠后学：第一部是礼书，将三礼分类，如事亲之礼、敬长之礼……经文之下将诸经子史的话印证，教子弟自幼学习；第二部是字书，是为七年识字之法；第三部是乡约书，是以仪制教导愚民的。余大先生和余二先生听了不胜钦佩，知他清寒，下乡回拜，送米一石，纹银一两。

王玉辉第三个女婿病死，王三姑娘候着丈夫入了殓，出来拜

十四、奇女子和大将军

公婆和父亲,说道:"父亲在上,我的大姐姐死了丈夫,在家累着父亲养活;而今我又死了丈夫,难道又要累寒士父亲养活不成!我如今辞别公婆、公亲,就要寻一条死路,跟着丈夫去了!"公婆两个,惊得泪如雨下,劝说日后自有公婆会养活她,不可寻此短见,三姑娘执意不连累公婆,定要殉夫,请求父亲接母亲来当面一别。王玉辉见女儿殉节之志真切,反劝亲家由着她去做,向女儿道:"我儿,既如此,这是青史上留名的事,我难道反来拦阻你?你就这样做吧,我这就回去叫你母亲来和你作别。"

王玉辉回来,把这话向老孺人说了,老孺人道:"你真是书呆子、老糊涂,女儿要死,你就该劝她,怎么能反而赞成她死,这是什么话?"王玉辉道:"这样的事,你们是不晓得的。"老孺人痛哭流涕,连忙叫了轿子,去亲家处劝女儿去了。王玉辉在家看书写字,候女儿的消息。老孺人劝女儿,哪里劝得动。王三姑娘每日照样梳洗,陪母亲坐,只是绝食不吃,母亲婆婆,千方百计劝着无效,饿到第六天,不能起床。母亲看了,伤心惨目,痛入心脾,病倒了抬回家来。

又过了三天,三更时分,几个火把,几个人来打门,报道:"三姑娘饿了八日,在今日午时去世了!"老孺人听了,哭死过去,灌醒过来。王玉辉走来床前,说道:"你这老人家真是个呆子!三女儿她如今已是成仙去了,你哭她做什么。她这死得好,只怕我将来不能像她,有这么一个好题目死哩!"仰天大笑道:"死得好!死得好!"大笑着,走出房门去了。

次日余大先生得知,大惊惨然,立即去灵前拜奠,同衙立即备文请旌烈妇。学里的人,见老师如此隆重,也就都来祭奠,过了两个月，上司批文下来，王三姑娘神主进祠，门首建贞节牌坊。入祠那日，余大先生邀请知县，摆齐执事，送烈女神主入祠，阖县绅衿，公服步行相送。祭了一天，明伦堂摆席，要请王玉辉来上坐，说他生的这样的好女儿，为伦纪生色，王玉辉到了这时候，反觉得心里悲伤，辞了不肯来。

在家日日看着老妻为亡女悲恸，心下不忍，想着去南京走走。来辞余大先生和余二先生。大先生写了几封信，介绍王玉辉去见杜少卿、庄征君、迟衡山、武正字等人。王玉辉走水路乘船，一路看着水色山光，悲悼女儿，凄凄惶惶。

来到苏州，去游虎邱。看到游船上，不挂帘子，妇女们都穿着鲜艳衣服，在船里坐着吃酒，王玉辉认为风俗不好，心下不以为然。又看到船上一个少年穿白的妇人，禁不住又想起了女儿，心头哽咽，那热泪直滚了出来。

去邓尉山拜访老友，谁知老友已经亡故，灵前哭拜，更觉悲伤。到了南京，拿着书信访问名人，谁知因虞博士已任满离开南京，选在浙江做官，杜少卿寻他去了；庄征君回故乡去修祖坟；迟衡山、武正字，都到远处教书去了，一个也没遇着。

王玉辉住在牛公庵里，每日看书，过了一个多月，盘费用尽，上街闲走，幸好遇见了邓质夫，他的父亲是王玉辉同案进学的，所以称王玉辉作老伯。这邓家也有一番故事，当年邓质夫的母亲守节，邻家失火，邓母对天祝告，竟然奇迹出现，反风灭火，传闻远近……如今王家也出了个烈女，节烈前后辉映。两人谈着，不胜悲伤怀念。

邓质夫带王玉辉去看泰伯祠，物是人非，昔日的那些贤人君子，都已风消云散。知道王玉辉盘费用尽，邓质夫取出十两银子相赠，雇轿送他回徽州去。王玉辉留下了自己所纂的书，托邓质夫转交给武正字。

【解析】

（一）盐商一年娶七八个妾，豪奢恶劣可惊。江都县官府前后矛盾，准了沈大年的状，收贿之后立判沈大年败诉，显示吏治腐败的严重。沈琼枝的学识言行，对当时重男轻女的社会表现了否定意识，正也代表了作者男女平等观念的更新与进步。庄濯江的义行，虽然记述笔墨不多，也可以看出其人人格的高尚。

（二）汤六爷的胡乱吹牛，奉承两位兄弟，汤大爷、汤二爷的浅薄，都是活宝型的人物，丑陋、可笑、可鄙。

（三）盐船被劫，彭泽县知县不去缉凶，反而推求朝奉船家，昏聩卸责的官吏，不能保民，反而害民，吏治如此，可恨可叹。汤镇台建功不赏，连降三级，又是萧云仙式抑悒委屈的再版。如此不公，坐使贤良屈沉，庸劣反能扶摇直上。失去了人才，政治哪能革新？国家哪能兴盛？汤大爷拜老师竟用"同学晚弟"的帖子，不知礼数，不通已极，朽木不可雕也，难怪余大先生不肯做他的老师。

（四）五河县人奉承彭、方两家，为谋发达，讲究风水，迁葬父母坟墓，奉承势利可耻，迁葬更是荒谬卑劣。余大先生在无为州私和人命得银，明知故犯，读书人的名节有亏。余二先生代兄受过；杜少卿反对风水迁葬；余氏兄弟家遭火灾，不顾忌讳而葬埋父母，坚持着要依礼行事：三件事都是读书人高尚人格的表现。余殷信口开河，竟说皇帝拍了彭老四一下，幼稚可笑。唐二棒槌不重祖父，而重同年同门，连伦常都不顾，难怪余大先生要面斥反对。虞华轩不肯阿附富贵，在五河县中，是为出污泥而不染的可贵之士。

（五）冬烘的王玉辉，只想青史留名，为伦纪生色，竟然鼓励女儿自杀，甚至想到自己以后还不到如此好题目去死，可见被曲解了的礼教，泯灭人道天性，恶劣的习俗，足能杀人。书呆子中毒已深，不可自拔，等到觉得凄惶，人死不能复生，悔恨已是太迟。虞博士任满离开南京，以后屈沉于州县小官，虽然他胸怀恬淡，但仍不免精神和流离的痛苦。

十五、侠客行

（一）凤四老爹

南京名士武书（正字），那一天被高翰林家请去，高家的客人还有施御史，高府的亲家秦中书、迟衡山。主人叫管家快去催另一位客人万中书，对施御史道："这万敝友是浙江一个最有用的人，一笔的好字。二十年前在扬州会着，他与我都是秀才。自从学生进京后，彼此就疏失了。前日他从京师回来，说已序班授了中书。"说着，万中书到了，拜揖叙坐，迟衡山从万中书口里得知处州的马纯上马二先生，已被学道保题了优行①，上京去了。

施御史在旁道："这些异路功名②，弄来弄去，始终有限。有操守的，到底要从科甲出身。"迟衡山因马二先生这么多年，还是个秀才出身，大叹"举业"无凭。高翰林道："迟先生，你这话就差了。我朝两百年来，只有这一桩事是丝毫不会走样的，马纯上讲举业，其实此中奥妙，他全然不知，他就是做三百年秀才，考两百个案首，进了大场③，也还是没用的。"武正字道："难道大场里和学道④是两样看法不成？"高翰林道："怎么不是两样！

---

① 优行：学行优等。
② 异路功名：不是科举正途的功名。
③ 大场：举人、进士的考试。
④ 学道：由地方学官主持的考校。

凡学道考得起的,是大场里再也不会中的,所以小弟未曾侥幸之先,一心只去揣摩大场。学道那里,时常考个三等也罢了!"万中书道:"老先生的大作,敝省的人个个都揣摩烂了。"高翰林道:"老先生,'揣摩'二字,就是这举业的金针了。小弟乡试的那三篇拙作,没有一句话杜撰的,字字都有来历,所以才得中举。若是不知道揣摩,就是圣人也是不中的。那马先生讲了半生的举业,不知揣摩,都是些不中的举业。"

万中书说起,在扬州看到马二先生注的《春秋》,倒是甚有条理。高翰林道:"再也莫提这话,敝处有一位庄先生,他是朝廷征召过的,而今在家闭门注《易经》。前日有个朋友和他在一起,听见他说:'马纯上知进而不知退,真是一条小小的亢龙。'无论那马先生能不能比作亢龙,只把一个现活着的秀才拿来解圣人的经书,这也就是可笑至极了。"

武正字忍不住反对,例举当初文王、周公也曾引用微子、箕子,孔子引用颜子,那时这些人也都是活的,可见活人的言行并不见得就不能引用。高翰林道:"足见先生博学。小弟专精的是毛诗,不是《周易》,所以未曾考核得清。"武正字道:"提起'毛诗'两字,越发可笑了。近来这些做举业的,守着朱注,越讲越不明白。四五年前,天长杜少卿先生纂了一部诗说,引了些汉儒们的说法,朋友们就都当作新闻。可见'学问'两字,如今是不必讲的了!"迟衡山道:"这些话都太偏了,依小弟看来,讲学问的只讲学问,不必问功名;讲功名的只讲功名,不必问学问。若是两样都要讲,弄到后来,一样也做不成!"

当天在高翰林家吃了酒,第二天是秦中书请客,武正字与迟衡山两个,因觉得这些人气味不甚相合,推辞了没来。高翰林、

十五、侠客行

施御史、万中书都到了。正谈之间,忽听秦府左边房里有人高声叫道:"妙!妙!"问时,管家禀告,是二老爷的朋友凤四老爹。秦中书叫请出来。只见一个四十多岁的大汉,两眼圆睁,双眉直竖;一绺极长的乌须,垂过了胸膛;头戴一顶力士巾;身穿一领元色缎紧绸袍;脚上一双尖头靴,腰束丝鸾绦,肘下挂着小刀,走来厅中,作了一个圈揖。秦中书向大家介诏道:"这位凤长兄,是敝处一个极有义气的人;手底下实在有些讲究,一部《易筋经》①记得烂熟。他若是攒一个劲,几千斤石块打落他头上、身上,他也丝毫不觉得什么。舍弟现就在跟着学他的技艺。"问凤四老爹为何说妙,凤四老爹道:"是你令弟,令弟才说人的力气到底是生来的,我就教他提了一段气,叫人拿棒槌打,越打越不疼,他一时欢喜起来,连说妙妙!"

秦家请客,饭毕演戏,客人们都点了戏,戏子们装扮起来。只见那贴旦装了一个红娘,一扭一捏,走上场来。红娘才唱得一声,忽听大门口一棒锣响,好几个红黑帽子吆喝了进来。众人都在疑惑:"请宴"一戏里从没有这般做法……只见管家奔进,说不出话来。一个官员走上厅来,后面跟着二十多个快手,当先的两个,走到上面,把万中书一手揪住,一条铁链套到颈上,就拖了出去。

(二)假中书变成真中书

这一来,吓得施御史、高翰林、秦中书,面面相觑,摸不着

---

① 《易筋经》:书名,二卷,原题西竺达摩祖师撰,般利蜜谛译义,专讲炼身之法。

头脑。还是凤四老爹有见识,提醒众人,赶快差人去县里打听。抄出一张牌票来看,上面写着:万里即是万青云,是台州府已革生员,又是已参革台州总兵苗而秀案内的要犯,看了还是不明就里。凤四老爹亲去县里打听,县里已派了长差赵升,连同台州府的两位差人,将万中书以原官服色押回台州,并在文书上注明。凤四老爹把事揽下,带着三个差人和万中书到自己家里,对差人道:"你们三位都是眼亮的,不必多话了。你们都在我这里住着。万老爹是我的朋友,这场官司,我是要同了去的,我不会难为你们的!"三个差人都说:"凤四老爹吩咐,那还有什么话说,只求老爹办快一些!"

凤四老爹把万中书拉到书房坐着,问道:"万先生,你的这件事,不妨实话对我说了,就有天大的事,我也可以帮衬你;若是你说含糊话,那就罢了。"万中书道:"我看老爹这个举动,自是个真豪杰。真人面前不说假话。不瞒老爹说,我其实是个秀才,不是中书。只因家计艰难,没奈何出来混,要说是个秀才,只好喝西北风;说是个中书,那些商家、乡绅、财主们才肯有些照应。想不到今日被江宁县的方知县把服色、官职写在批文上,将来解回台州,牵连的苗总兵钦案都还不打紧,倒是这假冒官员的官司吃不起。"

凤四老爹沉吟了一刻道:"万先生,如果你是个真官回台州,这场官司能不能赢?"万中书道:"我同苗总兵只是一面之交,又不曾有什么过赃犯法的事,只要台州府不知假官的事,那就不要紧!"凤四老爹道:"你且住着,我自有道理。"

来到秦中书家,秦中书急问事情如何。凤四老爹道:"你还问哩!'闭门家中坐,祸从天上来!'你还不晓得哩!"秦中书忙问为何,凤四老爹吓他,说是官司够他打半辈子的,秦中书越发吓得面如土色。凤四老爹这才说出,万中书是个冒牌的官:"如今一场钦案官司,把一个假官从尊府拿去,那浙江巡抚本上也不要特别指名,只稍带一笔,老先生的事,只怕也就是'滚水泼老鼠'了!"

秦中书问凤四老爹该怎么办,凤四老爹道:"没有别的办法,他的官司不输,你的身家不破。"秦中书道:"怎么叫他的官司不输?"凤四老爹道:"假官输,真官就不输!"一言提醒了秦中书,连忙约了高翰林来,商议着由秦中书拿出一千二百两银子,由高翰林托施御史,连夜打发人进京,替万中书办个保举的真中书。

凤四老爹回到家里,只见万中书正在望着。凤四老爹道:"恭喜!如今是真的中书了!"将经过说了。万中书不觉倒身下去,向凤四老爹一连磕了二三十个头。凤四老爹拉了再拉,方才起来。

(三)侠客痛惩仙人跳

凤四老爹替万中书办了个真中书,又自己带着行李,同三个差人,送万中书去台州审官司。先到苏州,上了一只去杭州的船,很大,凤四老爹一伙五人包了一个中舱,一个房舱,前舱是另一个收丝的客人,二十来岁,生得清秀。船行了一天,到晚在一处小小村落旁泊了。下水头又来一只小船,就泊在大船旁。晚烟渐散,水光里月色渐明,万中书、凤四老爹同那丝客人在船里,推开窗子,凭舷看月。旁边那小船靠拢来,前面撑篙的是个四十来岁的瘦汉,后面火舱里,是个十八九岁的妇人在掌着舵……

次日开船,凤四老爹吩咐万中书,审理之时,不管问的是什么情节,都只说是家中住的一个游客叫作凤鸣岐的。正说着,只见那丝客人在前舱里哭,细问方知,昨晚等到大家都睡了,这丝客人还倚着船窗盼那小船上的妇人,那妇人站出舱来,望着丝客人笑。船靠得近,丝客人轻轻捏了她一把,那妇人便笑嘻嘻从窗子里爬了过来,成了好事。等丝客人熟睡,那妇人竟把他行李里四封银子——二百两———齐带走。早上开船,丝客人还是情思昏昏的。到了此刻才发现被偷。真是"哑子梦见妈,说不出来的苦!"

凤四老爹听了,沉吟片刻,叫船家摇回去找,找到黄昏时分,只见一株老椰树下,系着那只小船。凤四老爹叫泊近一些,也泊在一株枯柳树下,盼咐众人,莫要声张。自己上岸来闲步,走到小船面前,果然是昨天的妇人和那瘦汉子,在中舱里说话。凤四老爹徘徊了一会儿回船,只见那小船也移到这边来泊,那瘦子不见了。妇人穿着白衫黑裙,独自一个,在船窗里坐着赏月。凤四老爹假意挑逗,跨过小船来抱那妇人,那妇人假意推来推去,却不作声。凤四老爹把她一把抱起来,放在膝上。那妇人也就不动,倒在凤四老爹怀里。凤四老爹道:"你船上没人,今夜陪我宿一宵,也是前世有缘。"那妇人道:"我们在船上住家,是从来不混账的;今晚没人,遇着你这个冤家,叫我也没法子了。只在这边,我不到你船上去。"凤四老爹道:"我行李里有东西,在你这边我不放心。"把那妇人轻轻一提,提了过来。

这时大船上人都睡了,中舱里点着一盏灯,铺着一副行李。凤四老爹把妇人放在被上,那妇上就连忙脱了衣裳,钻进被里。等了一会儿,不见凤四老爹解衣,却听见呀呀橹声,船在启行,妇人要抬起头来看,却被凤四老爹一腿压住。妇人急了道:"你放我回去吧!"凤四老爹道:"呆妮子,你是骗钱,我是骗人,一样的骗,你嚷什么?"那妇人这才晓得是上当了,只得哀告道:"你放了我,任凭什么东西,我都还你就是!"

凤四老爹停了船,叫丝客人包了妇人通身上下衣裳,走回十多里去找到她的丈夫,取出被偷的四封银子,才将妇人还他。丝客人拿了一封银子,五十两,来谢凤四老爹。凤四老爹沉吟了一刻,竟收了,随即分作三份,送与三个差人,差人谢了收下。

(四)大堂上的表演

到了台州,万中书照旧穿了七品公服,戴纱帽,着靴,只是颈里系着有链子,府差缴了牌票,台州府祁太爷坐堂,一见犯人纱帽圆领,先吃一惊,又看了批文上有"遵例保举中书"字样,又吃一惊,抬头看那万里,直立着未曾跪下,就问:"你的中书,是什么时候得的?"万中书道:"是本年正月。"祁太爷道:"何以不见知照?"中书道:"由阁咨部,由部咨本省巡抚,也须一些时日,想来眼下也就该要到了。"

祁太爷道:"你这中书,早晚也要革的了。"万中书道:"中书自去年进京,今年回到南京,并无犯法的事。请问太公祖,隔省差拿,是何缘故?"祁太爷道:"那苗总兵疏失海防,被抚台参拿了,衙门里搜出你的诗笺,上面一派阿谀①的话,想是你被他买通了作的,现有赃款,你还不知道吗?"万中书道:"这是冤枉,中书在家时并未会过苗镇台一面,怎会有诗送他?"祁太爷道:"本府亲自看过,那些诗后面还有你的名姓印章。现今抚院大人巡海,

---

① 阿谀:奉承、拍马屁。

驻扎本府,等着要题结这一案,你还能赖吗?"万中书道:"中书虽然忝列宫墙,诗却是不会作的。家中住着一个名叫凤鸣歧的客人,上年刻了大大小小几方印章送中书,就放在书房里,就是作诗,也是他会作,恐怕是他假冒中书之名,也未可知!"

祁太爷立拿凤鸣歧,上堂问话,问他与苗总兵是否相与,他说并不认得苗总兵。又问他为何冒万里之名,作诗用印赠予苗总兵。凤四老爹道:"不但我生平不会作诗,就是作诗送人,也不能就算是犯法的事。"祁太爷道:"这厮强辩!"叫:"取过大刑来!"

堂上堂下衙役,吆喝一声,把夹棍向堂上一掼。两个人扳翻了凤四老爹,把他两只腿套在夹棍里。祁太爷道:"替我用力地夹!"那扯绳子的皂隶,用力把绳一收,只听咔嚓一声,那夹棍绷为六段。祁太爷道:"这厮莫不是有邪术?"随叫换了新夹棍,朱标一条封条,用了印,贴在夹棍上,重新再夹。哪知道绳子还没扯,又是一声响,那夹棍又断了。一连换了三副夹棍,足足绷作了十八截,在大堂上散了一地。凤四老爹只是笑,并无一句口供。祁太爷只得退了堂,犯人寄监,亲自上公馆面禀抚军。那抚军听了,知道凤鸣歧是有名的壮士,其中必有缘故。况且苗总兵已死在狱中,万里保举中书的知照,又已到院,此事已无关紧要了,吩咐祁知府从宽办结,竟将万里、凤鸣歧都释放了。一场焰腾腾的官司,就这样被凤四老爹一瓢冷水浇息。

万中书同凤四老爹回到家中,念不绝口地说道:"老爹真是我的重生父母,叫我如何得报?"凤四老爹大笑道:"我与先生既非旧交,向日又不曾受过你的恩惠,这不过是我一时偶然高兴。你若认真感激起我来,那倒是个鄙夫之见了。我今要往杭州去寻一个朋友,就在明日便行。"

万中书再三挽留不住,次日,凤四老爹果然别了万中书,不曾受他杯水之谢。

(五) 抱不平英雄代讨债

凤四老爹来到杭州,想起有朋友陈正公,向日欠着自己几十两银子,正好找着他要了做盘缠回去。来到钱塘门外,遇见了秦中书的老弟秦二侉子,也已来到杭州,介绍认识胡尚书的八公子胡八乱子,两个人都爱武艺,对凤四老爹极为倾慕。

秦二侉子寓在伍相国祠后面楼下,凤四老爹进来,看到壁上的一幅字,指着向二位道:"这个洪憨仙和我相与,他初时也爱学武艺,后来不知怎的好弄玄虚,烧丹炼汞,不知如今怎样了?"胡八乱子道:"说起来,竟是一场笑话。三家兄几乎上了此人一个大当。那年勾着处州的马纯上,怂恿家兄炼丹。银子都已封好,还亏家兄运高,这洪憨仙突然死了……"

谈起胡三公子,胡八乱子道:"家兄为人,与小弟的性格不同,惯喜结交一班不三不四的人,做歪诗,自称名士,其实好酒好肉也不曾吃过一斤,倒整千整百的被人骗了去,眼也不眨一眨。小弟生性喜欢养几匹马,他就说糟蹋了他的院子。如今我已搬了出来,与他分开住了。"

听说凤四老爹要找陈正公,胡八乱子说陈正公现在不在家,同一个毛二胡子上南京卖丝去了,那毛二胡子也是胡三公子的旧门客。秦二侉子留凤四老爹在寓同住,一面由胡八乱子叫人捎信给陈正公,嘱咐回来杭州时与凤四老爹一会儿。

第二日到胡八乱子家,见着了有几位客,都是胡老八平日里相与驰马试剑的朋友，今日特来请教凤四老爹的武艺。胡老八新买了一匹枣骝马①，带着众客看马，那马十分跳跃，不提防，马蹄一伸，把一位少年客的腿踢了一下，那少年痛得蹲下身去。胡八乱子看了大怒，走上前，一脚就把那马的马腿踢断。众人吃了一惊，秦二侉子赞道："好本事！"

当下摆酒上席，吃了个尽兴，秦二侉子请凤四老爹随便使一两件武艺给大家见识见识，凤四老爹叫人搬了八块方砖，放在阶沿上，右手袖子卷一卷，八块方砖，叠作一垛，足有四尺来高。凤四老爹用手一拍，只见那八块方砖碎成了几十块，一直到底。众人齐声赞叹。

秦二侉子道："我们凤四哥练就了这个手段，他的那本经上'握拳能碎虎脑，侧掌能断牛首'。这个还不算出奇。胡八哥，你方才踢马的腿劲也算是头等的了，你敢在凤四哥的肾囊上踢一下，我就服你！"众人都笑说："这个如何使得？"凤四老爹道："八先生，你果然要试一试，这倒不妨，若是踢伤了我，只怪秦二老官，与你不相干。"众人都怂恿胡八乱子一试，胡八乱子便道："果然如此，我就得罪了。"凤四老爹把前襟提起，露出裤子来。胡八乱子使尽平生力气，飞起右脚，向他裆里一脚踢去。哪知这一脚不像是踢到肉上，好像踢到一块生铁板上，把五个脚指头几乎碰断，这一痛直痛到心里，顷刻之间，一只腿就提不起来了。靴子脱不下来，此后足足肿疼了七八天。

凤四老爹住在秦二侉子下处，每天打拳、跑马，倒不寂寞。这一天陈正公的侄儿陈虾子来找，说是要去南京接他叔父，凤四

---

① 枣骝马：赤红色的马。

十五、侠客行

老爹托他捎个口信，关于陈正公以前挪借的五十两银子，得便请他算还。陈虾子来到南京，找到一家丝行，寻着陈正公。那陈正公正同毛二胡子在一桌上吃饭，见了侄子，安顿了住下。

这毛二胡子，先年在杭州开绒线铺，原有两千两银子的本钱，后来钻到胡三公子家做帮闲，又赚了他两千两银子，搬到嘉兴，开了小当铺，近来与陈正公合伙贩丝。两人都是一样的小气吝啬，因此志同道合。南京丝行供给丝客人的饮食丰盛，毛二胡子向陈正公道："这行主人供给我们顿顿有肉，这不是行主人的肉，就是我们自己的肉。左右会被他算了钱去，我们不如只吃他的素饭，荤菜自己买来吃，岂不是便宜？"陈正公道："正该如此。"以后吃饭用菜，叫陈虾子到熟切担上去买十四个钱的熏肠子，三个人同吃，熬得那陈虾子清水滴滴流。

一日，毛二胡子向陈正公道："胭脂巷一位中书秦老爷要上北京补官，整程一时不得应手，情愿七扣的短票借一千两银子，我想这是极稳的主子，又是三个月内必还。老哥买丝余下的银子，何不称出二百一十两借他，三个月就拿回三百两。老哥如不信，我另写一张保证给你！"陈正公依言，借了出去。三个月后，毛二胡子替他讨回这一笔银子，银子又足，陈正公满心欢喜。

又一日，毛二胡子道："我有个朋友，是个卖人参的客人。他说国公府里徐九老爷有个表兄陈四老爷，拿了他斤把人参，而今他要回苏州，陈四老爷一时银子不凑手，就托他情愿对扣借一百两银子还他，限两个月就拿二百两银子取回借据，也是一宗极稳的道路。"陈正公又拿出一百两银子，交与毛二胡子借出去。两个月后讨回，足足二百两，兑一兑还多三钱，把个陈正公欢喜得了不得。

陈虾子被毛二胡子小气控制，没酒没肉，心里恨他，劝叔子正正当当作丝生意，莫要听毛二老爹的话放债，放债到底是不妥的事。而且拖挂起来，不知要到何时才能返乡。陈正公却说不妨，再过几日，就可以回去了。

那一日，毛二胡子接到家信，看完了咂嘴弄唇，只管独坐着踌蹰。陈正公问他不说，再三追问，毛二胡子道："小儿写信来说，东头街上谈家当铺折了本！要倒与人，现在有半楼货，值得一千六百两，如今事急，只要一千两就出脱了。我想我那小典当里若是把他的货倒过来，倒是一宗好生意，可惜我现在缺钱。"

陈正公主动要借银子给毛二胡子，毛二胡子道："罢罢——老哥，生意事拿不稳，设若将来亏折了，不够还你，那时叫我拿什么脸来见你？"陈正公见他如此至诚，一心一意要把银子借与他，每月只要二分利，毛二胡子要找中人立借据，陈正公却说不必，总以信行为主，一切手续全免。当下陈正公瞒着陈虾子，凑足了一千两银子，封得好好地交与毛二胡子，带回嘉兴去盘那间当铺的货。

又过了几天，陈正公收齐了卖丝的银子，辞了行主，带着陈虾子搭船回家，顺便到嘉兴来看毛二胡子。问到毛二胡子开的当铺，朝奉[①]竟说："这铺子原是毛二爷起头开的，而今已经倒与敝东汪家了！"陈正公大吃一惊，问道："他前几天可曾来？"朝奉道："店已不是他的，他还来做什么？"陈正公再问："他而今哪里去了？"朝奉说不知道。

陈正公急得一身臭汗，赶回杭州。第二天有客来访，开门一

[①] 朝奉：店铺里管事的人。

十五、侠客行

见，见是凤四老爹，就说："承借的五十两早应奉还，想不到我近日被人骗了，无法可施。"凤四老爹问起缘由，陈正公细细说了。凤四老爹道："这个不妨，我自有道理，明日我同秦二老爷回南京，你先去嘉兴等着我，我包你讨回，一文不少，如何？"陈正公道："如能讨回，重重奉谢老爹。"

凤四老爹偕同秦二侉子上船来到嘉兴，一直找到毛家当铺，只见陈正公正在他店里吵着。凤四老爹高声嚷道："姓毛的在家不在家？陈家的银子到底还不还？"柜台里朝奉正待出来答话，只见凤四老爹两手扳着墙门，把身子往后一挣，那垛墙就拉拉杂杂卸下了半堵。秦二侉子正要进来看，几乎把头打着。那些朝奉和取当的看了，都目瞪口呆。

凤四老爹转身走上厅来，背靠着柜台外柱子，大叫道："你们要命的，快些走出去！"说道，把两手背剪着，把身子一扭，那条柱子就离地歪在半边，一架厅檐塌了一半，砖头瓦片，纷纷打下来，灰土漫天，还亏得朝奉们跑得快，不曾伤了性命。

街上的人，挤满了看。毛二胡子见不是事，只得从里面走出来。凤四老爹一头的灰，越发精神，走进楼底，靠着庭柱。众人一齐上前软求。毛二胡子自认不是，情愿把这一笔账本利清还，只求凤四老爹不要再动手。凤四老爹大笑道："量你有多大的一个巢窝，不够我一顿饭时间，都把你拆成平地！"

秦二侉子同陈正公都到楼下坐着。秦二侉子道："这件事，原是毛兄的不是。你以为没有中人借券，打不起官司，告不起状，就可以白骗他，可知'不怕该债的精穷，只怕讨债的英雄'，你如今遇着了凤四哥，还怕你赖到哪里去！"

毛二胡子只得将本利一并兑还，完了这件横事，陈正公得了银子，送秦二侉子、凤四老爹二位上船。拿出两封——一百两——银子来谢凤四老爹。凤四老爹笑道："这不过是我一时高兴，哪里要你谢我！留下五十两，以清前账；这五十两，你还是拿回去。"陈正公谢了又谢，拿着银子，辞别二位，另上小船去了。

（六）青楼名妓笑书呆

秦中书与陈四老爷陈木南流连在来宾楼，其后秦中书补缺将近，进京去了。来宾楼的名妓聘娘，与陈木南打得火热，陈木南与国公府的徐九公子交好，更是身份不同。向聘娘夸说他再过一年，就可以得个知府前程，想要用几百两银子替聘娘赎了身，带去任上。那聘娘撒娇撒痴，道是爱他的人，并不贪图他的官，要陈木南莫要辜负了她，哄得陈木南满心欢喜。聘娘日有所思，夜有所梦，梦见陈木南真的升授了杭州府正堂，管家奴婢们来接太太上任，突然出现一个黄脸秃头的尼姑来，硬说聘娘是她的徒弟，不准去做官太太，聘娘急得大叫一声，醒来竟是南柯一梦。

国公府的三老爷选了福建漳州府正堂，九老爷要同去任所，约表兄陈木南一起去，陈木南恋着聘娘，不能成行。向九公子借了银两留下，那聘娘心口疼的毛病发了，用的都是极贵重的药，陈木南竭力报效。延寿庵的尼姑本慧前来化缘，聘娘见她和梦中出现的尼姑一样，心中十分懊恼。

找了个瞎子来算命，那瞎子说生意不好，二十年前南京城来了个陈和甫替大老官家算命，亮眼的生意反比瞎眼的好。现在陈和甫死了，他的儿子天天和丈人吵架，吵到后来，一气出家做了个酒肉和尚，"无妻一身轻，有肉万事足"。每天测字得钱，就

十五、侠客行

买肉吃,吃了就念诗,十分自在。那一天与同行测字的丁言志抬杠,说起当年莺脰湖盛会,丁言志说是胡三公子约赵雪斋等名士分韵作诗。陈和尚却说是娄家公子约人,其中就有他父亲陈和甫,并不曾作诗。丁言志说陈和尚冒认是陈和甫的儿子,陈和尚大怒,两人揪打起来。陈木南来劝,叫丁言志替他测一个字,看什么时候能去福建。丁言志劝他快走,莫再犹豫。

陈木南床头金尽,来看聘娘,聘娘不在,虔婆对他冷落,丫头捧一杯茶来,陈木南接在手里,不太热,吃了一口,就不吃了。陈木南踱了出来,碰到人参铺要债的,好不容易脱了身,心想不是事,回到住处,也不通知房东,就此一溜烟去了。

第二天丁言志带着诗稿来请教,碰到一些债主,方知陈木南早已走了。丁言志听说聘娘也会看诗,想着去会她一会儿,回家换了件半新不旧的衣服,戴一顶方巾,到来宾楼来。乌龟看他像个呆子,问他来做什甚。他说来和姑娘谈谈诗,乌龟说先要缴钱,丁言志在腰里摸出一包散碎银子来,一称共有二两四钱五分,乌龟说还差五钱五分,丁言志说先会了姑娘再找给他。

上得楼来,见聘娘在打棋谱,丁言志上前作了一个大揖,聘娘觉得好笑,请问他来做什么。丁言志道:"久仰姑娘最喜看诗,我有拙作,特来请教。"聘娘道:"我们本院的规矩,诗是不能白看的,先要拿出花钱来再看。"丁言志在腰里摸了半天,摸出了二十个铜钱来放在花梨桌上。聘娘大笑道:"你这个钱,只好给捞毛①的,不要弄脏了我的桌子,快些收了回去买烧饼吃吧!"

---

① 捞毛:妓院里工作的下人。

儒林外史：书生现形记

把个丁言志羞得满脸通红，低着头，卷了诗，揣在怀里，悄悄下楼，回家去了。

虔婆还以为聘娘结交了呆子，得了花钱，上楼来向聘娘要钱，聘娘说她瞧不起二十个钱，虔婆骂她不曾好好下功夫诈客人的银子，平日花钱不曾分给虔婆，聘娘反唇相讥，道是历年替院里挣了多少银子，如此小事就来责怪，一个没钱的呆子也放上楼来。

虔婆大怒，一个嘴吧把聘娘打倒在地，聘娘大哭大闹，要寻刀刎颈，绳子上吊，闹得要死要活，结果无奈，只得依了她，拜延寿庵本慧尼姑为师，剃光了一头青丝，出家去了。

【解析】

（一）高翰林谈举业，说他的文章没一句是杜撰的，字字都有来历，以为得意，而事实上正表示他是一个毫无创见的抄书匠。庄绍光评马二先生是知进而不知退的亢龙，高翰林认为以现在的秀才解圣人经书为可笑，武书举文王、周公引用微子、箕子，孔子引颜子的例证反驳，高翰林立刻自找下台阶，承认浅陋，说自己专精的是毛诗，不是《周易》。其实以他拘限一隅的读书方法，对任何经书来说，他都是读不通的。

（二）万中书明白说出冒称中书是为获得商家、乡绅、财主们的照应，可见社会风气的势利。凤四老爹侠肝义胆、救人救彻的精神最是使人敬爱。

（三）仙人跳色情陷阱一段，显示社会风气笑贫不笑娼的严重。

（四）毛二胡子先取得陈正公的信任，然后下手诈骗，小人毒计，高明得可怕。凤四老爹仗义援手，讨债一段，痛快淋漓，不受陈正公的酬银，尤其光明磊落。

（五）揭开欢场内幕，聘娘的虚情假意，虔婆的势利，是社会现实的写照。

儒林外史：书生现形记

十六、平民中的高洁人物

（一）嵚崎磊落的王冕

《儒林外史》在卷首楔子里刻画了一个嵚崎①磊落的王冕。他是元朝末年、诸暨乡间的人，七岁父亲去世，母亲做针线供他去村学堂读书。十岁时生活艰难，辍学去替间壁秦家放牛。省下秦家给他的点心钱专买旧书，放牛时坐在柳荫树下看，三四年后，王冕看书，心下也着实明白了。

那天在七泖湖畔，看到雨后景致，想着要学画，没有师承，又想到天下哪有学不会的事，自此后就勤力练画，无师自通，画到三个月之后，画出的荷花精神颜色无一不像，就像是才从湖里摘下贴在纸上的。渐渐传闻远近，成了个画没骨花卉的名笔。多有人争着买画。到得十七八岁时，不在秦家了，每天画几笔画，读古人诗文，渐渐不愁衣食，母亲心里欢喜。

这王冕生性聪明，不满二十岁，那天文地理，经史上的大学问，无不贯通。生性恬淡，不求官爵，不交纳朋友，终日闭户读书。常在花明柳媚的日子用牛车载了母亲，戴着高帽，穿了阔衣，执鞭唱曲，去乡村镇上湖边玩耍，惹得乡下孩子成群跟着他笑，他也不在意。

---

① 嵚崎：本指山势高起，此指人的性情品行高超不俗。

十六、平民中的高洁人物

秦老的儿子秦大汉的干爹翟买办,是诸暨县衙的一个头役①,那日来寻,因本县时太爷要画二十四幅花卉册页送上司,请王冕费心,王冕应了,知县将册页送与权贵危素②,危素极为欢喜,对时知县说:"我出门久了,故乡有如此贤士,竟然不知,可为惭愧!此人不但才高,胸中见识,大是不同,将来名位不在你我之下!"

危素想见王冕,时知县命翟买办持帖去约,王冕谢了不去,翟买办无法回话,秦老出主意说回复抱病就好,翟买办又说即使有病,也要取得邻居的证明,争论了一番,还是秦老出来打圆场,叫王冕问母亲称了三钱二分银子送与翟买办做差钱,方才应诺去了。回复了知县,知县心疑是翟家这奴才狐假虎威,吓着了王冕,故而不敢来见。想着要自己下乡去拜他,带他去见老师危素,老师一定会以为自己办事勤敏。又想着堂堂县令,屈尊去拜乡民,会惹笑话。又想道:"老师口气甚是敬他,我当然更该敬他,况且屈尊敬贤,将来志书上少不得要称赞我……"主意已定,竟然下乡来拜王冕。王冕不在家,扑了个空,知县心里十分恼怒。

秦老怪王冕不该如此固执,王冕道:"这时知县倚着危素的势,酷虐小民,无所不为。这样的人,我为什么与他相与?但这番可能使危素恼羞成怒,我还是到别处躲几时才好!"把母亲托了秦老照顾,远走济南,卖画维生。不久黄河决堤,百姓逃荒,官府不管,四散觅食,王冕叹息道:"河水北流,天下行将大乱。我还是回乡去吧!"束装回来,打听到危素已经回朝,时知县也

---

① 头役:衙署中差役的头目。
② 危素:元时人,参与修宋辽金三史,降明后与宋濂同修元史,后被贬和州,年余幽恨而死。

儒林外史：书生现形记

升任去了，放心回家，拜见母亲，谢过秦老。

六年后母亲病重，吩咐王冕道："我眼见得不济事了，这几年来，人家都说你有了学问，该劝你出去做官。做官虽是荣宗耀祖，但我看那些做官的都没有什么好收场。况你性情高傲，如果弄出祸来，反而不美。我儿可听我遗言，将来娶妻生子，守着我的坟墓，不要出去做官。"王冕哭着应诺，母亲放心地归天去了。

王母死不到一年，天下大乱。方国珍、张士诚、陈友谅，不过是些草莽英雄。只有太祖皇帝，起兵滁阳，得了金陵，立为吴王，乃是王者之师。破了方国珍，号令全浙，乡村镇市，并无骚扰。那一日日中时分，十几骑马来村，为首一人，头戴武巾，身穿团花战袍，白净面皮，三绺髭须，真有龙凤之表，原来竟是吴王自来访王冕。施礼坐下之后，吴王道："孤是粗鲁汉子，今日见到先生儒者气象，不觉功利之见顿消。孤在江南，即已久慕大名，今来拜访，要先生指示：浙人久反之后，要如何才能服人心？"王冕道："大王高明远见，不消乡民多说。若以仁义待人，何人不服？岂只是浙江？若以兵力服人，浙人虽弱，唯恐义不受辱，方国珍就是一个先例。"吴王叹息点头。两人促膝谈到日暮，从者在外，自带干粮，王冕去厨下，烙了一斤面饼，炒了一盘韭菜，捧出来陪着吴王吃了，吴王道谢教诲，上马率众离去。后来秦老问起此事，王冕只说是军中一个相识的将官来访。

不数年，吴王统一天下，国号大明，年号洪武。到了洪武四年，秦老从城里得知消息，那危素归降之后，妄自尊大，在太祖面前，自称老臣，太祖大怒问罪，派去和州守余阙①墓。另一条

---

① 余阙：元人，官参知政事，守安庆，死于陈友谅之难。为政严明，治军有古良将风，文章气魄浑厚，明初追谥忠宣。

十六、平民中的高洁人物

消息,是礼部议定取士之法,三年举行一次,考的是五经、四书、八股文。王冕见了公报,指给秦老看,说道:"这个法却定得不好,将来读书人既有此一条荣身之路,把那文行出处①,都看得轻了。"

到了夜间,与秦老在打麦场上小饮,王冕指出星象,说是一代文人有危!话犹未毕,忽起一阵怪风,树木嗖嗖地响,水面众鸟惊起,两人吓得衣袖蒙脸。少顷风定,看天上时,有百十个小星,都坠向东南角去。王冕道:"天可怜,降下这伙星君去维持文运,我们是来不及见着的了!"

此后常有传说,朝廷行文到浙江布政司,要征聘王冕出来做官,王冕初不在意,后来渐渐说得多了,王冕也不通知秦老,连夜逃往会稽山中。半年之后,朝廷果然派遣官员,捧着诏书,带领多人,带着彩缎表里前来,见着秦老,已是八十多岁皓须老叟,拄着拐杖出迎。官员说皇恩授王冕咨议参军之职,特地捧诏而来,秦老告诉他王冕久已不知去向,同去看王冕的家,只见荒凉残破,果然是久无人住,那官咨嗟叹息了一回,仍旧捧诏复旨去了。

王冕隐居在会稽山中,没有人知道他就是王冕,后来得病去世,由山邻们把他葬在会稽山下。

(二)写字的季遐年

到了万历二十三年,南京的名士,都已渐渐消磨尽了。虞博士那一辈人,有的死了,有的老了,有的四散去了,有的闭门不

---

① 文行出处:文,道义。行,品德。出处,用之则行、舍之则藏。代表士人的出仕隐退都应合理合义。

问世事。花坛酒社，没有才俊之人，礼乐文章，也不见贤人讲究。论出处，不过得手的就是才能，失意的就是愚拙；论豪侠，不过有余的就会奢华，不足的就见萧索。凭你有李白、杜甫的诗才，颜渊、曾子的品行，也没有一个人来问你。所以那些大户人家，冠婚丧祭、乡绅堂里、筵席上坐着、讲的无非是升迁调降的官场，就是那贫贱儒生，做的也不过是揣合逢迎的考校。

哪知市井之中，又出了几个奇人。

一个是会写字的季遐年，自幼无家无业，寺院瑞安身，和尚吃斋时，他也捧钵随堂吃饭，和尚也不厌他。他的字写得最好，却又不肯学古人的法帖，自创格调。凡人请他写字时，他三日前就要斋戒一日，第二日磨一天的墨，一定要自己磨，就是只写十四个字的对联，也要用半碗墨。用的笔却是人家用坏了不要的，他才用。写字时要三四个人替他拂着纸，有一点不好他就要骂，要打。他写字要等他高兴情愿，不然的话，任你王侯将相，大捧银子送他，他正眼也不看。

他不修边幅，穿一件稀烂的长袍、拖一双破蒲鞋，每日写字得来的笔资、吃饭剩下的钱，都送给不相识的穷人。那一天大雪，去朋友家，一双破鞋踹了人家一书房污泥。主人说鞋坏了该换了，他说没钱。主人说若他肯送一幅字，就买鞋送他，他不肯。主人拿出一双鞋来叫他换，他竟然恼了出门，嚷道："你家是什么要紧的地方，我这双鞋就不能坐！我坐你家，还算是抬举你，我才不稀罕你的鞋哩！"一直走回天界寺，气呼呼地随堂吃了一顿饭。

吃完，看见和尚房里摆着一匣上好的香墨，季遐年问这墨要不要写字。和尚说是施御史的孙子送的，要留着送别的施主老爷，不要写字。季遐年硬说要写，自己动手磨墨，和尚知道他的性情，故意用激将法让他自己写。

磨墨时，施御史的孙子来了，看到季遐年，彼此不理。季遐年磨完了墨，拿出纸来，叫四个和尚替他按着，取了一管败笔，蘸饱了墨，把纸看了一会儿，一口气就写了一行。有个小和尚动了一下，他就用笔一戳，痛得小和尚大叫，矮了半截。老和尚过来劝季遐年莫生气，替小和尚按纸，让他写完。施御史的孙子也过来看了一会儿。

次日，施家的一个小厮来问："有个写字姓季的，我家老爷叫他明天去府里写字。"季遐年道："他今日不在家，我明日叫他来就是！"第二天去下海桥施家，门上人拦住道："你是什么人？"季遐年道："我是来写字的。"正好昨日那小厮出来，见了道："原来就是你，你也会写字。"带他进入大厅。

施御史的孙子，刚刚走出屏风，被季遐年指着大骂："你是何等之人，敢来叫我写字！我又不贪你的钱，又不慕你的势，又不借你的光，你敢叫我写起字来！"一顿大嚷大叫，把个施乡绅骂得闭口无言，低着头进去了。那季遐年又骂了一会儿，依旧回天界寺去了。

（三）卖火纸筒的王太

又一个是卖火纸①筒子的王太，祖先是三牌楼卖菜的，到他父亲手里穷了，连菜园都卖掉了。这王太自幼就喜欢下围棋，父亲死后，无以为生，每天到虎踞关一带，卖火纸筒过活。

---

① 火纸：纸上涂硝，易燃引火之物。

那一天，妙意庵有盛会，游人众多。王太走来柳荫树下，一个石台，两边四条石凳，三四个大老官，簇拥着两个人在那里下棋。一个穿宝蓝色衣服的人说道："我们这位马先生，前日在扬州盐台那里，下的是一百一十两银子的彩头，他前后共赢了两千多两银子。"又一个穿玉色衣服的少年道："马先生是天下大国手，只有这位卞先生受两子，还可以敌得来，我们要学到卞先生的棋力，也着实是费力不易！"

王太挨着上来看，小厮们见他穿得褴褛，推开他不许他上前。坐着的主人问："你这样一个人，也晓得看棋？"王太道："略微知道一些。"看了一会儿，嘻嘻地笑。那姓马的国手道："你笑什么，难道你能下得过我们？"王太道："也勉强将就。"主人道："你是何等之人，敢同马先生下棋？"姓卞的道："他既大胆，何不就叫他出个丑，好叫他知道我们老爷们下棋，不是他这种人能插嘴的！"

王太也不推辞，摆起子来，就请那姓马的国手先动，旁观的人都觉得好笑。那姓马的同他下了几着，觉得他出手不同；下了半盘，姓马的站起身来道："我这棋输了半子了！"看的人还不明白。姓卞的道："论这局面，确是马先生稍败了些。"

众人大惊，就要拉着王太吃酒。王太大笑道："天下哪有比杀矢棋更快活的事，我杀过了矢棋，心里快活极了，哪里还吃得下酒！"说毕，哈哈大笑，头也不回，就这样走开了。

（四）开茶馆的盖宽

盖宽本是开当铺的。二十多岁的时候，家里有钱，开着当铺，

十六、平民中的高洁人物

有田地又有洲场。亲戚本家都是些有钱的,他嫌人家俗气,每天在书房里作诗、看书、画画,后来画得好,就有许多作诗画画的同他来往,虽然都不如他,他却爱才如命,一有人来就留酒留饭。这些人家有紧急事没钱用,向他说,他从来不推辞,几百几十拿与人用。

当铺里的伙计说他呆,瞒着他作弊,本钱渐渐消折了,田地又连年淹水,变卖时买田的嫌收成薄,值一千两的只出五六百两。没奈何也只得卖了,得来的银子放在家里称着用,用了几时又没有了,只靠着洲场利钱过活。谁知没良心的伙计放火,把院子里几万担柴都烧了。一块块结成如太湖石一般,光怪陆离。盖宽看见好玩,还把这些倒运的东西留着。伙计们见不是事,都辞职去了。

又过了半年,生活艰难,卖了大房搬去一所小房,又过了半年,妻子死了,办丧事又把小房变卖了。可怜的盖宽,带着一儿一女,在一处僻静巷里,寻了两间房子开茶馆。每天一面卖茶,一面看书、看诗画。茶馆利钱有限,一壶茶只赚得一个钱,每日赚五六十个钱,只能对付着过清苦的日子。

那天有个邻居老爹过来,见他十月天气还穿着夏布衣裳,问道:"你老人家现今十分艰难,从前多少人受过你的惠,而今都不来了。你的亲戚本家也都不错,何不去向他们商议,借个大些的本钱来,做个大些的生意过日子?"盖宽道:"老爹,世情看冷暖,人面逐高低,当初我有钱的时候,身上体面,跟班的小厮整齐,和亲戚本家在一块儿,还搭配得上。如今这般光景,去他们家,他们就不嫌我,我自己也觉得可厌。至于受过我惠的,都是穷人,如今又到有钱的地方了,哪还肯来看我!我若去寻他们,只会惹气,何苦！"

邻居约他出去走走，两人一路步出南门，吃了一顿五分银子的素饭，那老爹付了账。踱进报恩寺来，门口买了一包糖，去宝塔背后一处茶馆里吃茶。谈起如今不比当年，若是虞博士那班名士还在，凭盖宽的画笔，也不会落到如此潦倒。邻居老爹说起当年泰伯祠大祭，好不热闹，那时的老爹才二十多岁，挤着来看，把帽子都挤掉了。如今贤人名士都已不在，泰伯祠也荒芜了。

两人来泰伯祠，山头倒了半边。门前小孩踢球，两扇大门倒了一扇，堆在地下，走进去，三四个乡间老妇在丹墀里挑荠菜，大殿上槅子都没了，再去后边，五间楼里，连楼板都没一片。盖宽叹息道："这样一个名胜所在，而今破败如此，就没有一个人来修理，多少有钱的，拿着整千银子去盖僧房道院，却没有一个肯来修理圣贤的祠宇！"邻居老爹道："当年迟衡山先生买了许多古式礼仪器具，收在楼底下的几个大柜里，如今连柜子都不见了。"

嗟叹了一出来，两人去雨花台绝顶，望着隔江山色，岚翠鲜明，那江中来往船只，帆樯历历可数；一轮红日，沉沉地傍着山头落下。两人缓缓下山，进城回去。盖宽依旧卖他的茶，半年之后，有个人家出了八两银子的束脩，请他到家里教馆去了。

（五）裁缝师傅荆元

五十多岁的荆元，在三山街开着一家裁缝铺。每天做生活的余暇，就弹琴、写字，也喜欢作诗。朋友问他："你既要做雅人，

十六、平民中的高洁人物

为什么又做裁缝？何不和些学校里的人去结交来往？"他道："我也不是要做雅人，只是性情相近，故此时常学学。至于我这裁缝行业，是祖父留下来的，难道读书识字，做了裁缝，就玷污了不成？况且那些学校里的朋友，他们另有一番见识，怎肯和我们结交？如今我每日寻得六七分银子，吃饱了饭，要弹琴，要写字，诸事都自由。我又不贪图人家的富贵，又不伺候人家的颜色，天不收，地不管，还有什么不快活的？"

那天，荆元来清凉山找老友于老者，于老者不读书也不做生意，督率五个儿子灌园为业。那园子有二三百亩大，中间空地，种了许多花卉，堆着几块石头。老者的几间茅草房就盖在旁边，手植的几棵梧桐，已长到三四十围。老者看着儿子灌溉了，就在茅斋生火煨茶，吃着茶看园子里的新绿。

荆元来了，坐下用茶，茶的色、香、味都好，原来是用井泉之水烹的，荆元感慨道："古人常说桃源①避世，我看哪要什么桃源，只如老爹这样的清闲自在，住在这样城市山林的所在，就是活神仙了！"于老者想听荆元弹琴，荆元答应，明日携琴过来请教。

次日，荆元抱琴而来，于老者早焚下一炉好香，替荆元把琴安放在石凳上。荆元席地坐下，慢慢和弦，弹了起来，铿铿锵锵，声振林木，鸟雀都在枝叶间窃听。弹了一会儿，忽作变徵②之音，凄清宛转。于老者听到深微之处，不觉凄然泪下。

自此，他两人就时常往来。看官！难道自今以后，就再没一个贤人君子，可以进入《儒林外史》吗？

---

① 桃源：晋陶潜作《桃花源记》，后世指乐土为世外桃源。
② 变徵：七音之一，徵之变声，较徵稍下。

儒林外史：书生现形记

记得当时，我爱秦淮，偶离故乡，

向梅根冶①后，几番啸傲，杏花村里，几度徜徉。

凤止高梧，虫吟小榭②。也共时人较短长。

今已矣！把衣冠蝉蜕，濯足沧浪③。

无聊且酌霞觞，唤几个新知醉一场。

共百年易过，底须愁闷？千秋事大，也费商量。

江左烟霞、淮南耆旧，写入残篇总断肠。

从今后，伴药炉经卷，自礼空王④。

【解析】

（一）翟买办狐假虎威，小人嘴脸。诸暨县时知县因攀附权势而故意敬重士人，动机不正，不是出于本意，所以会有后来的恼怒。王冕适性高洁，是《儒林外史》中特别立在书前的理想典型人物。秦老的始终如一，诚朴可贵，母亲临终的一番话，代表说明了作者"人格比富贵可贵"的意识。王冕批评科举，说："这个法却定得不好，将来读书人既有一条荣身之路，把那文行出处都看得轻了！"代表了作者"学问比八股可贵，做人比做官可贵"的观念，洞见科举学问狭窄，导致士人不学无术、苟且势利的大弊，正是作者创作意识重点的表现。

---

① 冶：冶游。
② 榭：台上有屋的建筑物。
③ 沧浪：《孟子·离娄》有"沧浪之水清兮，可以濯吾缨；沧浪之水浊兮，可以濯吾足"。
④ 空王：佛家语，诸佛之通称。诸佛以空无一切邪执之故，故称空王。

（二）施御史之孙的仗势凌人，衬托出平民高洁人物季遐年的人格；季遐年的书法艺术，高妙出于自得，尤其可贵。

（三）王太的棋艺高明，不肯和富贵中人相与，可见他只尊重艺术，不慕虚荣，人格高洁。这是作者以明讽暗喻，敦世励俗。

（四）盖宽的言行，是个小型的杜少卿，不计较世态炎凉，安贫乐道，正可显示他高洁的心志。

（五）由裁缝荆元的话："……诸事都自由，我又不贪图人家的富贵，又不伺候人家的颜色；天不收、地不管，还有什么不快活的？"说明了"适性"人生的可贵，也正是作者的性格和人生观的表白。

附录：吴敬梓与《儒林外史》

一、作者研究

（一）先世与家人

在吴敬梓的《移家赋》中，作者自述是宗周后裔，是周太王次子仲雍第九十九世孙。先世原居浙东，明靖难之变时，其先人曾于南都为永乐作内应，事成封赏，"赐千户之封、六合之地"，其后自六合迁全椒。

安徽全椒吴氏家族，可考的世系如下表：

吴凤的儿子吴谦，是一位孝悌君子，父亲去世之后，为慈母之病而自习歧黄，精于针灸之术，侍奉老母到八十多岁无疾而终。对三位哥哥敬爱谦让，爱护诸侄如同己出。

吴谦的儿子吴沛，是一位廪生，生性孝友，因为生日与父亲的忌日同一天，因此就终身不饮酒。著有《论文》十二则、《诗歌记序》、《诗经心解》六卷、《西墅草堂集》十二卷，道德文章，为东南学宗师。

吴沛有五个儿子：吴国鼎，崇祯十二年进士，授中书舍人，顺治时与诸弟庐墓山中，布衣蔬食终身，著有《诗经讲义》《唐代诗选》等。吴国器，五兄弟中的唯一布衣，因家贫诸兄弟业儒，遵父命独任家务。性纯孝，父病割股和药，隐居读书以终。吴国缙，顺治壬辰进士，曾任江宁郡教授，捐资兴修郡学房舍，著有

《世书堂集》四十卷、《诗韵正》五卷。吴国对、吴国龙是一对孪生兄弟,国对是顺治戊戌年的探花(第一甲第三名),任编修、典试福建,升国子司业,翰林院侍读,提督顺天学政,性笃孝,著有《赐书楼集》二十四卷。吴国龙是崇祯癸未年的进士,任户部主事,其后返乡庐墓,入清历任工部给事中,河南道监察御史,兵科给事中,典试山东,礼科掌印给事中,著有《吴给谏奏稿》八卷、《心远堂集》三十四卷。

吴国对的长子吴旦(敬梓的祖父),也是一位孝子,苦寒之日,用身体先温被服,侍奉父亲。他是一位增监生,考授州同知,著有《月潭集》。

吴旦的儿子吴霖起(敬梓的父亲),康熙丙寅年拔贡,曾任江苏赣榆县教谕,为人耿介,学养博雅,孝行诚笃。

敬梓的发妻陶氏,卒于敬梓二十八至三十岁之间,陶氏生子吴烺,约生于康熙五十九年至雍正四年之间。乾隆十六年辛未,帝南巡,吴烺迎銮,召试作赋、赐举人,授内阁中书。其后官宁武府同知,署府篆。吴烺是清代的数学名家,以西法补正古经,对数学、历算、等韵、诗词都有研究,著有《周髀算经图注》《勾股算法》《五音反切图说》《学宋斋词韵》《杉亭集》《春华小草诗》《靓妆词钞》等。

敬梓继室叶氏,育有三子:次子名不可考,字藜叔,乾隆十三年前早亡。三子吴文熊,乾隆十八年举人,二十七年官潮州普宁县知县。四子吴鏊,廪贡出身,由玉田县丞升长良乡,大兴县知县,乾隆四十二年官遵化州知州。

全椒吴氏自吴沛以下,科第极盛:二代之中,吴沛的五个儿子,四成进士,其中吴国对是探花,国对的儿子吴昇是举人,国龙的儿子吴晟是进士，吴昺是榜眼（第一甲第二名）。所以《儒林外史》借旁人之口赞扬"一门三鼎甲、四代六尚书"，其实只是二鼎甲，诸人任官也并未做到尚书，《儒林外史》所列，仍是不免夸张。

（二）性格与生平

　　吴敬梓，字敏轩，一字文木，号粒民，安徽全椒人，清康熙四十年（1701）生。敬梓天资聪敏，读书过目就能背诵。十三岁母亲去世，十四岁随父去赣榆县教谕任所，二十二岁父亲去官，次年逝世，而敬梓就在这年考中秀才。父亲遗留下来的产业不少，约有两万余金，因为敬梓的生性豁达豪迈，最喜助人急难，无论识与不识，不辨急难真伪，一律有求必应。再加上他喜欢冶游，与文士们往来，饮酒游乐。挥霍不善营生的结果是不到几年，家产荡尽。二十九岁曾至池州应举人试，遭到白眼落第。家世科名难继，祖业抛尽，渐至不容于乡人。雍正十一年（1733）二月，敬梓年三十三，日渐困穷，而因性格倔强，不肯求助于人，加上奴仆卷款逃走，乡人冷眼轻视，尝尽人情冷暖的吴敬梓，不得已挥泪移家南京。

　　在南京卜居秦淮水榭河房，四方文酒之士来金陵的，都推敬梓为盟主。江宁雨花台有先贤祠，明代所建，记吴泰伯以下五百余人，荒废已久，敬梓响应整修，费用不够，甚至卖掉全椒祖产老屋来促成其事。

　　乾隆六年（1736）三月，敬梓三十六岁，安徽巡抚赵国麟，上江督学郑江荐举他去应博学鸿词廷试，因病不克上路。自此后就再也不应乡举，放弃了诸生所能参加的各种考试机会。以卖文为生，或种菜杂作，家境生活，愈形窘困。

附录：吴敬梓与《儒林外史》

程晋芳（敬梓之友，工辞章）在吴敬梓传中记有：

……乃移居江城东之大中桥，环堵萧然，拥故书数十册，旦夕自娱。穷极，则以书易米。或冬日苦寒，无酒食，邀同好汪京门、樊圣谟辈五六人，乘月出城南门，绕城堞行数十里，歌吟啸呼，相与应和，逮明，入水西门，各大笑散去，夜夜如是，谓之"暖足"。

余族伯祖丽山先生，与有姻连，时周之。方秋，霖潦三四日，族祖告诸子曰："比日城中米奇贵，不知敏轩作何状。可持米三斗，钱二千，往视之。"至，则不食二日矣。然先生得钱，则饮酒歌呓，未尝为来日计。

敬梓喜欢云游，足迹遍江淮南北。乾隆十六年（1751），敬梓五十一岁。帝南巡，敬梓的长子吴烺迎銮，召试奏赋，赐举人，授内阁中书，敬梓高卧深藏，不以为意。吴烺虽然得官，但是家贫仍然如旧。敬梓晚年，研究经书，常说经书是人生立命之处。其后因吴烺之故，于乾隆十八年（1753），被敕封文林郎内阁中书。

乾隆十九年（1754），遇程晋芳于扬州，当时程也贫寒，敬梓握着老友的手，哭着说："你也到了如我的地步，这种境遇不容易过呵！怎么办？"在扬州时，还取余钱召集友朋饮酒，醉了就吟张祜的诗句："人生只合扬州死！"果然在几天之后，因痰壅的病死于扬州旅次，时为乾隆十九年十月二十八日。得年五十四岁。

敬梓去世之后，吴烺的同年王又曾正在扬州，告知转运使卢见曾，成殓归葬于金陵南郊。

敬梓的性格孝慈豁达，耿介豪放，一如祖父。而他的冶游挥霍，不善营生，则又不同。功名不成，家业荡尽，迫得破产移家，落魄贫困，虽然他生性洒脱，但人情的炎凉，现实生计的艰难，对他来说，仍是不无悔恨凄凉，在他的诗文中可以多见，如《减字木兰花词》中显示的：

田庐尽卖，乡里传为子弟戒；年少何人，肥马轻裘笑我贫。（其三）

学书学剑，懊恨古人吾不见。株守残编，落魄诸生十二年。（其四）

昔年游冶，淮水钟山朝复夜。金尽床头，壮士逢人面带羞。（其二）

文澜学海，落笔千言徒洒洒。家世科名，康了（落第）惟闻氍毹声（不捷而醉饱谓之打氍毹）。郎君乞相，新例入赀须少壮。西北长安，欲往从之行路难。（其七）

言为心声，从以上敬梓的作品可见，他并不是绝意功名，只是性格与环境，使得他向坎坷终身。由于性格的豪爽而破产，由家业荡尽而环境贫困，中间虽有荐举鸿博的机会，又因病而不行，时乖运蹇，竟无转机，终至于落魄潦倒而终。所谓"诗穷而后工"，文学作家，多有因为境遇困逆，迫使生命动力转向，在文学作品中去寄托理想，表现自我，而求取宣泄之后的快慰平衡的。古今中外的例子，不胜枚举，如左丘失明，厥有《国语》；子长受刑，方成《史记》；易卜生母死破产，遂有《玩偶之家》；小仲马不得亲爱，虚构《茶花女》以求自慰。所以日人厨川白村以为文学是苦闷的象征。我们一方面为吴敬梓的遭遇坎坷而深感悲悯同情；

另一方面，又为他庆幸，正因为他有此困逆不平，所以特能专注凝聚他充沛的生命动力，写出了不朽的文学杰作《儒林外史》，人生的得失互见，原是如此。

（三）著作

吴敬梓的著作有：

《文木山房集》。敬梓的诗文集，有四卷、八卷、十二卷本，今存有四卷本。

《诗说》。敬梓论诗的新见，部分已在《儒林外史》中表现。今已失传。

《史汉记拟》。敬梓史学方面的深造发表，书稿未完成，失传。集外诗文，可得而知者有文一篇，诗廿五首，联句一，零句二。

《儒林外史》。

二、作品研究

（一）版本

《儒林外史》约作于乾隆五年至十五年（1740—1750）。是为吴敬梓四十岁以后思想成熟之作。成书的确切年月已不可知。最初仅有抄本流传，其后金兆燕任扬州府教授时（乾隆二十三年至四十四年，1768—1779），刻印问世，自此之后，风行海内，传本有五十卷本，五十五回本，五十六回本，六十回本。

五十卷本：清道咸年间犹存，其后不传。

五十五回本：清同治八年苏州书局刻本《儒林外史》金和跋、指出五十六回本"末一回幽榜"是妄人增列，陋劣不当，应删去

儒林外史：书生现形记

恢复五十五回原来面目。天目山樵于评本五十五回末也说幽榜一回是伧父所为的狗尾续貂，主张删除或以附录列后。五十五回《儒林外史》，自民国以来的版本有1920年上海亚东图书馆排印本、1934年本（封面封底已毁，出版处所无考）、1935年上海世界书局排印本、1942年上海公益书局排印本、1957年台湾正中书局版本、1958年香港商务印书馆排印本、1964年台湾文化图书公司版本、1973年台湾三民书局版本、1975年台湾华正书局港商影印本、广益书局排印本（出版年月不详）。

五十六回《儒林外史》版本，最早刊者为嘉庆八年（1803）的卧闲草堂本，以下为嘉庆二十一年（1816）艺古堂本、清江浦注体阁刊小本、同治八年（1869）群玉斋活字版大字本、苏州书局活字本、同治十三年（1874）上海申报馆第一次排印活字本、齐省堂增订活字本、光绪七年（1881）申报馆第二次排印活字本、1935年上海商务印书馆排印本、1978年台湾商务印书馆影印本。

六十回本所增回目，除五十六回幽榜一回外，于第四十三回中插入后半回，回目改为"劫私盐地方官讳盗，追身价老贡生押房"。增列第四十四回"沈琼枝救父居侧室，宋为富种子乞仙丹"。第四十五四"满月麟儿扶正室，春风燕子贺华堂"。第四十六回"假风骚万家开广庆，真血食两父显灵魂"。第四十七回前半回"吃官司盐商破产，欺苗民边镇兴师"。再续接原五十六回本的四十三回后半。插入的四回，写沈琼枝婚后的事，性情表现，与原作中沈琼枝巾帼英雄的形象相矛盾，乞仙借种一段，迷信猥亵，更不像是敬梓的风格。而且割裂拼凑、痕迹显然，看来一定是后人的妄增，绝不是敬梓的手笔。六十回《儒林外史》版本有光绪十四年（1888）齐省堂石印本、1914年上海育文书局石印本、民国十六年（1927）上海受古书店石印本。

（二）译本、评本及研究参考专书

《儒林外史》译本有英文全译本一种。日文全译本三种：稻田孝译，东京平凡社1968年出版一种。冈本隆三译，东京开成馆1944年出版一种。小田岳夫、冈本隆三共译，东方社1949年出版一种。另节译本有英文四种，日文三种。

《儒林外史》评本有光绪十一年（1885）宝文阁刊本，题为（1885）《〈儒林外史〉评》，下署"天目山樵戏笔"。

《儒林外史》研究参考主要专书，日人香坂顺一编著《儒林外史语汇索引》，是为研究的工具书。

郑明娳著《儒林外史研究》，刊于台湾国文研究所集刊第二十一号（1977年出版）

（三）《儒林外史》的时代背景

《儒林外史》假托明代，其实表现的正是作者吴敬梓身处的清康熙、雍正、乾隆三朝。杰作剖示了时代的背景的实况，重点如下：

清政府统治下的思想钳制与怀柔笼络：康、雍、乾三朝，正是清廷大兴文字狱以压制汉族士人的时候，文字狱的株连广大，渲染酷毒，史实俱在，不再例述。由《儒林外史》中卢信侯遭遇一节，就已可见小题大作，极权钳制思想言论自由的一斑。而清廷的统治，高压与怀柔双管齐下，除科举以外，又设立博学鸿词科等荐举征辟方式，用以来笼络汉族优秀士人，延揽为其所用。汉族士人之中，多有淡泊名利，不愿接受笼络的，如《儒林外史》中的庄绍光力辞征辟，隐居读书，即是一例。

儒林外史：书生现形记

吏治结党贪污与军政腐败。雍正之时，大臣鄂尔泰、张廷玉结党对立，权臣的各立门户，相为排挤，必然影响朝政黑暗不公。《儒林外史》中庄绍光到京，太保公想要揽入门墙，庄绍光婉拒之后，太保公就在皇帝面前阻挠破坏，由此可见朋党政治的黑暗严重。至于史治的腐败贪墨，贿赂风行，到乾隆时代已成风气，虽有重刑大狱，仍不能止。例如甘肃官吏的侵吞粮款，牵连者七十人，被戮的不下三十人，当时乾隆在谕旨中曾称："从来未有之奇贪异事。"就《儒林外史》所述种种衙门黑幕来看，虽然吴敬梓的笔触冷静客观，两百年后仍能使读者们触目惊心。"物必自腐，然后虫生"，清室中衰的因素在此。再说军政方面：清人入关之后，奢靡骄惰，士老兵疲，不但八旗昔年的强悍已失，而在三藩之役以后，绿营也已逐渐腐化。《儒林外史》中萧云仙一段，据考证是年羹尧平桌子山、某子山之事，汤总镇一节，考证是杨凯镇压苗民之事。其中显示将官畏葸无能，敷衍冒功；而中枢朝廷又昏昧不明，赏罚不公。军政黑暗如此，坐使英雄屈沉，军旅战力受到掣肘，士气低落，积弊的严重，影响到国家实力不能保持长治久安。

科举毒害与民生贫富的悬殊。科举的毒害，如顾炎武所说："八股之害，等于焚书，而败坏人材，有甚于咸阳之郊。所坑者岂共四百六十余人也。"八股取士，命题范围狭小，而评取又漫无标准。士人的中与不中，不靠才学，只靠运气。近人齐如山《中国的科名》一书中举晚清流行谚语为证："窗下莫言命，场中不论文。""一财二命三风水，四积阴功五读书。"如《儒林外史》中所述的种种科场弊端，主观好恶、人情关照，贿赂舞弊，不但显示了八股取士的不公，更可看出，由于士人的钻营，影响到世风的败坏。所谓"士大夫之无耻，是为国耻"，吴敬梓所以在《儒林外史》中着力描写科举丑态，就因为这正是使他最感到痛心的所在。至于社会民生方面，贫富相差悬殊，富者日用千金，饮食穷极奢侈，而贫者每饭不过一二十文，仅能勉强维生，若遇天灾，不免冻馁。康熙四十六年大旱，饿殍遍野，正如孟子所谓"乐岁终身苦，凶年不免死亡"。《儒林外史》中写盐商生活豪奢，万雪斋生病的小妾已是第七位，宋为富说盐商一年要娶七八个妾。而三十六回写贫农无力买棺葬父，迫得投水自尽。贫富相差的天壤之别，影响到读书人的气节不能维持。科举做官的知县一年不下万金，而科举失意的寒士周进，教馆一年只有十二两，二十五回写倪老爹甚至穷到卖儿子。现实迫压之下，连衣食温饱都难，影响到士人心性观念的势利现实，行为的卑劣趋下。

社会风俗的浇薄与礼教的毒害：这一点和民生经济有着直接的关连，现实势利的世风观念，与风俗人情的浇薄互为表里，导致社会风气的全面败坏趋下。而腐恶的礼教观念，枷锁人性，杀人而不见血，毒害人性而反得赞扬，据安徽《全椒志》资料，有清烈女，未婚夫死而守节不嫁的四人，已嫁夫死守节养姑的五人，嫁后夫死殉夫而死的十人。《儒林外史》中王三姑娘之死一段，正是写境实事。而在《儒林外史》篇幅之中，人情冷暖，风俗浇薄，处处可见。社会风气，礼教陋习，腐恶酷烈如此，真可使得现代读者为之惊诧愤恨、激动难安的了。

（四）《儒林外史》人物考证

《儒林外史》人物，十之八九，都是和作者同时代的人，发生的事件也是当时的事。敬梓所述既是真人事实，写出来当然是不无顾忌。另一方面又担心文字狱招祸，所以假托明代，这只是一种障眼法。其实连作者自己,就已列在《儒林外史》人物之中,如果从敬梓的生平交游,当时的史料、传说、地方志、诗文等资料中去对照寻索,研究是不难获得明晰的。现在将《儒林外史》重要人物的真实姓名、身份,考证资料列出以供参考:

杜仪(少卿)就是作者自己。

卢博士(育德)是吴培源,名士,敬梓之友。

庄尚志是程延祚,名士,敬梓之友。

迟均(衡山)是樊明征(圣谟)。敬梓的挚友,冬夜一起绕走城堞的穷文士。

马静(马二先生)是冯祚泰,曾遇假仙,直到卒年才与试中举的老秀才。

牛布衣是朱卉(草衣),流落江南的老布衣,死在敬梓卒年之后,而《儒林外史》中为了要写牛浦冒名,预先写出了这位老清客的死亡,可见敬梓创作《儒林外史》的造境变化。

向鼎(向道台)是商盘,才子,名士而仕宦为官的。

季萑(苇萧)是李葂,有文才而落拓不遇、风流无行的文士。

荀玫是卢见曾,官两淮盐运使,敬梓客死扬州,就是他出资殡殓并且运柩返回南京的。

杜倩(慎卿)是吴檠,敬梓同高祖的从堂兄弟,贵公子,追逐功名的假名士。

高翰林是郭长源,雍正壬子年解元,传闻他抄袭他人的试卷,不学无术,汲汲于名利之人。

卢尔德(信侯)是刘著,私藏抄本《方舆记要》,文字狱案迁延近十年,父死家破。刘著其后更名湘煃,敬梓的长子吴烺曾跟着他学习算学。

沈琼枝是张宛玉，袁枚《随园诗话》里所引的扬州女子。

汤奏（汤镇台）是杨凯，任职辰州，与苗民相抗。

余特（余大先生）是金榘，敬梓的堂表兄弟，连襟。

王蕴（玉辉）是汪洽闻。三女夫死绝食以殉。

平少保是年羹尧，权臣、大将。

大保公是张廷玉，雍正朝的宠幸大臣。

凤鸣歧（凤四老爹）是甘凤池，大侠。

（五）创作动机、重点、特色与影响

《儒林外史》创作动机、重点、特色与影响，在前面笔者致读者的一封信，和附列在各章之后的批评分析里，部分都已经提出，现在再归纳列出纲目，以供读者们参考。

《儒林外史》的创作动机、重点两大项：第一大项是社会写实，以人物的行径剖写作者身处的时代全貌。在人与事的片段中，我们看清了那一时代的读书人的原形：为了现实名利而致力举业、立身处世虚伪造作，盲从礼教陋习昏昧不明，登科做官的不学无品，科举失意的精神漂泊，甚至招摇撞骗。而土豪劣绅的横行乡里，鱼肉百姓，官场贿赂风行，吏治军政腐败黑暗，社会风尚的现实势利，贫富悬殊的悲惨实况……礼教的腐恶与害人的八股使得读书人浅狭卑劣，身为四民之首、社会中坚分子的士人既是如此，又哪能为民表率，影响风气，促使社会正常进步，国家强盛？康、雍、乾三朝号称有清一代的盛世，剖开的社会实况竟是如此！一叶知秋，有清一代的衰亡因素早已可见。第二大项，是作者鉴于读书士人的严重缺失，提出他理想人生观的启示，眷恋儒家至善社会，推崇平民高洁人物，强调世俗的功名富贵不如人格德行学问。

儒林外史：书生现形记

提出理想的典型，如王冕的适性高洁，虞博士的淡泊笃厚，庄绍光的素养浑雅，迟衡山的隆礼制乐，杜少卿的豪放磊落……来供读者们参考。虽然事实上上列诸人也各有瑕疵缺失，但是通过《儒林外史》的艺术手法，把这几位重点人物的人格纯净化、鲜明化了，提升到典型的层次，用以为敬梓标举理想人生的范式，启示读者，促使品学高洁，实是用心良苦、意义深长。

《儒林外史》的特色：笔者在前已经介绍了他可贵的客观艺术手法，以及写实讽刺足能表现当代启示后世的深广内涵。除此两项以外，还有另两项主要的特色：第一是主题的呈现特异，近人夏志清说："《儒林外史》是一部在意识状态上完全摆脱一般人所信仰的宗教的讽刺写实小说……吴敬梓也许可以说是代表着他同时代中不喜欢弥漫一时的，迷信和佛家的因果报应观的儒家知识分子，他表现出伟大的艺术勇气，企图把小说从宗教的枷锁里解救出来。"正因为《儒林外史》摆脱了教化工具的束缚，所以能以新异之姿表现更深入、更广阔的主题，全然不同于旧小说说教的窠臼模式，以纯文学的创作大放华彩。第二项特色，表现的也是在破旧布新，《儒林外史》在人物塑造上脱出窠臼，"瑕瑜并见于一人"的忠实手法，不同于善恶明晰、始终不变的旧小说格套。如匡超人的性格转变，王玉辉良知与礼教的心理挣扎……说明了人类的是非善恶常因时空、环境的不同而有改变，这才是真实的人性，是生活在我们群中的活生生的人，不是故意刻镂制造出来的假人。人类要读，爱读的是"人的文学"，唯有如此，才能亲切。这一特色，最能符合现代文学的要求。

《儒林外史》的影响：在前，笔者已谈到《儒林外史》的影响重点在现实的时代意义不受时空限制，《儒林外史》中的人物

附录：吴敬 与《儒林外史》

至今仍鲜活地存在于我们的周遭，甚至部分就是读者自己，那一时代的诸多缺失也很可能已经重现于今日或是将要重演，《儒林外史》启示人性、人生调适的作用是极为具体而重大的。除此以外，《儒林外史》的主要影响还有两项：第一是这本讽刺小说的杰作，直接影响到晚清谴责小说的产生，如《官场现形记》《二十年目睹之怪现状》等。但谴责与讽刺的艺术有别，谴责小说常因作者的不脱主观而减弱了读者的激动省思，比起《外史》的客观自然来，艺术的高下明晰，明显地可以看出不能并列。讽刺小说既有《儒林外史》以壮阔先河表现于前，而影响继作的竟然不能超越进展更形佳胜，就文学发展说很使我们惶惭，我们期待着这一系脉的小说创作能有突破。第二是《儒林外史》的文学艺术影响：夏志清分析说："毫无疑问的，古典小说连《红楼梦》在内，就难得如《儒林外史》写出的白话那样纯粹而代表中国人的语言。由于晚清及民初以来小说家的模仿，《儒林外史》的白话形式，极有力地影响着现代散文作家。"钱玄同也以为《儒林外史》是"国语的文学"，认为《儒林外史》的出现，是为"中国国语的文学完全成立的一个大纪元"。

《儒林外史》虽不是毫无缺点，但由于风格活泼生动，刻画中国文士阶级和广泛的社会众生相细密深刻，全书充满着浓郁亲切的情味，许多的优点已使这部小说成为两百年来极为出色的杰作，在中国小说史占有高位，已是不争的事实，甚至西方学者认为它可以列于世界文学史杰作之林；就世界讽刺小说言，可与西班牙塞万提斯的《堂吉诃德》、俄国果戈理的《钦差大臣》两部讽刺杰作鼎立辉映。